카페인 랩소디

카페인 랩소디

평사리문학 대상 소설집

도서출판 북인

'토지문학제'의 가치와 역할

평사리라는 자연부락은 박경리라는 큰 작가를 만나서 '평사리'라는 상징성으로 존재하기에 이르렀습니다. 이젠 누구도 평사리를 우리나라 시골의 어디에나 있을 법한 촌락으로 기억하는 사람은 없을 것입니다. '평사리'는『토지』라는 장편소설을 떠올리게 하고,『토지』는 박경리라는 작가를 떠올리게 합니다. 즉, '평사리'와 '토지'와 '박경리'는 분리되지 않는다는 뜻입니다. 그래서 '토지문학제'는 곧 '박경리문학제'에 다름 아니었고, '평사리문학상'은 곧 '박경리문학상'에 다름 아니었습니다. 그러므로 오랫동안 '토지문학제 평사리문학상'은 ' 박경리문학상'의 다른 이름으로 기능해왔습니다.

그러나 아쉽게도 올해 제22회 토지문학제는 열지 못했습니다. 그럴 수밖에 없었던 여러 가지 이유가 있었겠지만 큰 아쉬움이 남습니다. 이에 박경리문학관은 '토지문학제'가 지난 21년간 배출한 작가들의 작품을 모아서 작품집을 발간하는 것으로 아쉬움을 달래기로 했습니다. 지난 2020년에 '토지문학제' 20주년 기념으로 평사리문학상

대상 수상 시집『입김이 닿는 거리』를 낸 적이 있습니다. 이번 소설집 발간은 그것의 후속 작업의 성격을 띠기도 합니다.

소설집에는 전체 수상자 중 9명의 작가가 작품을 실었습니다. 한 작가를 기리는 일은 새로운 작가를 배출하는 일에 다름 아니라고 할 때, 이번 소설집은 '토지문학제'가 박경리라는 큰 작가를 기리는 일에 얼마나 그리고 어떻게 기여했는지 확인할 수 있을 것입니다. 이번 작품집에 원고를 보내준 수상자들께 감사드리고, 이번 작품집에서 누락이 된 수상자들의 작품은 다음에 기회를 마련해서 펴내도록 하겠습니다.

2022년 가을

박경리문학관장 김남호

Contents

한없이 부드럽고 따스한

엄현주

제2회 수상자/ 2002년

평사리문학 대상 소설 부문, 법계문학상 장편동화 부문 수상. 한국문화예술위원회 창작지원금 수혜. 창작집『투망』,『불꽃 선인장』,『코로나19 기침소리』(공저),『코비드19의 봄』(공저).

한없이 부드럽고 따스한

헌이 이 년 간의 긴 항해를 마치고 집 안으로 들어서자마자 휴대폰이 울렸다. 화면에 '동생 수희'가 떴다. 그는 원룸의 창에서 들어오는 환한 봄 햇살에 잔뜩 눈살부터 찌푸리며 통화 버튼을 눌렀다. 휴대폰에서 흘러나오는 수희의 목소리에서도 짜증이 묻어났다.

— 이제야 겨우 통화가 되네. 연락을 제대로 할 수가 있어야지.

내가 일부러 연락을 할 수 없게 한 것도 아니고, 대체 뭐야? 평상시 우리가 자주 통화하는 사이였나? 이런 속마음과 달리, 그는 다른 소리들부터 늘어놓았다.

— 방금 전 도착했어. 바다 위에선 휴대폰이 제대로 터지질 않으니까. 근데 뭔 일이야?

— 아버지가 많이 위독하셔. 작년 가을에 암 진단을 받았거든. 바로 오빠한테 연락하려고 하니까 아버지가 말리셔서….

그는 수희의 말을 자르고 무슨 암인지 물었다. 그걸 알면 당장 해결할 수 있기라도 할 듯이. 췌장암이고 발견했을 당시 이미 4기로 접어든 상태였다고 했다. 그 말을 듣자 그는 이제 아버지의 수명이 다 됐다는 생각이 들었다. 그렇다고 해서 그는 특별히 슬프거나 아쉽지 않았다. 여든을 넘겼으면 아버진 살 만큼 살지 않았는가. 마흔도 안 되어 세상을 뜬 우리 어머니에 비하면…. 요양병원에서 더 이상 지내기 싫다고 해서 한 달 전에 모셔왔는데 엄마의 고생이 이만저만이 아니야, 라는 말을 덧붙이고서 수희는 통화를 끝냈다. 그 말은 오빠가 얼른 내려와서 이 상황을 수습하라는 것으로 들렸다. 그는 코웃음을 치며 중얼거렸다.

— 흥, 엄마의 고생? 웬 공치사야. 당연히 해야 되는 거 아니냐고. 아들인 나보다 먼저지.

망망대해에 떠 있던 몸을 땅에 붙이고 느긋하게 여기저기 쏘다니면서 한동안 지내려 했던 계획이 미처 짐도 풀기 전에 날아가버리다니. 그는 한숨을 내쉬었다. 하지만 당장 고향 집으로 내려갈 생각은 없었다. 일단 숨이라도 돌려야 할 게 아니냐고. 아무리 위급한 상황이라고 해도 설마 오늘내일 사이에 아버지가 어떻게 되는 건 아니겠지. 이런 생각들을 하면서 그는 오래 비워둔 집 안을 둘러보다 침대에 몸을 던지듯 누웠다. 순간 먼지가 풀썩 일어나면서 매트리스가 낮은 신음소리를 토해냈다. 몸을 움직일 때마다 못마땅한 듯 삐걱거리는 소리를 참아내며 그는 고향 마을 K읍을 언제 마지막으로 다녀왔는지 헤아려보았다.

하지만 아무리 생각해내려 해도 기억이 가물가물했다. 5, 6년 전에 동부 태평양 어장 가기 직전이었던가, 아니면 4년 전쯤 트롤 어선을 타고 북양 어장 나갈 때였던가? 하지만 둘 다 아닌 것 같아 고개를 흔드는데 어머니 산소를 찾았던 광경이 순간 눈앞에 떠올랐다. 마을 뒷산 중턱에 자리잡은 산소, 그 주위로 피어난 풀꽃들을 꺾어 비석도 상석도 없는 무덤 앞에 놓고 절을 하면서 바라본 앞바다, 조금씩 멀어져가는 배 한 척…. 그러다 등을 부드럽게 쓰다듬듯 와닿는 봄볕의 따스한 감촉에 왈칵 눈물을 쏟아버린 게 고향에서의 마지막 기억이 아니었던가? 그렇다면 벌써 7년도 더 된 일이었다. 어쨌든 다 명확하지 않은 듯했다.

그는 다니던 대학을 겨우 한 학기 마치고서 군대를 다녀와 바로 외항 선원 생활을 시작했다. 그때부터 그에게는 시간 개념이 모호해졌다. 때로는 자신의 나이까지 헷갈리기도 했다. 배 한번 타고 돌아오면 시간이 몇 개월, 아니 몇 년씩 훅 가버린 탓이라고 그는 생각했다. 바다 위에 둥둥 떠 있는 시간과 육지에 발을 붙이고 있는 시간이 어떻게 같은 수 있느냐고, 그건 엄연히 다르게 계산되어야 한다는, 어처구니없는 논리를 펴기도 했다. 그래선지 그는 자신의 나이가 이미 쉰이 넘었다는 사실조차 깜빡 잊기도 할 뿐더러 받아들이는 것도 쉽지 않았다. 어쨌든 쉰을 넘으면 무슨 일이 있어도 이 짓을 그만둘 거라고 호기롭게 떠들어대던 2,30대가 저 멀리 지나가버렸다는 사실만은 인정하지 않을 수 없었다.

고향에 마지막으로 다녀온 때는 정확하게 기억나지 않지만 고향집 근처에 있던 언덕 위의 집만은 선명하게 떠올릴 수 있었다. 푸른색 대문과 그걸 둘러싼 흰 대리석 외벽과 2층 발코니로 우아하게 뻗어 올라간 등나무 줄기 위에 피어난 보랏빛 등꽃과 그 옆에 서서 밖을 향해 손을 흔들던 여자, 지호 엄마까지. 언덕 위의 그 흰 색 양옥이 자신이 나고 자란 허술한 판잣집보다 더 정겹고 그리워지는 이유 또한 그는 명확히 집어낼 수 없었다. 하지만 그 집은 그에게 가끔씩 푸른 바다 위에서 그려보는 육지에 대한 로망이기도 하고, 불안하고 외로울 때면 떠올리는 따스하고 편안한 위로이기도 했다.

40여 년 전, 조그마한 읍에서 겨우 끼니를 해결하고 자식들을 어렵게 상급 학교에 보내는 생활 수준이 고만고만한 사람들에게 그 집은 외관부터 주목을 끌었다. 반짝거리는 대리석 외벽과 접이식 철제 대문과 펜스 사이로 보이는 잘 가꾸어진 정원…. 그 앞을 지나가던 마을 사람들은 누구나 발걸음을 멈출 수밖에 없었다.

집 공사를 하는 몇 달 동안 집주인이 외지 사람인지 여기 사람인지 의견이 나뉘었고 건축비가 얼마인지 나름대로 추측해서 떠들어대곤 했지만 제대로 아는 사람은 아무도 없는 듯했다. 여러 사람들의 호기심과 기대 속에서 집은 완공되었지만 한밤중에도 불이 꺼져 있었고 드나드는 사람을 볼 수 없어 더욱 궁금증을 자아냈다. 그러다 읍내 주민들의 관심이 시들해질 무렵, 그 집으로 들어가는 여자와 사내아이를 보았다는 소문이 나돌기 시작했다. 그 소문대로 헌은 밤길에 아버지 심부름을 다녀오다가 언덕 위를 환하게 밝혀주는 불빛을 보았다. 순간 헌은 자기도 모르게 아, 하는 탄성이 나왔다. 그 불빛은 마치 밤바다를 밝혀주는 등대처럼 느껴지면서 그에게 삼월 초의 밤 추위를 잠시나마 잊게 했다.

그러고서 며칠이 지난 후였다. 다소 성급해 보이는 봄옷으로 차려입은 담임 선생님이 조례시간에 낯선 아이 하나를 데리고 왔다. 베이지색 코르덴바지와 짙은 남색 모직재킷의 옷차림, 허여멀건 살결에 어딘지 모르게 느껴지는 기품 등이 한눈에 여기 아이들과 확연하게 달라보였다. 역시 선생님은 아이가 서울서 전학왔다는 말로 서두를 뗐다.

— 이름은 오지호다. 모든 게 낯설 거니까 여러분들이 잘 도와주고 친하게 지내길 바란다.

언덕 위의 집에 사는 아이라고 소곤거리는 소리들이 교실 여기저기서 들려왔다. 선생님은 조용히 하라고 애들한테 지시하고서 지호에게 자기 소개를 하라고 했다. 하지만 그 아이는 한마디도 하지 못한 채 얼굴만 붉히고 서 있었다. 일 분, 이 분…. 교실 안의 소음들이 점차 가라앉으면서 침묵이 흐르기 시작했다. 5학년이나 되면서 자기 소개를 한마디도 못하다니. 그것도 서울서 왔다는 애가…. 서울 촌뜨기네. 이런 생각들을 하면서 헌은 두 손바닥에서 땀이 나는 걸 느꼈다. 아이가 자신의 입만 바라보는 수십 개의 눈동자에 점점 질려가는 얼굴이 되자 선생님은 서둘러 마무리를 했다.

— 자기 소개는 다음에 하고 들어가서 자리에 앉아. 셋째 줄 네 번째, 저기가 네 자리야.

선생님이 손가락으로 가리키는 곳은 헌의 자리 바로 앞이었다. 지호는 기다렸다는 듯이 교단에서 내려와 제자리에 가앉았다. 하지만 한 학기가 끝날 때까지, 지호가 학교에 영영 나오지 않을 때까지 결국 그 아이의 목소리를 듣지 못하게 될 줄 그때는 아무도 짐작 못했을 것이다. 혹시 벙어리일지도 모른다는 의견이 조심스럽게 나왔지만 지호가 분명 말하는 걸 먼발치에서 봤다는 아이가 있어서 그 말은 신빙성을 잃었다. 어쨌든 지호는 학교에서 입을 굳게 다물고 있었지만 빠짐없이 꼬박꼬박 나왔다.

어느 날 그는 등굣길에서 지호를 만나 나란히 걸어가다가 언덕 위의 집에서 밖을 내다보며 손을 흔드는 여자를 보았다. 지호의 엄마인 듯했지만 그 아이는 눈길 한번 주지 않고 묵묵히 앞만 바라보며 걸어갔다. 다음날도, 또 다음날도…. 상반신을 발코니 벽에 살짝 기대고 긴 팔을 우아하게 뻗어 손을 흔드는 여자의 손짓이 마치 애잔한 곡조를 띤 음악을 연주하는 오케스트라의 지휘자처럼 여겨졌다. 그 여자가 너무나 딱하게 느껴져 헌은 견딜 수 없었다. 결국 보다 못한 헌이 자기도 모르게 손을 번쩍 들어올려 여자를 향해 흔들고 말았다. 제법 떨어진 거리였지만 순간 여자가 웃음을 짓는 걸 그는 분명 보았다. 그 웃음은 슬퍼보이던 얼굴을 환하게 해주었다. 화사한 얼굴에 감도는 부드럽고 따스한 미소가 그의 가슴에서 동그랗게 원을 그리며 퍼져나가는 듯했다. 그 이후, 놀랍게도 여자가 헌을 향해 매번 손을 흔들어주곤 했다.

그새 창밖이 어둑해져 있었다. 헌은 몇 시간째 아무것도 먹지 않고 침대에 누워 있었다는 걸 뒤늦게 알아차리고서 몸을 일으키려 했다. 그러자 온몸이 마치 소금물에 절여진 듯 간신히 움직여지면서 신음소리가 흘러나왔다. 그는 쉰이 훌쩍 넘은 자신의 나이를 다시 헤아리며 이쯤에서 먼 바다로 나가는 일은 접어야 하는 게 아닐까, 하는 생각을 또다시 했다.

2년이나 비워둔 집에 먹을 만한 것은 유효기간이 지난 컵라면 몇 개뿐이었다. 그렇다고 사러 밖으로 나갈 엄두가 나지 않았다. 커피포트에 물을 끓여 컵라면 용기에 천천히 부으면서 갓 잡은 물고기들을 넣고 갑판 위에서 끓여먹던 라면 맛이 생각나 입안에 침이 괴었었다.

— 이 맛 때문이라고. 내가 수십 년째 뱃놈 하는 이유가.

갑판장의 말에 선원들은 고개를 끄덕이면서 라면가닥을 끌어올려 입으로 가져가기에 모두 바빴다. 그 순간 헌도 배를 타는 이유가 오로지 맛있는 라면을 먹기 위한 것처럼 여겨져서 피식 웃음이 났다. 그 라면 맛을 떠올리면서 상한 기름 냄새에도 불구하고, 그는 오랜 습관대로 국물 한 방울 남기지 않고 용기를 말끔하게 비웠다.

아버지는 밥주발에 밥알 한 톨 남기는 법이 없었다. 우편집배원이었던 그는 하루 종일 무거운 가방을 둘러메고 읍내 곳곳을 돌아다니다가 늘 허기에 지쳐 집으로 돌아왔다. 그런 아버지를 위해 새어머니는 급하게 밥상을 차려냈다. 게눈 감추듯 금방 깨끗해진 밥상을 보고 그녀는 함박웃음을 짓곤 했다.

— 아휴, 말끔히 비우셨네유. 드실 만했쥬? 제 손맛이 그런 대로 괜찮다고들 해유.

아버지는 숭늉까지 벌컥거리며 마시고서 고개를 끄덕였다. 하지만 헌에게는 새어머니의 손맛이 영 젬병으로 여겨져 밥그릇을 반도 비우기가 어려웠다. 그런 헌을 새어머니는 혀까지 차며 딱하게 여겼다.

— 끌끌, 밥알을 세고 있구먼. 복나간다니께. 내년이믄 중핵교에 들어갈 놈이…. 푹푹 좀 먹어보라고. 그래야 키가 쑥쑥 자라나지.

등에 업은 아이를 앞으로 돌려안아 젖을 먹이면서도 새어머니의 눈길은 헌의 밥그릇을 맴돌았다. 꿀꺽꿀꺽, 아이가 젖 삼키는 소리를 들으며 헌은 숟가락을 억지로 입안으로 들이밀어 힘겹게 삼켰다. 몇 번의 시도 끝에 깨끗이 비워진 밥그릇을 보고서 새어머니는 반색하며 칭찬했다.

— 그려, 이래 먹어야 하는겨.

헌은 이마에 맺힌 진땀을 손등으로 쓱 문지르며 계면쩍게 웃어보였다.

봄기운이 완연해지자 쉬는 시간이나 점심시간에 운동장에서 공놀이를 하는 애들이 늘어났다. 하지만 지호만은 자리에서 꼼짝하지 않았다. 처음에는 아이들이 말을 붙이거나 함께 놀자고 했지만 아무런 반응이 없자 다들 돌아섰다. 헌도 지호와 친해보려고 몇 번이나 시도를 해봤지만 소용이 없었다. 저 자식이 왕따를 자청하는 거라고, 화장실에도 안 가나봐, 진짜 별종이야…. 이런 말들을 해가며 아이들은 운동장으로 우르르 뛰어나갔다. 그러던 어느 날, 한 아이가 낮은 소리로 비밀스럽게 소곤거렸다.

— 재 엄마가 새엄마래.

— 그럼 새엄마랑 살고 있는 거야? 어쩐지….

지호의 함묵증이 마치 새엄마 때문이란 듯 고개를 끄덕이는 아이를 의아하게 보며 헌은 언덕 위의 집에서 손을 흔들던 여자의 얼굴을 떠올렸다. 약간 기름한 얼굴과 가느스름한 눈매, 살짝 올라간 입꼬리, 웃음을 띠면 순간 얼굴에 감도는 부드럽고 따스한 느낌…. 그 느낌에 그는 가슴이 훈훈해지는 듯해 저절로 입이 벌어지곤 했다. 새엄마란 그런 여자를 말하는 건가? 그는 따스하고 부드러운 느낌을 주는 사람을 '새엄마'라 일컫는 모양이라고 제멋대로 추측했다. 며칠 전 아버지가 곧 새어머니를 데리고 올 거라는 말에 긴장하고 불안해하던 그는 새로운 기대와 설렘에 가슴이 두근거리기 시작했다. 하지만 그 기대는 곧 보기 좋게 깨져버리고 말았다.

— 헌아, 새어머니셔.

기골이 장대한 여자가 아이를 들쳐업고서 헌을 향해 성큼성큼 걸어왔다. 환한 봄 햇살에 드러난 여자의 거무접접한 얼굴과 반쯤 걷어 올린 셔츠 아래로 보이는 굵은 팔뚝은 방금 논에서 김이라도 매다가 온 것처럼 느껴졌다. 아버지보다 적어도 한 뼘쯤은 키가 더 커보였다. 그 여자 옆에 서 있는 아버지가 너무나 왜소해보여 그는 고개를 돌렸다. 멀리 보이는 산 능선과 푸른 하늘이 아른거리며 그의 눈앞으로 성큼 다가서는 듯했다. 그는 눈을 깜빡이다가 다시 아버지를 봐도 여전히 볼품이 없어 보이긴 마찬가지였다. 5년 전, 어머니가 돌아가시고부터 그에게 아버지는 태산과 같은 존재였다. 이 세상에서 오로지 믿고 의지할 수 있는 유일한 사람. 그래선지 아버지가 작아보인다고 생각한 적은 단 한번도 없었었다.

— 헌이라고 했제? 앞으로 잘 지내보자.

우렁우렁한 목소리에 놀라 그는 꾸뻑 절을 하고서 달아나다시피 큰길 쪽으로 뛰어갔다.

— 부끄러운가봐. 우리 헌이가 숫기가 없어놔서….

느닷없이 터트리는 아기의 울음소리와 변명처럼 중얼거리는 아버지의 목소리가 자꾸만 귓가에 맴돌았다. 헌은 한참을 달리다가 여자의 등에 업힌 아이가 동생이 되겠다는 생각을 뒤늦게 했다. 그는 한꺼번에 둘이나 생긴 새 식구를 받아들이기가 왠지 마뜩찮았다. 그는 여기저기를 싸돌아다니다가 해가 으스름해질 때야 집으로 발걸음을 향했다. 어둑어둑한 저녁 길을 터덜거리며 걷다가 순간 눈앞을 밝혀주는 언덕 위의 집을 쳐다보고서 그는 잠시 발걸음을 멈추었다. 어둠을 지우고 은은하고 부드러운 빛으로 주위를 감싸고 있는, 그 집은 마치 빛의 궁전 같았다. 그는 자기도 모르게 침을 꼴깍 삼키고서 오묘한 빛의 세계에 이끌려 한동안 발걸음을 뗄 수 없었다.

새벽 서너 시쯤, 헌은 기상하면 바로 망루에 올라 참치 떼가 바다에 남기는 백파를 찾기 위해 망원경으로 탐색부터 시작한다. 그럴 때면 어선들이 어획로에서 참치 떼들을 유인하기 위해 밝혀놓은 불빛을 보게 된다. 그 불빛은 유년 시절의 그를 불러내 먼 고향, 언덕 위의 집으로 데리고 간다. 망원경으로 그는 참치 떼가 흔적을 남긴 흰 파도를 찾는 게 아니라 언덕 위의 집 근처를 배회하던 때의 어린 자신을 찾고 있다는 걸 깨닫곤 한다. 여름방학이 끝나고 더 이상 학교에 나오지 않는 지호를 그 집 밖에서 하염없이 기다리던 아이, 아버지에게 꾸중을 듣고 울컥해서 뛰쳐나와 그 집 근처를 서성이던 아이, 지호가 옆에 없는데도 가끔씩 손을 흔들어주는 지호 엄마를 보는 기뿜으로 등굣길에 나서던 아이…. 그 아이들이 흰 파도를 헤치고 불쑥 불쑥 얼굴을 내미는 듯해 그는 망원경 렌즈에 더욱 눈을 바짝 갖다대곤 한다.

— 그만 내려오라구. 아침 먹어야지. 이제 헬기 띄우고 멀리 나가서 볼 텐데, 뭘.

그새 동이 트고 아침 식사시간이 시작되었다는 걸 그는 늘 뒤늦게 알고서 아쉬운 마음으로 망루를 내려온다. 조리장의 요리 솜씨가 신통찮았지만 둘러앉은 선원들은 대부분 밥그릇을 싹싹 비우는 것으로 하루치의 고된 노동을 위한 대비를 시작한다. 어마어마한 넓이의 그물은 바다 위에 던져진 그들의 삶을 옴짝달싹할 수 없게 그물코 속으로 단단히 가두어놓는다. 그는 그물을 떨치고 바다 속으로 자유롭게 유영하는 멋진 돌고래가 되는 꿈을 꾸며 30년이 넘는 선원 생활을 버티어냈다. 하지만 언제부턴가 몸이 예전 같지 않다는 걸 느끼면서 이제 끝낼 때가 왔다고 생각하기 시작했다.

헌은 컵라면 용기를 쓰레기통에 집어넣고 담배에 불을 붙였다. 그러다 문득 담배 연기가 올라온다고 악을 쓰던 위층의 노파가 생각났다. 끌까 말까 잠시 망설이다가 그는 더욱 깊숙이 담배 연기를 빨아들이고서 중얼거렸다.

— 이렇게 구수하고 맛있는 걸…, 그동안 할망구가 이사를 갔을 수도, 죽었을 수도 있잖아. 나도 참, 소심하긴….

아까운 담배를 괜히 버릴 뻔했다는 생각에 피식 웃음이 났다. 그러다 아버지가 오늘이라도 금방 세상을 떠날지 모른다는 예감이 불현

듯 들면서 온몸이 부르르 떨렸다. 불과 몇 시간 전까지만 해도 아버지의 죽음에 초연할 수 있으리라고 믿었는데…. 그렇다고 해서 그날 안으로 당장 내려갈 엄두는 나지 않았다. 무엇보다도 체력이 바닥난 듯 꼼짝하기가 싫었다. 그는 다시 침대에 누워 창밖으로 하늘을 올려다보았다. 길어진 해가 주홍색 치맛자락을 천천히 끌며 어둠 속으로 떠날 채비를 차리고 있었다.

3년 전, 헌은 8개월 간의 항해를 마치고 원룸으로 돌아와서야 제니가 떠난 줄 알았다. 바로 그 얼마 전까지 문자를 주고받았던 터라 그녀가 떠났으리라는 짐작조차 하지 못했었다. 처음엔 잠시 외출한 줄 알고서 몇 번이나 통화를 시도했지만 전원은 꺼져 있었다. 창밖이 점점 어두워오자 그는 전등을 켜고 집 안을 둘러보았다. 그녀의 흔적은 어디에도 남아 있지 않았다. 세 번째 겪는 결별이었다. 이번에는 결혼식도 올리고 남들처럼 가정을 꾸려 제대로 살아볼 작정이었다. 그가 만난 여자 중에서 여러 모로 제니만큼 잘 맞는 여자가 없었다. 이제 원양어선은 그만 타기로 한, 제니와의 약속을 꼭 지키겠다고 다짐하며 기대에 부풀어 육지에 발을 힘껏 내디디었었다. 제니가 있는 집으로 돌아가는 버스의 창으로 해지는 하늘을 바라보며 그는 아주 오랜만에 안식, 평온, 소확행…, 등등의 단어를 떠올리며 입가에 슬며시 미소를 지었다.

— 한 사나흘쯤 됐나? 캐리어를 끌고 나오기에 여행 가느냐고 물었더니 암말 않고 치마를 팔랑거리며 급하게 계단을 내려가더구만요.

날이 새기만을 기다리다가 그가 옆집 현관문을 두드렸더니 부스스한 얼굴을 내밀고서 옆집 남자가 말했다. 그러고는 한심하다는 듯 한 표정으로 그를 잠시 바라보더니 문을 닫으면서 중얼거렸다. 쯧쯧 그럴 줄 알았…, 뒷말은 문소리에 잘렸다. 그는 침대에 털썩 주저앉았다. 10평 남짓한 원룸이 망망대해만큼 넓게 느껴지면서 자신의 몸이 둥둥 어딘가로 떠가는 기분에 이끌렸다.

여름방학을 마치고 돌아갔더니 지호의 자리가 비어 있었다. 아이들은 지호의 빈자리에 관심을 보이지 않았지만 헌은 자꾸만 그쪽으로 눈이 가면서 가슴 한구석이 썰렁했다. 담임 선생님에게 물어보고 싶었지만 용기가 나지 않았다. 존재감이 전혀 없었던 지호를 반에서 없는 아이로 모두 취급하는 것 같아 그는 혼자 나서기가 조심스러웠다. 수업시간에 그는 때때로 지호의 자리에 눈을 주며 혹시 본래부터 그 아이가 없었던 게 아니었던가, 하는 터무니없는 의구심에 사로잡히기도 했다. 서로 이야기를 나누어보기는커녕 목소리 한번 들어본 적 없었는데 왜 지호에게 이다지도 관심이 가는지 따져보다가 그건 아마 지호 엄마 때문인지 모른다는 생각이 들었다.

그 후에도 지호 엄마는 아주 가끔씩 베란다에 나와 헌에게 손을 흔들어주곤 했다. 가을 햇살에 부신 눈을 가느스름하게 뜨고 하얀 손을 흔드는 모습이 마치 반짝거리는 바다 위에 일렁거리는 잔물결처럼 느껴졌다. 헌은 언덕 위의 집을 늘 머릿속에 떠올리며 등하굣길에 오르곤 했다. 점차 가을이 깊어 겨울로 접어들 무렵 아이들과 놀다가 늦게 하교하던 날이었다. 짧은 해가 설핏 지려하면서 엷은 어둠과 함께 추위가 몰려왔다. 얇은 점퍼 위로 나온 목을 한껏 움츠리며 언덕 위의 집을 일별하고 지나쳐가려 할 때였다. 뒤에서 부르는 소리가 들려와 그는 발걸음을 멈추었다.

— 얘, 잠깐만!

돌아보니 그를 향해 놀랍게도 지호 엄마가 다가오는 게 아닌가. 이게 무슨 일인가, 내가 헛것을 보고 있나, 하는 생각들이 드는 순간 그의 목을 감아오는 부드럽고 따스한 감촉이 느껴졌다.

— 하고 가. 감기 들겠어.

얇은 모직 목도리를 그는 얼떨결에 손바닥으로 어루만졌다.

— 돌려주지 않아도 돼. 많이 늦었네. 어서 가봐.

그는 고맙다는 인사를 하려다가 지호 엄마가 이미 어둠 속으로 사라져버린 걸 알아차렸다. 그는 주위를 몇 번 두리번거린 후 어쩔 수 없는 기분으로 집을 향해 갔다. 그러면서 한쪽 손은 자기도 모르게 자꾸만 목도리에 가닿았다. 그는 집으로 가는 내내 목덜미에서 느껴지는 포근한 기분에 감싸였다. 집 앞에 가서야 지호의 안부부터 물었어야 했다는 생각이 뒤늦게 들었지만 그럴 경황이 없었다고, 그는 변명처럼 중얼거렸다. 그러고는 목도리를 풀어 책가방 안에 집어넣었다. 왠지 그렇게 해야만 할 것 같아서였다. 그는 갑자기 썰렁해진 목덜미를 손바닥으로 어루만지며 혼잣말을 했다.

— 괜히 들켜서 좋을 건 없잖아.

겨울 내내 그는 목도리를 식구들 모르게 밖에서만 두르고 다녔다. 다음해 봄이 오고 6학년으로 진급하자 그는 더 이상 언덕 위의 집에서 지호 엄마가 손 흔드는 모습을 볼 수 없었다. 그 집의 창들도 아주

가끔씩만 불 밝힌 모습을 보여주었다.

컵라면 한 개가 허기를 채워준 걸까? 식곤증이 오랜 항해 후의 피곤함과 함께 몰려와 그는 침대 위에 활개를 펼치고 누웠다. 온몸이 물속으로 점차 가라앉고 있는 듯했다. 깊은 물속으로 그는 잠겨들기 시작했다.

저만치 창공에서 새들이 떼를 지어 날아들기 시작한다. 틀림없이 참치들도 저쯤에서 무리지어 헤엄치고 있으리라. 빨리 보고해야지, 하지만 헌이 미처 망루에서 내려오기도 전에 그물들이 바다 위로 펼쳐지기 시작한다. 어마어마하게 넓은 그물들이 바다를 온통 다 차지하는 듯하다. 그 속으로 아침 햇살을 받아 영롱한 빛깔로 반짝이며 수많은 참치들이 모여든다. 그는 부신 눈을 잠시 감는다.

— 스카프 발사!

선장의 지시에 그는 놀라 정신을 차린다. 그물 한쪽에 보조선이 연결되고 엄청나게 큰 원을 그리며 투망이 시작된다. 걸려든 참치들이 그물을 빠져나가려고 발버둥을 친다. 배에서 소음을 내고 물보라를 일으켜 참치들을 붙잡아두려 한다. 선원들 모두 있는 힘을 다해 그물을 잡아당긴다. 그도 팔에 잔뜩 힘을 주려 하지만 어디선가 드르륵거리며 귀를 긁어대는 소리가 손목을 자꾸만 낚아채려 한다. 여전히 귀를 자극하는 소리에 견딜 수 없어 그는 눈을 번쩍 떴다.

— 오늘은 내려올 거야? 어제 올 줄 알고 아버지가 얼마나 기다리셨다고. 아버지 살아계실 때 뵙는 게 좋지 않겠어? 나중에 후회할 일 만들지 말라는….

알았다,고 그는 수희의 말이 채 끝나기 전에 종료 버튼을 눌러버렸다. 그러고는 화장실 문을 열고 변기에 가래침을 뱉었다. 열 살 넘게 아래인 동생이 누나처럼 굴 때마다 그도 모르게 나오는 버릇이었다. 혼이 날 때면 옆에서 잘난 척하며 거드는 동생에게 네가 나이 많은 오빠보다 낫구나, 하는 아버지의 말이 헌에게 못견디게 치욕적으로 느껴졌다. 치욕덩어리를 뱉어내야만 제대로 숨을 쉴 수 있을 것 같아 그는 목구멍에 힘주고 몇 번이고 카악 소리를 내야 했다. 그럴 때면 괜히 민망해하며 그의 등을 부드럽게 쓰다듬어주는, 새어머니의 손길을 거칠게 뿌리치는 것으로 화풀이를 하곤 했다.

9시가 넘었다는 걸 알아차리고 대체 몇 시간이나 잤는지 헤아려보다 헌은 일단 집으로 내려가야겠다고 마음먹었다. 아침은 휴게소에서 먹기로 하고 배낭을 간단히 꾸려 원룸을 나왔다. 부신 봄 햇살이 그의 이마와 눈가에 일렁거리며 간질이었다. 깜빡 잊고 있었다는 듯, 그는 급하게 선글라스를 배낭 주머니에서 꺼내 썼다. 선글라스가 세상으로부터 방어벽이 되어 눈뿐 아니라 온몸을 보호해준다는, 어처구니없을 정도로 과장된 생각을 하는 자신에게 픽 웃음이 났지만 마음이 편해지는 건 사실이었다. 고속버스터미널에 도착하자 K읍으로 가는 버스가 마침 출발을 서두르고 있었다. 그는 재빨리 버스에 올라타고서 앉은 좌석의 등받이를 뒤로 젖혔다. 그러자 버스가 천천히 움직이기 시작했다. 몇 년 만인지 모르지만 이제 고향 집으로, 곧 이 세상을 떠나게 될 아버지를, 이제 낡을 대로 낡은 언덕 위의 집을 보게 될 것이다.

그가 중학교에 입학하고서부터 언덕 위의 집 앞을 지나갈 일이 별로 없었다. 그리고 고등학교에 들어가서는 더욱 그랬다. 어느 날 새어머니가 시장을 다녀와서 아버지와 나누는 이야기를 그는 건넌방에서 들었다.

— 저기 언덕 위에 집 있잖우? 멋들어지게 지어올린….

— 뭐, 이젠 제법 낡아보이더구먼.

— 그츄. 오다가 보니께 도라쿠 몇 대가 짐을 실어나르더만유. 이사를 가는감? 그 집에 사람이 안 산 지는 좀 됐지유. 바깥양반이 나랏일 한대유. 겁나게 높은 데 있다더만유.

— 그러면 뭣해? 하나밖에 없는 자식은 정신병원에 있고, 여자는 줄줄이 많아 몇 집 살림을 한다고 들었어. 물론 소문이지만….

그렇다면 지호 엄마도 줄줄이 많은 여자 중에 하나란 말인가? 아, 그런데 지호가 정신병원에? 그는 머리를 절레절레 흔들다가 서랍장 깊이 넣어둔 목도리를 꺼냈다. 약간 보풀은 일었지만 베이지와 브라운 색의 체크무늬가 여전히 선명한 그것을 그는 손바닥으로 쓰다듬어 보았다. 감기 들겠어, 나직하게 들리는 음성과 함께 부드럽고 따스한 감촉이 그의 슬픔을 위무해주는 듯했다.

고속버스터미널에서 고향 집으로 가려면 언덕 위의 집 앞을 지나쳐야 했다. 배를 타고서부터 고향 집을 찾는 일이 거의 없는 그가 아주 어쩌다가 가끔씩 들를 때면 마주치게 되는 언덕 위의 집은 점점 쇠락해가는 모습이었다. 아무리 둘러봐도 사람이 살고 있는 흔적은 보이지 않았다. 그런 탓에 더욱 빠르게 낡아가는 모양이라고 그는 고개를 끄덕이며 지호를, 지호 엄마를 아스라이 떠올리곤 했다. 그러고는 나중에 돈을 많이 벌게 되면 저 집을 사서 꼭 예전의 모습으로 복구하겠노라고 그는 다짐했다. 다소 엉뚱하게 느껴질 법한, 자신의 속마음이 들킬까봐 주위를 둘러보며 얼굴을 붉혔다.

정확하게 3시간 반 만에 버스는 터미널에 도착했다. 그제야 헌은 허기를 느끼며 휴게소에서 먹기로 한 아침을 깜빡했다는 걸 알아차렸다. 30분 정도면 집에 들어갈 수 있지만 가자마자 밥부터 먹겠다는 소리를 차마 할 수 없으리라는 생각이 들어 터미널 근처 식당으로 갔다. 주문하자 해장국은 바로 나왔다. 그가 뚝배기에 반쯤 머리를 박고 뜨거운 국물을 거의 다 넘겼을 쯤 작업복을 입은 사람 세 명이 들어왔다. 그들은 자리를 차지하고 앉아 그의 탁자로 힐끔 시선을 주더니 그 중 한 명이 큰 소리로 외쳤다.

— 해장국 셋이오!

— 금방 끝나서 다행이야. 하기야 폐가 한 채 해체하는 건 일도 아니지, 뭐. 근데 꽤 잘 지어진 집이던데 왜 그렇게 오랫동안 비어두었을까?

— 그 집이 한 사오십 년 됐다지, 아마? 별별 소문이 다 떠돌았다더라고. 집주인 여자가 행방불명이 됐다는 소리도 있고, 바다에 빠져 죽었다는 소리도 있고, 또 뭐 어디에 감금되었다든가? 하여튼 흉흉한 소문이….

— 에이. 다 그냥 떠도는 소문이라구. 남의 말 좋아하는 사람들이 만들어낸 이야기야. 누구는 몇 년 전에 곱게 늙은 주인 여자를 요 앞

사거리에서 봤다는 사람도 있더라니깐. 어쨌든 이 동네 명물이 흉물이 되어 사라져버렸구만. 변하지 않는 게 어디 있겠는가? 다 무상한 세월 탓이지.

헌은 자기도 모르게 자리를 박차고 일어나 급하게 언덕 위의 집을 향해 달려갔다. 달려가는 내내 그들이 언덕 위의 집을 두고 하던 말들이 아니기를 바랐다. 아무리 흉물로 변했을지라도 언제 사라질지 모르는 그 집의 모습을 그는 꼭 봐두고 싶었다. 그게 그 집에 대한 예의라고 생각했다. 춥고 어두운 시절을 지나오는 동안 늘 빛이 되어 반짝여준….

그의 바람과 달리, 그 집이 있던 자리는 공터가 되어 있었다. 빈 땅 위로 누런 황사가 불어대며 한쪽 구석에 아무렇게나 쌓아둔 쓰레기들을 날렸다. 그는 후들거리는 두 다리에 힘을 주고서 사라지고 없는 집을 꼭 찾아내고야 말 듯 사방을 살폈다. 그런 그를 제지하듯 재킷 주머니 속에서 휴대폰이 다급하게 울어댔다. 전화기 속에서 새어머니의 음성이 평소와 달리 가라앉은, 그 때문인지 의외로 나지막하고 부드럽게 들렸다.

— 헌아, 어디여? 시방 오고 있는 중이여?

— 네, 지금 거의 다 왔어요. 빨리 갈게요.

— 아니여. 급하게 오지 말어. 그라다가 넘어지기라도 하믄 어쩔 거여. 니가 발이 작아 잘 넘어졌잖어.

하이 참, 어머니도. 그는 픽 웃으면서 넘어져 무르팍을 깨곤 했던 기억을 그제야 떠올렸다.

— 그래도 아버지 임종은 지켜야지요. 늦장부리다가….

— 아니여. 오늘밤은 넘기실 것 같어. 우야든지 조심혀서 와. 그 당부 할라고 전화했어. 지금 니 마음이 어떻겄어? 이럴 때일수록 느긋하게 마음을 먹어야 하는 벱이여.

넘어지지 말고 조심해서 오라는 새어머니의 목소리가 감기 들겠어, 라고 하던 지호 엄마의 목소리가 되어 그의 귀에서 자꾸만 맴돌았다. 이게 무슨 일이지? 도무지 영문을 알 수 없어 그는 귀를 문질러보았다. 그러다가 그는 황사가 날리는 언덕을 등 뒤로 하고 집으로 가기 위해 조심스럽게 발걸음을 내디디었다. 한없이 부드럽고 따스한 봄 햇살이 그의 목덜미와 등을 어루만져주었다.

사랑은 나노입자

양관수

제3회 수상자/ 2003년

심리상담사, 전 순천대문창과 외래교수, 2003 평사리문학 대상 수상, 2005 진주신문 가을문예 당선, 2011 광주무등일보 신춘문예 당선, 2021 광양용강도서관 상주작가(한국문화예술위원회 주관), 박경리문학관 등 인문학 출강.

사랑은 나노입자

방문은 누군가 얼굴을 들이밀 만큼 늘 열려 있었다. 내가 문에 손가락을 대자 소리 없이 안으로 밀렸다. 방에는 침대가 두 개였다. 오른쪽 침대는 '식도' 녀석이 큰 대 자로 누웠다. 일식집에서 알바하는데 주인에게서 초밥과 회덮밥 만드는 걸 배웠다. 파란 홑이불을 배에 덮었다. 왼쪽 침대는 로스쿨에 다니는 '사시' 놈이 식도를 향해 모로 누웠다. 분홍색 얇은 이불이 발끝에 몰렸다. 이불들은 내가 골랐다.

내가 방으로 들어섰다. 전에 살던 고시원 방보다 네 배쯤 넓었다. 방문 정면에 블라인드가 달린 창이 있다. 창 크기가 4인용 식탁만 했다. 창문에는 길 건너 맞은편 상가 창들과 간판들이 빽빽하게 들어차 있다. 일층은 옷집들과 화장품 판매점들이 많았다. 편의점이나 통닭집도 보였다. 이삼층은 줄줄이 뭔가를 파는 곳들이었다. 사층인가 오층에는 키스방도 보였다. 내가 창문을 열며 밖으로 고개를 내밀었다. 우리가 세 든 곳은 7층짜리 오피스텔이다. 투룸들로 채워진 건물인데 우리 집은 510호였다. 밑을 내려다보자 아찔했다. 내가 고개를 들었다. 마주한 길 건너 유리창들 안쪽은 어떨까. 어느 하나는 이 방처럼 남자가 둘일까, 아닐까. 내가 창을 등지며 거실을 향해 돌아섰다.

식도의 황토색 사각팬티 앞은 피라미드처럼 뾰쪽했다. 내 체취를 느끼기만 해도 선다는 녀석이었다. 피부색은 황색이고 팔다리에 바투 난 털들도 검었다. 사시의 살은 어떤지 궁금했다. 하늘색 바탕에 뭉게구름이 그려진 팬티를 입었다. 앞이 밋밋했다. 하긴, 내가 흥분해야 따라하는 놈이니깐. 피부는 하얀 편이고 팔다리에는 털들이 성기게 났다. 털은 빛이 닿는 각도에 따라 검거나 투명한 갈색이기도 했다. 갈색일 때가 나는 더 좋았다. 살갗과 털을 쓰다듬어볼까 하는데 등 뒤에서 배고프겠다, 는 말이 들렸다. 고개를 돌리자 식도가 누운 채 미소 지으며 나에게 눈길을 주었다.

내가 식도에게 몸을 돌린 다음 손을 내밀었다. 식도가 손을 맞잡으며 침대에서 일어나더니 입맞춤을 해왔다. 입술에 입술이 닿자 나는 눈을 크게 떴다. 으레 키스해오는 쪽은 식도이고 기습당해 놀란 듯 내 눈은 똥그래졌다. 그때마다 내가 식도 눈을 보았다. 식도가 눈을 지그시 감는데 길거나 짧지 않은 속눈썹들이 가늘게 떨렸다. 식도는 언제나 그랬다. 감긴 눈꺼풀 탓에 내가 홍채를 못 봤다. 보나마나 눈 떴을 때와 같은 검정에 가까운 진갈색일 것이다. 식도 입에서 니코틴 내가 조금 풍겼다. 고약하지 않으며 과자 냄새처럼 구수했다. 식도가 왼손으로 봉긋한 내 젖가슴을 더듬더니 먼저 입술을 뗐다. 내 머리끝이 쭈뼛거렸다. 식도가 윙크하며 급해, 하더니 담뱃불을 붙인 후 거실로 나갔다. 화장실 문 여닫는 소리가 들렸다.

내가 모로 누운 사시 어깻죽지를 잡아 흔들었다. 오전에 우리는 서둘러 나름 갈 곳으로 나서야 했다. 사시는 학교나 도서관으로, 식도는 일식집으로, 나도 학교 연구실로 향했다. 가장 바쁜 사람은 사시였다. 수강 시간에 늦으면 안 되었다. 그런데도 셋 중 아주 늦게 언제나 깨워야 일어났다. 내가 아까 식도와 맞잡던 손바닥으로 사시 엉덩이를 일어나, 일어나, 하며 세 차례 때렸다. 아팠을까, 사시가 몸을 뒤척이더니 눈을 비비며 몸을 내게로 돌렸다. 나는 사시의 상체를 일으키며 양 어깨를 붙잡았다. 잠이 덜 깼는지 어설프게 뜬 눈은 초점이 없었다. 내가 놈 옆에 걸터앉았다.

사시의 홍채는 푸르다. 그런데 꼭 그때만 붉은 기운이 슬쩍 엿보이기도 했다. 푸름과 붉음이 혼합을 이루다가 분리되는 느낌을 주었다. 그걸 포착하는 건 찰나였다. 내가 연구하는 '나노입자와 단백질이 결합하여 만들어내는 빛들의 다양성'과 연관되었다. 그 붉은 빛은 사랑을 느낄 때 가슴에서 일으키는 파장과 연결되리라. 그렇게 내가 느끼고 싶었다. 훨씬 감동적이니깐. 침대 매트가 푹신했다. 내가 사시 양 어깨를 붙잡으며 잠이 덜 깬 눈을 들여다봤다. 사시는 그냥 눈을 반쯤 뜨고 있었다. 홍채가 보이는데 푸르스름했다. 다른 뭔가를 감춘 푸름이었다. 내가 살포시 내 입술을 사시 입에 포갰다. 길게 해야 했다. 아주 길게. 사시가 숨을 들이마실 때 내가 날숨을 사시가 내쉴 때 내가 들숨을 했다. 조심스럽게 부드럽게 이끌면서 주고받았다.

내가 눈을 크게 뜨고 사시는 반쯤 감았다. 숨이 가빠지자 내가 슬며시 입술을 뗐다. 사시 눈꺼풀이 올라가면서 푸른 홍채가 팽창했다. 내가 동작을 멈췄다. 코끝이 코끝에 살짝 닿았다. 사시 홍채에서 빨간 기운이 반짝이기를 기대하면서. 둘이서 몸을 비빌 때 그쯤이 상대를 잘 느낄 때다. 진도가 더 나가면 몸의 열망이 '너'가 아닌 '나'를 탐닉하려 든다. 오르가슴일 때는 엑스터시로 인해 너와 나를 아예 인식하지 못한다. '자신'조차도 놔버리는데 어떻게 '그대'를 알아보겠는가. 내가 코끝 여운을 남긴 채 사시 눈을 주시했다. 예상대로 사시는 동공을 좁히며 조리개를 확장시켜 나갔다. 시선으로 나를 놓지 않으려는 듯. 아쉬워하며 나를 간절히 원하는 순간이었다.

내가 눈을 크게 뜬 채 깜박이지 않으려 눈꺼풀에 안간힘을 썼다. 그때 파랗기만 하던 사시의 홍채에 붉은 빛이 반짝 빛나더니 사라졌다. 찰나였다. 나만 보았다. 본인도 알지 못하는 눈빛의 혼합이었다. 그로 인해 '나노입자와 단백질이 결합하여 만들어내는 빛들의 다양성' 연구에도 좋은 진척이 있으리라는 예감이 들었다. 내 코를 사시 코에다 연거푸 서너 번 비볐다. 덩달아 입술이 닿기도 했다. 내가 붙잡은 양 어깨를 놓았다. 침대에서 일어나 몸을 방문 쪽으로 향하자 식도가 문설주에 기댄 채 빙그레 웃었다.

식도가 집 계약자였다. 구하는 건 내가 했다. 투룸으로 이사한 날은 토요일이었다. 거실에는 중고가구센터에서 배달한 3인용 소파와 탁자가 정돈돼 있었다. 탁자가 식탁은 아니나 밥과 반찬을 올려놓고 끼니를 때우거나 소파에 앉아 맥주도 폼나게 홀짝거릴 만했다. TV나 오디오는 안 샀다. 내 방에 1인용 침대를 들였다. 식도 방에도 1인용 침대가 하나였다. 남자 둘이 함께 쓸 방인데도 말이다. 내가 식도에게 말해 이튿날 그 방에 사시가 쓸 침대 하나를 더 들였다. 화장실이 맘에 들었다. 집 안에서 샤워한다는 건 좋다. 보일러를 틀고 샤워를 했다. 마음대로 쓸 화장실이라니, 꿈속 공간이었다.

고시원은 공동 화장실인데 바로 옆 칸에 공동 세탁실 겸 샤워실이 따로 있다. 방은 혼자 쓰는데 길쭉했다. 내가 두 팔을 뻗으면 양 손바닥에 벽이 닿았다. 누우면 머리맡은 책상 의자 발치에 닿고 발바닥은 출입문 틈으로 들어온 바깥 공기를 느꼈다. 음식은 방바닥에 놓은 채 앉아 먹었다. 절인가 교회인가에 가면 죽음체험 코스가 있다. 체험자가 수의를 입고 나무 널 안에 드러눕는다. 스스로 주검이 돼보는 것이다. 사람들은 거기서 뭘 느낄까. 차라리 고시원 방에서 불 끄고 누워 자신이 주검이라는 걸 견뎌보는 게 낫지 않을까.

이삿짐 정리를 다 마치자 배가 고프나 버텼다. 오전에 식도가 내게 전화를 걸었다. 이사하느라 힘든데 청소는 자신이 한다며 나더러 손가락 하나 까딱하지 마, 했다. 초밥 가져갈 테니 배 터져 죽을 각오하라며 떠들었다. 그 말을 듣고 나는 저녁을 걸렀다. 자정쯤 식도가 쇼핑백을 흔들며 등장했다. 들어서자마자 거실 소파에 앉아 비닐봉지에 담아온 도시락을 탁자에 펼쳤다. 초밥과 회, 멍게 해삼들이었다. 내가 먹고 싶은 음식이었다.

나도 일식집에서 일했다. 방이 다섯 개였다. 방마다 서빙하는 여자들이 정해져 있었다. 그녀들은 삼사십대로 보였다. 손님들은 주로 방을 찾았다. 홀에는 테이블이 네 개 있었다. 홀 테이블에도 손님들이 끊이지 않았다. 나는 홀 서빙 담당이었다. 오후 5시부터 밤 11시까지 나는 하루에 여섯 시간 일했다. 급료는 최저임금인데 팁이 쏠쏠했다. 다른 일자리에서 생기지 않는 돈이다. 한 달에 25일 일하면 월급이나 팁이나 엇비슷했다. 내가 생활비로 쓰고 남아 저축도 했다. 낮에는 연구실에 머물렀다. 지도교수가 유전자공학 박사과정에 있는 연구생들 예닐곱이랑 꾸려가는 곳이다.

21세기 초기는 나노 시대다. 나는 '나노입자와 단백질을 결합시켜 다양한 발광을 창출'하는 분야 연구원이다. 그와 관련된 여러 실험 과정과 결과들을 가지고 박사 논문을 써야 했다. 신체의 여러 색깔은 멜라닌 색소 양에 따라 달라진다. 홍채도 마찬가지다. 멜라닌 양이 적으면 파란 색, 넉넉하면 갈색이다. 넘치면 검정색으로도 보인다. 부족하면 초록으로 결핍일 때는 혈관 색인 홍색이 드러난다. 이러한 홍채 색깔들을 이제 사람들은 패션에 따라 바꾸려 한다. 하지만 몸속 멜라닌 색소 양을 늘리거나 줄이는 방법은 없다. 가지고 태어난 눈빛을 변형할 수 없다는 뜻이다. 몸의 다른 색상들도 매한가지다. 다만, 멜라닌 색소를 조작해 색깔을 변형하는 건 가능하다. 멜라닌 색소 크기는 나노nm 급이다. 나노입자 표면에 단백질을 붙여 자외선을 쬐면 단백질에 따라 다양한 빛이 난다. 그러한 과학적 기술로 홍채 색상을 바꾸는 게 가능하다. 한번이 아니다. 시도 때도 없이 맘대로 갈아치우게 된다. 기술이 더 발달한다면.

눈빛을 바꾸려는 사람들은 있게 마련이다. 그들 홍채에서 성체 세포를 빼내 단백질을 덧씌운다. 자외선을 쬐어 원하는 색을 띤 성체 세포를 만든다. 그다음 홍채에 다시 주입하는 방식이다. 이때 단백질 두께에 따라 빛이 달라진다. 지금 이 방법은 대량으로 일궈낼 수 없는 단점을 가졌다. 만일 훗날 원하는 색의 성체 세포를 대량 생산하게 된다면 피부나 머리카락 색깔도 바꾸게 된다. 언젠가는 그리되리라. 이때 주입하는 성체 세포에 새겨진 유전자 정보가 손상되어서는 안 된다. 암세포가 되거나 다른 부작용을 일으키기 때문이다. 훗날 그런 문제도 다 해결되리라. 인간을 억압하는 '멜라닌 색소의 한계' 돌파가 얼마 남지 않았다는 게 현대과학의 성과다. 잘하면 훗날 언젠가는 몇 개 알약이나 한두 번 주사로 피부색을 바꾸게 될 것이다. 나는 기니피그에서 추출한 나노 세포에 단백질을 입힌 다음 자외선을 쬐어 다양한 빛들을 만들어내는 연구를 하는 중이다. 쉽지 않지만 그게 내 일이며 이제 첫걸음마다. 그렇게 해서 내가 받는 한 달 연구비는 일식집 알바비보다 적었다. 하지만 팁까지 합치면 내 수입은 꽤 많았다.

내가 박사과정 연구원에 걸맞은 일자리를 찾아보았다. 알바라도 좋았다. 하지만 없었다. 그런 탓에 자질구레한 일들을 하다 보니 일식집에 들어갔다. 생선찌개와 초밥을 날마다 먹어 즐거웠다. 날마다 돈 들이지 않고 저녁 식사와 밤참을 해결한다는 건 연구 과정을 밟는 나 같은 대학원생에겐 기쁜 일이다. 비싼 능성어 회나 낙지 멍게 해삼들은 먹을 수 없었다. 주방장 겸 주인이 직원들 식사에는 안 내놓았다. 나는 낙지 멍게 해삼을 보면 식욕이 당겼다. 방을 맡아 서빙하는 어떤 여자는 손님들과 2차를 나갔다. 노래방에 간다는 것이었다.

나한테 노래방 가자, 는 남자들도 여럿 됐다. 사십대로 보이는 남자들 셋이서 집적거릴 때가 처음이었다. 내가 어쩔 줄 몰라 머뭇거리자 주인아저씨가 따라가라는 눈짓을 보냈다. 그때 주방보조로 일하는 녀석의 시선이 나와 마주쳤다. 일부러 눈길을 준 것 같았다. 직원들끼리는 나이를 불문하고 '주방오빠'라 부르는 녀석이었다. 나는 싫으나 주인이 시킨 탓에 하릴없이 오빠라고 했다. 녀석이 항상 문단속까지 마친 뒤 마지막에 퇴근했다. 그런 녀석이 내게 눈길을 보내며 뭔가 끌리는 표정을 지어보였다. 내가 노래방으로 따라나서라는 주인의 태도에서 꺼림칙한 느낌을 받았다. 싫다며 손님들을 따라가지 않았다. 녀석 얼굴에 미소가 살짝 번지는 걸 눈치챘다. 나는 그 뒤로도 줄곧 2차는 나가지 않았다.

송년회를 많이 하던 즈음이었다. 방에서 서빙하는 여자 다섯이 모두 2차를 나간 날이었다. 그날도 나는 안 나갔다. 그러고 삼사일쯤 지난 크리스마스이브였다. 그날은 손님들이 뜸했다. 식당 문을 평소보다 두어 시간쯤 일찍 닫았다. 주인과 직원들 모두 함께 홀 식탁에 앉아 밤참을 먹었다. 주인이 능성어를 내놓았다. 가장 비싼 회인데 성탄절 파티라 주인이 선심을 썼다. 낙지 멍게 해삼도 나왔다. 내가 진짜 먹고픈 음식이었다. 주인이 다섯 여자들에게 자꾸 들어, 먹어, 하면서도 나를 쳐다보지도 않았다. 나는 회도 다른 해산물도 안 먹었다. 생선초밥, 김치, 국만 먹었다. 주방보조 녀석도 나를 따라 하는 것 같았다.

해가 바뀌자마자 홀 서빙 여자가 한 명 더 늘었다. 삼십대 후반인데 무척 나댔다. 그 바람에 내 일이 없어져버렸다. 그녀는 취직한 첫날부터 2차를 나갔다. 그날로 난 일식집을 그만두었다. 이튿날 밤이었다. 내가 연구실에서 늦게 나온 탓에 고시원 방으로 곧장 들어왔다. 통장을 보니 생활비가 석달치쯤 들어 있었다. 그때껏 저녁밥을 못 먹었다. 먹어봐야 기껏 사발면이나 햇반을 먹겠지. 일식집 음식들에 길든 입맛이 저녁을 못 먹게 막았다. 나는 주검처럼 누워 다른 알바를 궁리했다. 가치가 높은 일이어야 할 텐데. 2차를 나간 횟집 여자들이 떠올랐다. 그녀들은 얼마나 부가가치가 센 걸까, 얼마나 벌까. 나도 2차를 나갔어야 했나. 앞으로 나가, 말아, 하며 머리를 굴릴 때였다.

스마트폰에서 참새 떼가 속닥거렸다. 모르는 번호인데 받아보니 귀에 익은 목소리였다. 주방보조 녀석이었다. 내 숙소 고시원 건물 입구 앞인데 나더러 보자 했다. 내가 방을 나서 건물 출입구로 내려갔다. 녀석이 나를 반갑게 맞았다. 내 전화번호는 사장 업무일지를 뒤져 알았으리라. 우리는 고시원 옆 분식집으로 들어갔다. 녀석이 일회용 도시락에 담긴 초밥을 꺼냈다. 내가 우동을 하나 시켰다. 초밥을 따뜻한 국물에 적셔 먹었다.

"스시집 초밥이나 마트 초밥은 먹기가 좀 그래."

내가 무슨 말인지 몰라 대꾸 안 했다. 녀석이 내리 말했다. 그런 데서는 광어 초밥을 만들면서 쥐치 살점을 얹는단다. 더 엉망인 건 날고기가 아닌 냉동식품회사에서 가공한 살점들이란다. 또 있었다. 초밥에 덮인 살점을 떼내 한쪽에 버려두면 일주일이 지나도 썩지 않아, 라는 말이었다. 그리고 자신이 가져온 건 생고기 살점을 떠얹은 것이니 맘 편히 먹어도 돼, 했다. 말이 이어졌다.

"크리스마스이브에 니가 콧대를 세운 게 마음에 쏙 들어."

"앞으로 초밥은 오빠가 만든 것만 먹을게."

"그럼, 나랑 살아야 하는데."

그 말끝에 우리는 마주 보고 웃었다.

"2차를 안 나간 건 잘한 거야. 다들 2차에 가기도 하지만…."

녀석이 말을 다 맺지 않은 채 분식집 건너 모텔로 시선을 돌렸다. 내게 친근감을 느끼는지 업무상이거나 업계의 비밀이랄 속내를 은근슬쩍 까발린 것이다. 내가 허탈감을 느끼며 초밥을 먹었다. 녀석에 대한 낯선 감정을 마음에 새기며 말했다.

"앞으론 식도라 부를게."

"식도? 음식 도사! 좋지."

녀석은 식도, 식도, 식도, 하며 낄낄댔다. 자신을 도인으로 인정해 준 최초의 인간이 나라며 연거푸 웃었다. 내 의도는 달랐다. 맛있는 음식을 배불리 먹을 길이 나쁜 건 아니리라.

식도 혼자서 투룸 청소를 끝내니 새벽이었다. 머지않아 햇귀가 일 듯했다. 창밖 야경과 어둠은 빛으로 바래는 중이었다. 식도가 보일러를 틀더니 샤워하자는 손짓을 보냈다. 나는 먼저 했다며 혼자 해, 했다. 화장실에서 세찬 물소리가 들렸다. 곧 아침 5시가 될 참이고 나는 졸렸다. 소파에 앉아 목을 등받이에 기대며 발을 탁자에 올린 채 눈을 감았다. 식도가 화장실에서 나오더니 팬티 차림으로 내 옆에 다가와 앉았다. 비누와 샴푸 향이 짙게 날렸다. 식도가 오른팔을 내 어깨에 두르고 왼팔로는 허리를 껴안으며 입술을 덮쳤다. 키스가 길어지자 왼팔을 풀어 젖무덤을 더듬었다. 언제나 같은 순서였다. 다음은 뻔했다. 그때 띵똥 띵똥 하며 현관 벨이 울렸다.

"사시가 왔나봐."

식도는 옷을 챙겨 입고 나는 현관으로 향했다. 5시가 조금 지나 있었다. 평일에 사시는 이튿날 학교에 가야 해서 밤 10시쯤 일을 끝냈다. 토요일은 밤새하는 당번이었다. 현관문을 열자 사시가 서 있었다. 내가 맞아들이자 뒤에 선 식도가 떨떠름한 표정을 지었다. 거실로 들어선 사시가 화장실로 들어갔다.

"먼저 들어가 자, 재, 내가 재울게."

내 말에 식도가 알았다며 제 방으로 들어가려 했다. 내가 팔을 붙잡아 내 방으로 밀어넣었다. 샤워가 끝난 사시도 비누와 샴푸 내를 짙게 풍겼다. 내가 사시를 빈방으로 데려갔다. 방문을 닫고 푸른 눈을 들여다보았다. 질리지 않는 눈빛이었다. 저 푸르름에서 왜 찰나의 붉은 빛이 반짝이는지 알고 싶었다. 흥분 탓일까, 사랑 때문일까. 내가 헛것을 봤나. 그럴 리가 없다. 사랑 탓이길.

내가 화학적으로 누군가 사랑에 푹 젖을 때 홍채에서 붉은 빛이 나게 만든다면 노벨 화학상이나 물리학상을 받을 것이다. 두 개 다 받을지도 몰라. 그런데 사시는 내게 시큰둥했다. 놈을 붙잡아야 했다.

전등을 끄고 사시를 침대로 밀어붙였다. 사시가 벌러덩 눕자 나는 그 위에 엎드렸다. 새 침대라서 쿠션이 좋았다. 목욕용품들의 싱그러운 향기가 코를 지나 뇌리를 자극했다. 내가 코를 벌름거리며 냄새를 탐닉했다. 사시가 눈을 반쯤 뜨고 있었다. 엎드린 입술이 누운 입술에 닿았다. 혀를 살짝 밀어넣어 혀끝으로 입술 안을 더듬는데 부드러웠다. 내 혀가 밤하늘 둥근 달에 슬며시 닿아도 그보다는 감미롭지 못하리.

사시를 학교 도서관에서 만났다. 내가 『단백질과 나노의 결합』이라는 책을 읽을 때였다. 목이 뻣뻣해 고개를 들어 창을 보았다. 껑충한 마른 체형의 사내가 눈에 띄었다. 앉을 자리를 찾는데 손에 두툼한 책 두 권이 들려 있었다. 사내 눈빛이 파랗게 빛났다. 푸른 눈이 나를 끌어당겼다. 서양에는 흔해도 이 땅에는 귀한 홍채가 아닌가. 내가 두리번거리는 사내와 눈을 맞추자 가슴이 덜컥 내려앉았다. 내 연구의 일부가 아니, 어쩌면 전부가 사내 눈 안에 담긴 느낌이었다. 사내가 내 맞은편에 앉았다. 나는 책을 읽는 둥 마는 둥하며 사내가 의자에서 빨리 일어나길 바랐다.

마침내 사내가 자리에서 일어났다. 나도 책을 덮었다. 걸으며 가까이 다가가 옆구리에 낀 책을 살폈다. 법률 서적이었다. 나이가 나보다 더 들어보였다. 로스쿨에 다니리라. 밖은 어둠이 엷게 깔려 있었다. 내가 사내 뒤를 따랐다. 열 걸음쯤 떨어져 걷는데 사내는 나한테 아예 신경을 쓰지 않는 느낌이었다. 내가 흠, 흠, 하며 인기척을 냈다. 사내가 앞만 보며 걸었다. 학교 밖까지 나섰다. 정문 앞 10차선 큰길을 우리가 앞서거니 뒤서거니 하며 건넜다. 사내가 길을 건너자마자 큰길가 오층 건물로 들어갔다. 나는 입구에서 멈추는데 사내가 엘리베이터 버튼을 눌렀다. 나는 사내 눈에 띄지 않으려 잽싸게 입구 오른쪽으로 몸을 숨겼다. 대로변이어서 오가는 사람들이 나를 힐끗거리며 훑어봤다.

엘리베이터 올라가는 소리가 들렸다. 내가 안으로 들어가 건물 안내판을 살폈다. 지하는 카페, 일층은 통닭집, 이층은 분식집, 삼층은 영문으로 된 무슨 오피스였다. 오층 건물인데 안내판의 사층과 끝층 칸은 비어 있었다. 엘리베이터가 '땡' 하며 사층에서 멈췄다. 내가 올라가는 단추를 눌렀다. 승강기가 내려오더니 잠시 후 문이 열렸다. 나도 사층에서 내렸다. 앞에 투룸 현관문처럼 생긴 철문이 하나 보였다. 엘리베이터 문이 닫혔다. 승강기 문과 철문 사이에 적막한 기운이 감돌았다. 내가 용기를 내 철문 앞으로 걸어갔다. 철문이 저절로 열렸다. 문 안에서 내 또래 여자가 나오는데 어서 오세요, 하며 눈인사를 보냈다. 안으로 들어서자 철문이 닫혔다. 안내 데스크에는 건장한 남자 한 명이 서 있었다. 내부 분위기를 살폈다.

"아까, 뒤따라온 남자 찾으시나요?"

여자 말을 듣자마자 나는 등골이 오싹했다. 데스크에서는 CCTV를 통해 건물 입구에서부터 나를 살폈나. 여자가 나를 찔레꽃이라는 이름표가 붙은 방으로 안내했다. 들어서자마자 싸구려 방향제 냄새가 진하게 났다. 방안은 붉은 빛이 도는 어두움이 짙게 깔려 있었다. 폭은 원룸만 하고 길이는 반쯤 되는 방이었다. 방문 옆 벽에 세면기가 설치되었고 비누와 치약이 있었다. 바로 위에 세면기만 한 거울이, 반대편 창을 막아버린 벽 밑에 고급스러운 3인용 소파가 있었다. 다른 집기는 없고 초록 벽지들은 불그스레한 조명을 받아 음침했다.

"여긴 여자들만 오죠?"

내가 건너짚었다. 내 물음에 여자가 빙긋 웃더니 잠시만 기다리라며 문을 닫았다. 그렇다면 놈은? 황당했다. 그러나 잘됐지 싶었다. 놈을 차분히 만나 파란 눈빛을 꼼꼼히 살피는 게 나았다. 내가 이런 델 오다니, 별꼴이야. 피식 웃음이 나왔다. 내가 키스해야 되나, 라는 생각이 들자 소름이 끼치고 에이, 하며 고개를 저었다. 내가 소파에 앉았다. 방문이 열리며 사내가 들어섰다. 소파로 오더니 머뭇거렸다. 얼른 보기에 사내는 숙맥이었다. 나도 그런 공간은 처음이었다. 말로는 많이 듣는데. 얼떨결에 들어섰지만 사내를 보니 내가 설쳐야 할 분위기였다. 내가 앉으세요, 하자 사내가 무릎을 모으며 살포시 앉는데 시선은 허공이었다. 내가 여기서 일한 지 얼마나 됐냐, 또 어떻게 이런 델 오게 됐냐고 물을 뻔했다. 하지만 누군가 나한테 어떻게 그런 연구를 하게 됐냐고 물어볼 때 짜증스러운 기억이 떠오르자 다른 말이 나왔다.

"여기, 여자 손님들 많아요?"

사내가 빙긋 웃었다.

"나이든 아줌마들이 많아요?"

내가 짐작으로 또 말했다. 비로소 사내가 내게 시선을 주었다. 붉음이 짙게 밴 어두움에서도 사내의 눈빛은 파랗게 빛났다.

"댁, 푸른 눈빛에 끌려 따라왔어요, 모른 척했죠?"

"끌리기는…, 난, 콤플렉슨데, 어릴 때부터."

나도 그런 말을 들었다. 서양에는 푸른 눈빛만 아니라 다양한 눈빛들이 많다. 동양에서는 희귀하다. 그런데 좋기보다는 놀림감으로 치부된다. 나는, 홍채에서 빛을 내는 나노급 멜라닌 세포를 단백질로 싸서, 다양한 빛이 나도록 연구하는 대학원생이다. 그걸로 박사 논문을 준비한다. 그러다 오늘 푸른 눈에 이끌려 따라왔다. 내 연구만 잘 되면 누구든지 서클렌즈를 쓰지 않아도, 주사 한 방이나 알약 한두 개로 홍채 빛을 다양하게 바꿀 수 있다, 고 웃으며 말했다. 사내가 눈초리를 내게 고정시켰다. 내가 푸른 눈을 주시한 채 엉덩이를 끌며 다가갔다. 무릎들이 닿았다. 푸른 눈을 더 가까이서 봐야 했다. 내 왼쪽 다리가 놈 오른쪽 다리에 포개졌다. 입술이 닿는 건 내키지 않았다.

"갈색이나 검은 갈색은 나노 세포가 아네요?"

"나노예요. 양에 따라 색이 달라져요."

"서양은 푸른 색이나 붉은 색 눈이 흔한데."

사내가 푸념을 하자 나는 위로하고 싶었다. 나의 다음 연구는 색소양이 많거나 적음이 아니다. 양은 상관없이, 태생 그대로 둔 상태에서 색소들의 색을 변화시키는 것이다. 갈색이나 검정을 푸르게, 푸른 색을 갈색이나 검게, 더 나아가 홍색으로, 연분홍이나 장미색까지 바꾸는 거로 진도가 나가야 한다. 그게 내 생의 최종 목표다. 사내가 내 말을 다 듣더니 맞장구쳤다.

"사랑을 느낄 때 홍채에 빨간 하트도 그려져요?"

사랑과 홍채에 그려지는 붉은 하트라니, 상상력이 뛰어난 사내였다. 사랑을 아는 녀석이었다. 나는 운명적 만남이라는 생각이 들면서 눈시울이 뜨거워졌다. 키스를 한다면, 어쩌면 사내의 푸른 조리개에 붉은 하트가 켜질지 모를 일이었다. 사내와 사랑을 해보고 싶었다. 그럴 때 사내의 홍채가 달라지는지 안 달라지는지 또 어떻게 변하는지 궁금했다. 방 조명이 낮은 탓일까. 사내 눈동자에 들어앉은 눈부처가 뚜렷했다. 그런데 내가 아니었다. 우주 영상 같았다. 허블 망원경으로 찍은 성운 같은 게 떠돌았다. 내가 아니어서 실망스러웠다. 그러나 사내가 사랑을 강렬하게 느낀다면 성운은 폭발할 거고 붉은 계열 색상들도 퍼지리라. 성운 사진들을 보면 검정과 푸름 새에 붉은 색들이 존재하니까.

홍채와 동공 사이도 마찬가지가 아닐까. 성운처럼 사랑이 폭발할 때 붉은 기운들이 홍채에 하트로 나타나 눈동자를 둘러싼다면, 그걸 연구해낸다면, 대박날 일이었다. 사내 눈 속 눈부처는 우주의 메시지였다. 나에게 보내는 신의 음성이었다. 열악한 내 연구 설비를 대신하는 아니, 어쭙잖은 학문들을 초월할 신이 보낸 카톡이었다. 내 연구가 성공한다면 서클렌즈 시장을 갈음하는 건 말할 필요도 없다. 더 나아가 눈빛을 수시로 바꾸려는 변덕스러운 사람들 욕구를 무한대로 충족시켜줄 듯. 인류사에 혁명이나 다름없는 사건이 되리라. 그 실마리가 내 앞에 앉아 있었다.

사랑이 별건가. 연구를 위해서는. 사내를 흥분시켜야 했다. 동공에 담긴 놈의 우주를 터뜨리려면 불가피했다. 놈의 입술이 탐스러웠다. 내 얼굴이 다가갔다. 입술이 입술을 끌어당겼다. 깊지 않게 가볍게 닿다가 아닌 듯 떨어졌다. 부드러우며 달콤했다. 두 번, 세 번. 다음에는 깊게 들어갔다. 사내가 눈을 내리까나 싶은데 삼 분의 일쯤 뜨고 있었다. 혀의 감미로운 촉감을 내가 느끼며 눈을 크게 떠 사내의 벌어진 눈꺼풀 새를 주시했다. 일 분, 이 분, 시간이 흘렀다. 사내 눈에 변화가 없었다. 더 자극을 줘야 했다. 내가 오른손을 놈 사타구니에 가져갔다. 손바닥에 닿아야 할 꼿꼿한 게 없었다. 뜻밖이었다. 이쯤이면 손바닥에 그게 잡혀야 하지 않는가. 놈 혀는 비로소 입안을 넘나들며 내 혀를 가지고 놀았다. 나는 슬며시 입술을 뗐다. 키스로는 될 성싶지 않았다. 내친김에 끝까지 가볼 셈이었다.

"지금, 나랑, 2차 나가요."

사내가 놀라더니 소파에서 일어나 방을 나가려 했다. 사내 바지 뒷주머니에 꽂힌 핸드폰이 눈에 띄어 내가 덥석 잡아챘다. 사내가 뒤돌아봤다. 내가 액정화면을 켜 전화 걸기로 들어갔다. 내 번호를 찍고 통화 버튼을 눌렀다. 핸드백에서 참새 떼가 울부짖었다. 내가 백 속 핸드폰을 꺼내 걸려온 번호를 확인했다. 머뭇거리다 '사시'로 입력했다. 사시가 멀뚱하게 서 있었다. 내가 사시를 무시한 채 먼저 방을 나섰다. 데스크를 지나 출입문을 여닫으며 키스방을 빠져나갔다. 엘리베이터를 기다리는데 등 뒤에서 쿵 하는 철문 여닫는 소리가 들렸다. 누군가 내 옆에 서는데 사시였다.

"연구 잘 되면, 하트, 가능해요?"

"쉽진 않아요."

사시가 기숙사에서 기거하기에 내 고시원 방으로 데려갔다. 그날부터, 키스를 포함해 내가 다 리드했다. 내가 달떠서 나를 주체하지 못하면 그때서야 사시는 거칠게 굴었다. 마침내 내가 알아냈다. 키스하다 슬그머니 멈추면서 코끝끼리 살짝 닿으면 사시가 실눈을 뜨는데, 그때 눈동자에 붉은 기운이 반짝 감돈다는 걸. 어찌나 빨리 사라지는지 그 순간 내가 눈을 떼지 않아야 했다. 헛것을 봤나 싶어 거듭 시도하는데 그때마다 다 보이진 않았으나 몇 번 확인했다. 환영인가 의심도 하지만 분명코 아니었다.

사시가 내 고시원 방에 머물 때 식도가 음식을 가져와 건물 밖에서 서성거리기도 했다. 그럴 때마다 나는 사시를 방에 뉘어놓은 채 식도에게 갔다. 일식집을 그만둔 뒤 알바를 못했다. 돈이 달려 식비 지출도 아껴야 했다. 식도가 가져오는 음식이 내게는 잘 숨겨둔 비상금이었다. 그 음식을 나도 먹지만 사시에게도 줬다. 사시가 키스방에서 얼마나 버는지 모르지만 학비를 스스로 해결하기에는 씀씀이가 넉넉하지 않았다. 돈을 나한테 빌려주기도 하는데 갚으라 말한 적이 없었다. 나도 언제 얼마를 빌렸는지 신경 쓰지 않았다. 사시와 음식을 나눠 먹으며 일식집 주방에서 일하는 식도가 가져다준 거라 말했다. 식도에게는 사시에 대해 입도 뻥긋 안 했다. 늦은 밤, 음식을 건넨 식도가 헤어지기 싫어하면 내가 함께 모텔로 갔다.

이튿날 내가 방으로 돌아갈 때까지 사시는 잤다. 내가 어디서 누구와 밤을 새우는지 묻지 않았다. 사시는 나한테 관심이 없었다. 어쩌면, 세상 모든 것에 무관심한지도 몰랐다. 로스쿨에 다녀? 모든 게 한

심한 놈이, 법대를 졸업하고, 사시에 몇 번 낙방하고, 마지못해 로스쿨 다니는 거로 내가 짐작했다. 나도 나를 어쩌지 못했다. 바라보면 뭔가를 곧 터뜨릴 듯한 푸른 눈빛 때문에 사시에게 매였다. 그나마 정성을 다 쏟아야 푸름에 가린 붉음을 보는 둥 마는 둥 했다. 그게 나를 더 미치게 했다. 사시 말대로 사랑에 감동할 때 홍채에서 붉은 하트가 나타난다면, 그걸 연구해 완성한다면, 내 생애 전부를 걸 만한 일이다.

내가 둥근 달이랑 하는 키스보다 더 달콤하다고 여기는데 사시는 밤샘하느라 피곤했는지 실눈을 뜬 채 잠들었다. 밑에 깔린 놈을 어찌하려 나를 움직이면 침대가 출렁거렸다. 내 속이 울렁거리면서 사시의 푸른 눈깔을 뽑고픈 충동이 일어났다. 눈알을 갈라 안을 들여다보고 싶었다. 그러나 나는 이솝의 '황금알을 낳는 거위'가 떠올라 한숨을 쉬었다. 피곤이 밀려왔다. 내가 누운 몸 위에 엎드린 몸을 일으켰다. 사시에게 이불을 덮어준 후 방을 나서 내 방으로 들어섰다. 잠들었으리라 여긴 식도가 눈을 뜨고 있었다. 어두움 속에서도 검은 눈동자가 번득였다. 내가 몸을 식도에게 날렸다. 침대 쿠션이 민감해 멀미날까 두려워 식도 품을 파헤쳤다. 다음 날 남자들 방에 일인용 침대 하나가 더 들어왔다. 그 방은 남자들 방이 되었다. 한 지붕 세 사람의 동거가 시작된 것이다. 낮에는 서로 바빴다. 식도가 일식집에서 한밤중까지, 사시는 학교와 일터에서 오밤중까지, 나는 심드렁해진 연구로 인해 둘보다 좀 더 일찍 귀가했다.

'나노입자와 단백질이 결합하여 만들어내는 빛들의 다양성'에 관한 연구는 어려웠다. 진공배양기에서 나노 줄기세포를 증식한 다음 1/1,000밀리 두께 단백질 막을 입혀야 한다. 그리고 적외선을 쬐 체온과 같은 온도를 유지해야 한다. 줄기세포를 배양하는 데까지 내 손으로 이루어졌다. 단백질 막 두께가 문제였다. 학교 연구실 설비로는 1/100밀리까지만 생성이 가능했다. 그것도 대단한 기술이지만 이미 구시대의 산물이었다. 그 두께로는 마이크로미터급 줄기세포와 결합이 가능하지만 나노 줄기세포와 결합은 안 된다. 필요한 단백질 막을 설비가 우수한 다른 연구소에서 만들어 온다 한들 이동하는 중에 변질된다. 오롯이 진공상태에서 생성 이동 결합해야 하는데 완벽한 진공포장을 하기가 힘든 탓이다. 우리 연구실 배양기 진공상태도 불량하다. 노후화된 탓에 어쩌다가 미세하나마 공기가 새어들기도 한다. 그 공기는 적외선에 의해 연소하고 배양기 내부 온도가 급상승하면서 실험 중이던 줄기세포와 단백질이 타버린다. 그런 일이 비일비재했다.

애로를 하소연해도 지도교수나 학교 측은 콧방귀도 안 뀌었다. 엄청난 설비투자 비용 탓이었다. 내 연구 분야에 정부지원금을 끌어올 수도 있다. 그러려면 연구실적이 학계에서 두드러져야 하는데 난 늘 허방을 놓는 셈이었다. 결과를 쉽게 얻는 연구가 바람직한가, 필요는 하겠지. 그것들만 중시하여 육성에 중점을 둔다는 건 근시안적이다. 사람들은 겉으로 비까번쩍하는 것들을 좋아하니깐. 미국 칼텍 공대에서는 뭔가를 연구과제로 선택하면 30년 넘게 지원한다는데 우리

학교에서는 불과 몇 년 안에 성과를 거두지 못하면 찬밥 취급을 했다. 어쨌든 나노 세포에서 여러 색채를 창출한다는 꿈은 아득했다. 더구나 사시 바람대로 홍채에서 붉은 하트를 그려낸다는 건 칼텍이면 몰라도 여기서는 미친 꿈이었다.

내가 연구를 포기해야 하는 절박한 상황에 몰렸다. 그만둔 후 내가 할 다른 일은 어떤 거지, 찾기 힘들었다. 내 능력이 미치는 분야는 없었다. 내가 연구실을 떠나지 못하는 까닭이었다. 미국으로 갈까, 나는 휘청거렸다. 떠오르는 건 사시의 푸른 눈동자였다. 내 갈망을 해소하는 건 식도와 어우러지는 잠자리였다. 하루 내 밖에서 시달리다 집에 들어오면 다들 허겁지겁 식사하고 잠들기 바빴다. 두 남자는 각자 침대에서 뒹굴며 한방을 쓰는데 행동거지가 달랐다. 식도는 문 여닫을 때 소리가 컸다. 사시는 반대였다. 식도는 걸을 때 바닥이 조금 울리는 편이었다. 담배 냄새가 문 닫힌 내 방까지 들어와 코를 자극했다. 사시는 담배를 안 피우며 걷는지 안 걷는지 몰랐다. 싱크대에서 칼이나 물소리가 나면 식도였다. 빨래와 청소는 사시 몫이었다. 나는 아무것도 맡지 않았다. 내가 정신노동에 혹사당한다는 게 두 남자가 붙인 구실이었다. 내 연구를 인정해주는 건 둘뿐이었다. 새벽마다 식도가 화장실을 다녔다. 화장실에서 나와 제 침대로 안 가고 내게로 왔다. 일주일에 두세 번 있는 일이었다. 사시는 스스로 내 방에 들어온 적이 없다. 문소리가 작고 발걸음이 울리지 않으면 사시였다. 사시가 화장실 가는 낌새를 챈 내가 방문을 열고 기다렸다. 화장실에서 나오는 놈을 내 방으로 낚아챘다. 일주일에 삼사 일은 그랬다. 내가 사시에게 절실하게 바라는 건 푸른 눈이었다. 파란 홍채와 검은 눈동자 사이에서 새어나오는 붉은 빛을 만드는 게 내 삶이니깐. 그럴 때 식도는 내 방문을 안 열었다. 그런데 식도는 내게 뭘 바라지.

식도가 나더러 합치자 할 때였다. 내가 널 같은 고시원 방에서 사는 게 보기 싫다며. 나도 좋았다. 든든하며 튼튼한 녀석과 함께 산다면 손해날 일 아니었다. 생활비 걱정 없이 연구에 몰입할 수 있으리라. 사시가 걸렸다. 식도와 함께 산다면 사시를 만나지 못하리라. 나는 식도를 포기하더라도 사시는 버릴 수 없었다. 내가 침묵으로 버티자 식도는 끈질기게 졸랐다. 그런 와중에도 나는 사시를 고시원 방으로 데려왔다. 식도는 음식을 든 채 고시원 밖에 나타났다. 식도도 내 방이 그리웠다. 나는 방을 가르쳐주지 않았다. 남자랑 함께 있으면 좌우 옆방 사람들 신경이 곤두선다는 핑계였다. 언제나 식도는 거칠고 시끄럽다. 사시는 늘 조용했다. 고시원 옆 분식집에서 식도와 초밥을 먹을 때였다. 그때도 사시는 방에 있었다. 식도가 말했다.

"자기, 말 못할 일 있지?"

내가 침묵했다.

"말해, 다 들어줄게, 무조건 오케이야."

"자기는 나를 왜 그렇게, 미친 듯이 좋아하는 거야."

"자기, 연구, 성공하면, 대박이라며?"

"그럼, 지금, 나한테 투자하는구나."

"꼭 그런 건 아니야."

그랬구나, 내가 속으로 그랬구나, 했다. 아무도 내 연구에 관심이

나 기대를 안 가졌다. 식도만 투자하는 건가. 투자라니, 잘 됐다. 나도 눈빛에서 붉은 빛이 솟는 걸 보려고, 사시한테 미치지 않았나. 내가 식도에게 사시를 말했다.

"그러니까, 잠도 잔다, 이 말이지?"

"자기가 나한테 투자하는 것처럼 나도 그래, 그뿐이야."

"그 친구, 만나게 해줘."

내가 사시에게 전화했다. 5분쯤 지나자 사시가 분식집으로 들어왔다. 나는 둘에게 서로를 소개했다. 식도가 소주를 한 순배 돌리더니 말했다.

"남자끼리 이야기할 건데, 자기, 자리 비켜줄래?"

사시도 동의했다. 뜻밖의 상황이었다. 나는 자리에서 일어나 분식집을 나섰다. 둘이 싸우지 않을까, 라는 생각이 들었다. 하지만 어쩌지 못했다. 나는 불안감을 뒤통수에 매단 채 방에 가 누웠다. 잠자다 눈을 뜨니 자정이 지난 한 시쯤이었다. 둘에게서 연락이 없었다. 분식집으로 갔는데 문이 닫혀 있었다. 식도에게 전화를 걸었더니 길 건너 '24시 소주방'이라 했다. 둘은 마주 앉아 거나하게 취한 듯했다. 탁자에 소주병이 다섯 개 있었다. 나도 합석해 셋이서 날이 밝을 때까지 소주를 마셨다. 사시가 다른 때와 달리 들떠 보였다. 돋을볕이 스러지며 하늘이 밝아지자 술자리에서 일어났다. 술집 앞에서 식도가 말했다.

"집은 자기가 구해라, 계약은 내가 할게."

"잘 됐어."

생뚱맞게 사시도 나를 위로했다. 내가 눈물이 핑 돌았다. 그들은 나더러 잘 자, 하며 다정한 친구처럼 함께 나란히 걸었다. 나는 둘의 등을 바라보며 손을 흔들었다. 그러면서 뭔가 너무 쉽게 잘 풀리는 느낌이 들었다. 어, 둘이 저렇듯 가까운 거야, 하며 알쏭달쏭했다. 둘은 내 시야에서 서서히 멀어졌다.

언제나 내가 그들에게 콘돔을 씌워주었다. 처음에는 밋밋한 걸 썼다. 내가 인터넷 쇼핑몰에서 구입했다. 나중에는 옵션으로 콘돔 바깥 귀두 부분에 메주 콩알만 한 돌기가 예닐곱 개 붙은 거로 바꿨다. 써보니 괜찮았다. 하지만 메시지가 잡히지는 않았다. 식도가 콘돔 안쪽이 귀두 마취제로 코팅된 게 있는데 더 오래 하는 거라며 가르쳐줬다. 내가 인터넷에서 검색했다. 겉에 돌기가 붙고 안에 마취제도 묻힌 콘돔이 보였다. 옵션이 없는 처음 콘돔보다 세 배나 비쌌다. 소량으로 자주 주문하면 번거로울 듯해 열 개들이 다섯 통을 샀다. 써보니 달랐다. 어쩌다가 카톡, 카톡, 하는 음성이 들릴 것도 같았다. 그런데 나중에 이상한 일이 생겼다. 왠지 콘돔 통이 쉬 헐거워지는 느낌이 들었다. 그러거나 말거나, 내가 신경 안 썼다.

며칠이 지난 일요일 저녁이었다. 신혼여행 다녀온 여자 연구원이 저녁 식사 자리를 마련했다. 함께 일하는 연구원들을 뷔페로 불렀는데 나도 초대받았다. 식사하며 한참 수다를 떨다보니 두어 시간이 지났다. 모두 자리에서 일어났다. 거리가 야광으로 번득였다. 내가 택시를 탄 뒤 오피스텔 앞에서 내렸다. 510호 앞에 서서 스마트키에 비밀번호를 입력했다. 현관문을 열며 안으로 들어섰다. 거실과 싱크대에 불이 켜졌는데 분위기가 생각보다 조용했다. 일요일인데 저녁 시간이 지난 그쯤이면 뭔가 어질러지거나 인기척이 나야 했다. 싱크대나 거실에는 저녁을 먹은 흔적이 없었다. 둘 다 나갔다면 방문이 열렸을 터, 내 방문은 열렸는데 그들 방문은 평소와 달리 굳게 닫혀 있었다. 그들 방안이 뭔가 꺼림칙했다. 내가 둘이 자살이라도 했나, 라는 상상을 하며 슬그머니 방문을 열었다. 식도 침대는 비어 있었다. 사시 침대로 눈길을 돌리니 둘이 함께 모로 누워 있었다. 사시가 뒤에서 앞의 식도를 끌어안았는데 애널섹스였다. 이불도 덮지 않은 두 알몸을 통째로 드러낸 상태였다. 내가 방문을 열자 그들이 몸짓을 멈췄다.

콘돔이 빈다는 내 육감은 맞았다. 내가 그냥 방문을 닫으려다 짚이는 게 있어 안으로 되돌아섰다. 그들 앞으로 다가선 뒤 침대 앞에 무릎을 꿇었다. 둘의 알몸에 이불을 덮어주었다. 그들이 눈을 꼭 감은 채 꼼짝하지 않았다. 숨소리조차 죽였다. 내가 왼손으로 식도를 뒤에서 껴안은 사시의 머리통을 가볍게 붙잡았다. 내 오른손 엄지와 검지를 사시 눈으로 가져갔다. 두 손가락으로 왼쪽 눈꺼풀을 벌리며 홍채를 살폈다. 푸르고 검을 뿐 다른 변화는 없었다. 오른쪽 눈알도 마찬가지였다. 사시가 뒤에 있다는 건 자발적 흥분상태였다. 그렇다면 홍채에 변화가 있어야 했다. 나랑 할 때처럼 심드렁하다면 삽입하기 힘들 건데. 내가 본 사시 홍채에서 반짝 빛나던 붉은 빛은 뭐란 말인가, 환상인가. 식도가 숨조차 쉬지 않는 듯했다.

"네로 났네, 네로."

내가 말을 던지며 침대 앞에서 일어나 방을 나왔다. 내 방을 들여다보니 컴컴했다. 머릿속도 어두웠다. 집 안을 둘러보는데 곳곳에 배인 담배 냄새가 코끝에 닿았다. 내가 집 밖으로 나선 후 엘리베이터를 타고 일층으로 내려갔다. 건물 출입구 앞에서 주춤거렸다. 거리의 간판 불빛들이 나를 보며 웃는 것 같았다. 510호로 이사와 살면서도 야경에 관심이 없었는데 비로소 눈에 들어왔다. 내가 만들어내려는 색채가 밤을 밝히는 저 불빛들 어딘가에 있을까. 나는 간판에 켜진 전깃불들을 하나하나 살폈다. 그것들이 서로 꼬여 뒤죽박죽 엉킬 듯한데 전혀 뒤엉키지 않았다.

길 건너 사층인가 오층에 붙은 키스방 간판 불빛이 눈에 띄었다. 510호 창문으로 내다본 키스방이었다. 불이 켜졌는데 Kiss 자는 파랗고 방 자는 검었다. 두 불빛 틈에 낀 하트가 붉었다. 내가 간절하게 보고픈 파랑과 검정 새에 자리잡은 홍색 하트였다. 그 간판이 나를 바라보는 눈깔이며 끌어당기는 눈빛이었다. 나를 지치게 만들어버린 동공과 홍채 사이 붉음을, 하트까지 간판에 내걸다니. 그 에너지는 전기가 아닌가. 삶에는 사랑보다 전기가 더 유효한가. 전기가? 내가 뭔가를 깨달은 느낌이 들었다. 건물 출입구 앞에서 마냥 서성거릴 수 없었다. 어디론가 가야 하지만 마땅히 갈 곳이 없었다. 머릿속을 헤집어도 내가 발 뻗고 누울 데가 고시원 말고는 떠오르지 않았다. 연구실로 갈 처지는 아니었다. 가시적인 효과가 몇 년째 드러나지 않는 내 연구로는 낯을 들고 발붙일 데가 아니었다. 누군가 있어서, 거대한 뭔가 있어서, 그게 괴물이라도 좋으니, 내가 어디로 가야 할지 가르쳐준다면, 홍채에서 붉은 빛 하트를 창출해낼지 못해낼지 알려준다면, 식도와 사시가 나를 배반할 거라고 미리 알려줬다면. 나는 도리질치며 차도를 건넜다.

내가 키스방 건물로 들어서려는데 뒤가 쭈뼛거렸다. 나는 돌아서서 두리번거렸다. 510호가 든 건물이 보였다. 옆에 일식집과 노래방이 있었다. 너머에 모텔이 버티었다. 내가 되돌아 엘리베이터로 걸었다. 키스방 입구는 사층이었다. 출입문은 투명한 통유리인데 쥐색 선팅지가 발라져 있었다. 안으로 들어서자 데스크에서 중년 여자가 반갑게 맞았다. 나는 대기실로 안내되었다. 안에 두 여자가 앉았는데 경쟁이라도 하듯 손가락으로 스마트폰 액정판을 찍어댔다. 둘 다 나이들어 보이는데 한 여자는 늙수그레했다. 내가 커튼이 드리워진 창가 의자에 앉아 둘 중 누군가는 서빙을 할까, 노래방에서 도우미를 할까, 모텔에서 콜걸을 할까, 잠깐 키스하러 왔을 거야, 라는 상상을 했다.

내 핸드백에서 참새 떼가 떠들었다. 스마트폰을 꺼내자 식도 전화번호가 떴다. 수신 거절 메시지 창을 열어 아무거나 눌렀다. 벨 소리가 멎었다. 또 참새 떼가 내게 몰려들었다. 사시 번호여서 거절했다. 내가 커튼을 젖히고 창문을 열었다. 내가 기거하던 510호 창이 보였다. 그 창을 내가 바라보는데 그쪽에서도 내가 이쪽 창을 본다. 두 창은 서로 마주 보는 동공이리라. 내가 두 곳 다 들어앉아 있겠지. 그 존재는 여기까지 스스로 달음질쳤나, 마지못해 끌려왔나, 아니면 피

노키오나 요나처럼 거대한 게 삼켰나. 키스방이 고래인가. 아니면, 연구실이? 잘 모르겠다. 그걸 모르다니, 왜 모르는 거야, 라고 자문하는데, 대기실 문이 열리며 안내하는 여자 얼굴이 보였다. 나이 더 든 여자가 의자에서 일어났다. 안내 여자가 손사래치며 내게 말했다.

"대학생?"

늙수그레한 여자가 얼굴을 찌푸리며 주저앉았다.

태양을 품은 여인

이하언

제7회 수상자/ 2007년

2007 평화신문 신춘문예 당선. 2007 평사리문학 대상 수상. 한국미니픽션작가회 회장 역임. 소설집 『검은 호수』.

태양을 품은 여인

'처커덕처커덕.'

베틀 앞다리 너머의 채머리 위 도투마리에서 붉은 명주실이 부지런히 풀려가고 있었다. 부티를 허리에 감싼 세오녀가 북을 잡고 앉을개에 앉아 있었다. 북이 날실들 사이로 들락날락거리는 속도는 금단이 눈으로 따라가기 어려울 만큼 빨랐다. 비단천이 쌓이는 만큼 도투마리에 감긴 실은 줄어들어갔다.

달빛을 받은 세오녀의 얼굴이 찔레꽃처럼 희었다. 엊그제가 보름이었다. 오늘처럼 밝은 달이 있으면 더욱 좋지만 초승달빛 아래에서도 세오녀는 비단을 짤 수 있었다. 비단을 짜는 것은 눈이 아니라 손이, 손이 아니라 세오녀의 얼이었다. 댓개비로 만든 보디는 북이 지나가고 나면 재빨리 명주실을 낱낱이 꿰어 짰다. '처커덕처커덕.' 베틀신끈이 당겨질 때마다 용두머리가 울었다. 베틀방 밖에 서 있던 금단이 하아, 한숨을 내뱉었다.

'저 앉을개에 앉으시는 것도 오늘이 마지막이로구나.'

도투마리의 실이 모두 풀렸다. 들락대던 북도 움직임을 멈추었다. 세오녀가 부티를 풀고 앉을개에서 일어섰다. 베틀에서 비단 피륙을 빼내 바닥에 펼쳤다. 붉은 비단이 달빛을 받아 눈부셨다. 세오녀는 눈을 가까이 대고 꼼꼼하게 살펴보기 시작했다. 손바닥을 펼쳐 샅샅이 쓸어보기도 했다. 어둠 속에서도 세오녀는 비단의 작은 흠도 찾아낼 수 있었고 만져만 보아도 무엇이 잘못되었는지 알았다.

근기국에서 비단천은 아무나 짤 수 있는 것이 아니었다. 궁 안의 허락받은 직녀들과 신전의 세오녀만이 그 자격을 가지고 있었다. 명주실은 갈포 재료인 칡넝쿨처럼 산야에 흔하지도 않고 모시나 삼처럼 쉽게 재배할 수도 없었기 때문이었다. 누에에서 얻기 때문에 누에를 키울 뽕나무를 심어야 했고 많은 노동력이 필요했다. 잠업은 나라가 직접 관리하는 산업이었다. 비단옷을 입을 수 있는 사람도 한정되어 있었다. 근기국 지도자였던 한기와 한기 친족들, 신녀인 세오녀뿐이었다. 세오녀도 비단옷을 늘 입지는 않았다. 제례가 있을 때 외에는 금단처럼 삼베나 갈포 옷을 입었는데 여름이면 모시, 겨울이면 짐승 가죽을 걸치기도 했다.

세오녀가 정성을 다해 짠 비단은 태양신에게 바치는 제물이기도 했다. 제단에 오른 한기나 백성들이 가져온 제물 그 아래에는 반드시 세오녀의 비단이 깔려 있었다. 제가 끝난 후 제물들이 굶주린 백성들의 배를 채워주는 대신 그것들을 싸안았던 비단은 불에 태워 태양신에게 올려보냈다.

그러나 이제 근기국은 사라진 나라였다. 근기국을 병합한 사로국은 근기국보다 더 많은 사람들에게 비단옷이 허용이 되어 있었다. 이사금을 비롯한 6부족 촌장들과, 시종을 제외한 궁 안의 사람들은 모두 입을 수 있고 공이 많은 신하에게 이사금이 비단을 하사하기도 한다고 했다.

세오녀의 입 근육이 부드러워졌다. 금단은 몰래 안도의 한숨을 내쉬었다. 비단에서 흠이 발견되지 않았구나…. 세오녀가 고개를 들어 금단을 향하자 금단은 조심스러운 걸음으로 베틀 방으로 들어갔다. 펼쳐진 비단을 네 귀를 맞추어 차곡차곡 접었다. 세오녀가 앞장서 베틀 방을 나가자 금단이 비단을 두 손으로 받쳐들고 그 뒤를 따랐다.

세오녀의 처소에는 비단을 올려두는 단이 있었다. 금단은 그 단에 고이 비단을 올려두었다. 단 아래에는 붉은 비단 보자기로 싼 커다란 보따리가 놓여 있었다. 방 안에서 세오녀는 입고 있던 갈포옷을 벗고 금단이 준비해두었던 비단옷으로 갈아입고 있었다. 금단은 세오녀가 머리장식과 장신구까지 갖추도록 도와주었다. 정성을 다하는 세오녀를 보자 자칫 눈물이라도 쏟아질 것 같아 금단은 입술을 꽉 깨물었다. 비단 단 아래의 보따리에서 청동거울을 꺼냈다. 세오녀 아우이며 단야장인 연오가 만들어주었다. 뒷면은 물결무늬가 가장자리를 장식하고 바다 한중간에 커다랗게 태양이 떠 있었다. 청동거울을 쥐여주자 세오녀는 은색 비단옷에 머리카락 한 올 흐트러짐 없는 자신의 모습을 확인하였다.

"됐구나."

완벽한 제례 차림을 갖춘 세오녀는 몸을 돌려 처소를 나섰다. 청동거울을 다시 보따리 안에 넣고 보따리는 팔꿈치에 끼우고 비단을 두 손으로 받쳐들고 금단은 세오녀의 뒤를 따랐다.

신궁 문 앞에는 수비 군사가 땅바닥에 드러누워 있었다. 창은 벽에 세워놓고 드르렁드르렁 코 고는 소리가 평화로웠다. 세오녀가 베를 짤 동안 금단은 수비 군사에게 술을 가져다주었다. 바다 건너 연오랑 단야장께서 그곳에서 왕이 되었다는 이야기도 해주었다. 그들은 기쁨으로 눈물을 흘리다 이내 깊은 잠 속으로 빠져들었다. 세오녀가 시키는 대로 잠 오는 약초를 넣은 술을 마신 그들 곁에 덩이쇠도 하나 두었다. 신전에 남은 마지막 덩이쇠였다. 그것이면 살아갈 수 있을 것이다.

신궁 문을 나서자 달빛이 발끝에서 부서져 데구루루 일월지로 흩어져갔다. 일월지에 잠긴 달이 신전으로 향하는 세오녀를 지켜보고 있었다. 길은 고운 흙으로 잘 다져 있었다. 새해나 정월 대보름이 되면 찾아오는 한기의 행차들을 위해서였다. 가물거나 긴 비에도 찾아왔다. 나라에 우환이 있거나 전쟁을 앞두었을 때도 찾아왔다. 결혼 같은 한기의 개인적 바람이 있어도 찾아왔다. 사로국의 아달라 이사금은 아직 이 태양신전을 찾아오지 않았다. 아달라 이사금은 나라의 큰일을 앞두면 서라벌 포석궁의 신전을 찾아 제사를 지낸다고 들었다.

근기국이 사로국에 병합되고 많은 날들이 흘렀지만 겉으로 보이는 큰 변화는 없었다. 근기국 벼슬아치들 신분은 바뀌었겠지만 일반 백성들은 여전히 자기의 논밭에서 농사를 짓고 바다로 나가 고기를 잡았다. 달라진 것은 세금을 거두는 이가 근기국이 아니라 사로국 관리라는 것뿐이었다. 나날이 영토가 넓어지는 사로국은 합병당한 나라들의 반발을 최소화하기 위해 유화정책을 취하고 있었다. 그러나 제 나라를 지키지 못한 백성들은 그 대가를 치를 수밖에 없을 것이다.

신궁에는 이미 그 변화가 시작되어 있었다. 명주실이 더 이상 들어오지 않는 것이었다. 오늘 짠 비단이 마지막 남은 명주실이었다. 신궁 수비군의 녹봉도 끊어졌다. 그들은 떠나지 못했다. 갈 곳이 없었다. 세오녀가 신전 소유 논밭에서 나는 소출로 식량을 대주는 것으로 최소한의 생계를 유지하고 있었다. 신궁의 땅은 거두어가지 않았다. 사로국도 태양신의 분노는 두려워했다. 이 신전은 세상의 빛이며 만물을 키우는 태양신을 모시는 곳이었고 세오녀는 태양의 신녀였다.

세오녀의 발이 멈추었다. 신전 앞이었다. 신전은 바다가 내려다보이는 절벽 위에 지어져서 멀리서 보면 하늘 한가운데 홀로 서 있는 듯했고 앞에 서면 바다가 한눈에 내려다보였다. 지붕을 바치고 있는 둥근 네 기둥 끝은 구름무늬가 새겨졌고 지붕에 올라앉은 용은 금방이라도 하늘로 올라갈 듯 포효를 하고 있었다.

금단이 제단 위에 비단을 펼치고 뒤로 물러서자 세오녀가 제단 앞으로 나섰다. 한기까지 참석했을 때면 제단에는 제물로 그득하고 북이나 피리, 공후 같은 악기가 사람이 다하지 못하는 언어를 대신하여 신과의 소통을 도와주곤 했다. 오늘 제단의 비단 위에 올릴 것은 다른 어느 때보다 더 간절한 세오녀와 금단의 마음뿐이었다. 달이 등 뒤편으로 이울어가고 있었다. 악기 대신 간간이 철썩대는 파도소리가 들려왔다. 세오녀의 오른손에 방울을 쥐어져 있었다. 세오녀는 방울을 흔들며 신에게 바치는 진언을 시작했다.

옴~ 마흐지다으고네….

진언은 해가 떠오를 때까지 계속되었다. 뒤에선 금단도 두 손 모으고 서서 호흡을 모아 몸과 마음을 비우려 애를 썼다. 하늘 동쪽이 서서히 붉어지기 시작했다. 이윽고 보석 같은 태양이 바다 위에서 찬란하게 얼굴을 내밀기 시작했다. 밝아지는 하늘은 피를 뿌린 듯 붉은 색이었다. 정확하게 해가 뜨는 쪽을 향한 제단 안으로 태양이 가득히 차고 있었다. 사방 천지로 빛의 살을 내뿜으며 떠오르는 태양 빛에 어둠은 한순간에 스러져갔다. 세오녀는 태양을 향해 두 팔을 활짝 펼쳤다. 오른손에 잡힌 방울이 와글와글 흔들렸다.

"태양의 신이시여. 굽어 살피소서. 가엾은 근기국 백성을 지켜주시고…."

신의 목소리는 태양을 맞는 짧은 순간 들을 수 있었다. 신의 음성을 듣기 위해 온몸의 기를 열었지만 오늘도 금단에게는 그 영광이 주어지지 않았다. 어룽대는 눈앞에서 하늘을 향해 두 팔을 뻗은 세오녀의 기도만 더욱 처절해보였다.

"… 바다 건너 새로운 길을 저희에게 열어주십시오."

신전 너머 하얀 거품을 일으키며 달려오는 파도가 보였다. 바다가 갑자기 거세지고 있었다. 바위에 부딪혀 부서지며 바다가 거센 소리를 냈다. 물기둥이 높이 치솟아 절벽을 친 포말이 신전까지 치고 올랐다. 세오녀의 옷이 바람에 날개처럼 펼쳐져 금방이라도 날아갈 것 같았다. 제단의 비단도 펄럭댔다. 그러나 비단은 붙은 듯 제단에서 떨어지지 않았다.

세오녀가 무릎을 꿇더니 땅에 엎디었다. 금단도 뒤따라 온몸을 낮추어 땅에 얼굴을 대었다. 금단은 뜨거운 기운이 그의 전신을 에워싸는 것이 느껴졌다. 귀가 웅웅대었다. 신이 답을 하고 있었다! 금단도 느낄 수 있었다. 세오녀가 피를 토하듯 소리쳤다.

"온전히 맡기겠습니다. 저희를 이끌어주십시오…."

연오의 떠남을 허락하였듯이 세오녀에게도 길을 열어주시는구나…. 참았던 눈물이 뜨겁게 빰을 적시며 흘러내렸다.

연오는 근기국 최고의 쇠부리 단야장이었다. 근기국에서는 청동가마 야철장과 쇠부리가마(용광로) 야철장이 각각 하나씩 있었다. 구리에 주석을 섞어 만드는 청동은 만들기는 쉬웠지만 강도가 약했다. 그래서 무기보다 제기나 장신구로 주로 쓰였다. 재료인 구리도 구하기 어려워 청동제품을 접할 수 있는 신분은 한정되어 있었다. 반면에 쇠를 만드는 철광석은 쉽게 구할 수가 있어서 사회 전반에 보급할 수 있었지만 그것이 녹을 온도만큼의 고온을 견뎌낼 만한 로를 만들기가 어려웠다. 쇠는 청동이 녹는 두 배의 온도가 필요했기 때문이었다. 로를 만든 뒤 일정한 고온을 유지하는 것은 더 어려웠다. 철광석에 숯을 넣고 쉬지 않고 풀무질을 하면 로 아래에 덩이쇠가 만들어지는 것이었다. 덩이쇠를 만드는 로는 제련 때마다 매번 새로 만들어야 했으므로 단야장의 능력이 결과에 큰 영향을 미쳤다. 연오가 단야장이 되면서 근기국의 쇠는 더욱 발전하였다.

로를 만들기 전 연오는 모든 정성을 다했다. 열흘 동안 목욕 재계를 하고 해뜨기 전 매일 신전에 나와 첫 해를 맞이하여 태양의 신에게 제사도 지냈다. 철광석을 로에 넣을 때도 제를 올렸다. 로에 불이 붙으면 풀무꾼들은 두 손 모아 로를 돌며 경건한 마음으로 기도를 했다. 활활 불타는 로를 돌며 간절하게 빌면 신들이 그들의 소원을 들어준다 믿었기에 일반 백성들은 로돌이를 할 자격을 가진 풀무꾼들을 부러워했다. 작업이 시작되면 연오는 밥도 로 옆에서 먹었고 잠 한숨 자지 않고 지키며 풀무꾼들을 다그쳤다. 세오녀는 세오녀대로 덩이쇠를 무사히 거둘 때까지 신전에서 태양신에게 기도를 올렸다.

"태양만큼 뜨거운 불을 일으켜주십시오. 태양만큼 강한 쇠를 만들어주십시오."

세오녀는 근기국을 위해서, 그리고 연오를 위해서 온 정성과 마음을 다 바쳤다.

덩이쇠를 만들면 그것을 녹여 농기구나 칼이나 화살을 만들고 수출을 하기도 했다. 덩이쇠는 화폐의 구실도 했기 때문에 덩이쇠를 얼마나 보유하고 있는지 여부는 바로 그 나라의 군사력과 경제력의 척도가 되었다. 야철장에는 쇠부리가마만이 아니라 무질부리가마(주조로)도 갖추고 있었는데 이것들은 근기국만이 아니라 다른 나라도 국가의 통제 아래 있었다. 대장간이 늘어나면서 덩이쇠를 확보하기 위한 경쟁이 치열했다. 덩이쇠가 없으면 아무리 주문을 많아 받아도 농기구나 칼을 만들어 팔 수가 없었다. 근기국이 멸망 당할 무렵에는 연오의 쇠부리가마에서 관리들이 가져간 덩이쇠들이 국고에 들어가지 않고 시중에서 웃돈거래가 된다는 소문도 파다했다. 사로국에 합병당할 무렵 근기국은 덩이쇠의 보유량이 거의 바닥이었다. 사로국은 철광석 광산부터 먼저 빼앗은 후 근기국을 압박해왔다.

사로국에 합병된 직후 쇠부리가마로 남은 철광석을 녹이고자 한 적이 있었다. 나라를 잃어버리기 전 계획되었던 일이었다. 다른 때처럼 관에서도 나와 지켜보고 있었다. 근기국 관인이 아니라 사로국 관인이었다.

제를 올리는 세오녀를 보며 금단은 초조했다. 제를 주관해야 할 단야장 연오가 보이지 않았다. 신의 진노가 두려워 등에 진땀이 흘렀다. 하늘에 해가 뜨기 시작했다. 둥둥둥 북이 울렸다. 세오녀는 연오를 대신하여 빌고 있었다.

"순수하고 강한 쇠를 주옵소서. 가난한 백성들의 논밭을 일굴 쇠를 베풀어주옵소서."

이 나라를 지킬 강한 칼을 주옵소서, 라는 기원은 하지 않았다. 둘러서 지켜보는 두두리들에게서는 숨소리 하나 들리지 않았다.

끝내 연오는 모습을 나타내지 않았고 세오녀도 신의 대답을 듣지 못했다. 결국 그날 로에 불을 붙이지 못했고 풀무꾼들은 로돌이를 하지 못했다. 연오는 밤 늦게 신궁에 모습을 나타냈다. 세오녀는 베틀 앞에 앉아 태양신에게 바칠 비단을 짜고 있었다. 연오에게서 술 냄새가 물씬 풍겼다. 금단은 일어서 자리를 비켜주며 문 앞에 섰다.

"어이하여 제에 오지 않았습니까."

세오녀의 음성이 낮았다. 화를 억누르고 있었다.

"제를 왜 올린 것입니까?"

연오가 물음으로 대답을 대신했다.

"정녕 몰라서 묻는 것입니까? 덩이쇠 얻고자 하는 것이 아닙니까!"

"덩이쇠를 왜 얻고자 하는 것입니까?"

근기국 통틀어 가장 쇠를 사랑하는 사람이 저런 어기진 소리를 할 때 그 마음은 얼마나 괴로웠을까. 그러나 세오녀는 더욱 엄해졌다.

"연오랑은 단야장입니다. 쇠를 만들어내는 것은 단야장의 직분입니다."

"누구를 위해서요?"

"나라의 이름은 바뀌어도 백성은 바뀌지 않았습니다. 그들을 위해서입니다."

"떠날 것입니다."

연오는 이미 결심이 서 있었다.

"바다로 나가겠습니다. 바다 건너에는 넓은 세상이 있습니다. 새로운 세상을 열겠습니다."

세오녀가 몸을 일으켰다.

"비단을 챙겨라."

이 땅을 떠남을 고하고 신께 바치려던 것이 아니었던가? 금단은 갸웃했지만 묻지 않고 제단의 비단을 소중히 접었다.

태양은 이제 하늘 높이 올라가 있었다. 바다는 검푸른 색으로 반짝이고 있었다. 이따금 철썩댈 뿐 언제 포악을 부렸냐는 듯 파도도 잠잠해졌다. 제례가 끝나면 으레 옷을 갈아입었다. 그러나 금단이 보따리 안에서 챙겨 온 갈포옷을 꺼내려하자 세오녀가 갈아입지 않겠다고 손을 저었다. 제단을 덮었던 비단은 다른 보자기로 따로 싸서 보따리 안에 넣었다. 동경과 제례용 방울도 넣었다. 금단은 그 보따리 안에 명주 수실과 바늘쌈, 둥근 수틀이 들어 있는 것을 보았다.

신전을 돌아 바다로 내려가는 쪽으로 향했다. 금단이 보따리를 안고 뒤따랐다. 제례의식을 모두 갖춘 차림은 걷기에 불편해 보였다. 바닷가에는 배가 한 척 기다리고 있었다. 통나무배였다. 뱃전 위에는 배가 양쪽으로 벌어지거나 오그라드는 것을 막는 멍에가 여러 개 있었고 늣좇이 배의 양쪽에 7개씩 총 14개 정도의 노가 걸려 있었다. 한가운데 멍에에 돛대가 있었는데 돛은 내려져 있었다. 배에서 앉아 기다리고 있던 남자들이 세오녀와 금단을 보고 얼른 배 밖으로 나와 머리를 조아렸다. 노의 수와 같은 열네 명이었다.

"송구하옵니다. 신녀님을 모시기에 부족한 배라 염려되옵니다."

연오가 바다를 건너갈 때 탔던 배라고 했다. 이러한 배가 3척, 도합 오십여 명이 떠났다.

"바람만 제대로 불어주면 사흘, 해류만 의지해 가도 일주일 안에 도착할 것입니다."

남자는 부루였다. 연오와 함께 떠났던 오십여 명 중 한 명이었다. 어부였던 그는 오래 전 바다 건너의 땅을 가본 적 있었다. 바다가 그곳을 안내하였다고 했다. 그는 바다를 아는 자만이 세상을 지배할 수 있다고 연오에게 간언했다.

"세상은 넓고 크옵니다. 바다로 눈을 돌려보면 많은 것을 가능케

해줄 것입니다. 멀리 무한히 넓은 세상도 있지만 가까운 곳에도 새로운 땅이 있습니다. 태양신도 모르고 철기도 모르는 곳입니다."

평생을 바다에서 살았던 부루는 연오를 안내하여 바다로 나갔고 오 일 전 다시 돌아와 바다 건너에서 연오가 새로운 나라를 열었다고 소식을 전했다. 그리고 세오녀가 꼭 필요하다고 하였다.

"빛이 필요합니다. 태양이 필요합니다. 신전은 마련되었습니다. 일월지의 태양신전을 마주 바라보는 곳입니다. 태양신녀님! 부디 태양신을 모실 영광을 베풀어주시옵소서. 왕과 백성들의 간절한 소망을 받아주시옵소서."

세오녀의 발아래 무릎을 꿇고 조아린 부루는 허락이 떨어지지 않으면 영원히 일어서지 않을 듯했다.

부루가 전하는 바에 따르면 연오 일행의 배는 부루의 안내로 새 세상을 찾기 위해 영일만을 떠나 바다로 나갔다. 해류를 타자 배는 오래 걸리지 않고 새로운 땅에 안내해주었다. 무사히 해안에 발을 디디자 해안가에 낯선 무리들이 있다는 말을 들은 부족장이 장정들을 이끌고 나왔다. 그들의 손에는 돌도끼와 돌창들이 들려 있었다.

연오는 공손히 인사를 하며 아무런 적의가 없음을 보여주었다. 그들은 바다 건너에서 온 낯선 이들에게 경계심을 쉽사리 풀지 않았다. 무장을 한 채 마을을 지키며 연오 일행의 접근을 막았다. 자극시키지 않기 위해 당분간 마을로 들어가지 않고 바닷가에서 머물기로 했다.

그러나 연오는 그냥 있지 않았다. 홀로 슬그머니 마을로 숨어 들어갔다. 두 가지 이유가 있었다. 첫째는 그들 속으로 들어가려면 그들에 대해 알아야 했기 때문이었다. 그들의 문화와 사고방식, 체제를 이해해야 했다. 연오에게는 두 번째 이유가 더 중요했다. 그것은 로를 만들 수 있을 만한 흙과 장소를 찾는 일이었다. 연오는 떠나올 때 사로국 관인들 모르게 남아 있던 덩이쇠들을 빼돌려 가지고 왔다. 새로운 땅에서 연오는 쇠부리가마를 열 생각이었다. 쇠를 가진 자만이 세상을 지배할 수 있었다. 좋은 흙과 숯으로 만들 나무를 쉽게 구할 곳이라야 했다. 샅샅이 돌아다녀보았지만 마땅한 장소는 찾을 수가 없었다. 철광석도 발견할 수 있었으면 하는 마음도 한편에 있었지만 한꺼번에 너무 많은 것을 바라는 건 지나친 욕심이었다.

그러던 중 연오는 마을에서 중요한 정보를 들었다. 즉시 부족장의 집을 찾아가 만남을 청했다. 출입을 감시하고 있었음에도 연오가 유유히 자신의 집까지 찾아온 데에 부족장은 처음에는 당황해했다.

"놀라지 마십시오. 우리가 나쁜 생각을 했었다면 오늘처럼 언제든 마을로 들어올 수 있었습니다. 마음을 얻고 싶었기에 바닷가에 머물며 기다리고 있었던 것입니다. 나는 홀로 마을에 자주 들어오긴 했지만 그 또한 같은 이유였습니다. 그러다 마을의 우환거리에 대한 이야기를 들었고 내가 도움이 될 수 있을 듯하여 찾아뵌 것입니다."

경계하던 부족장의 얼굴이 한결 누그러졌다.

"좋소, 무슨 말인지 어디 들어나봅시다. 안으로 들어오시오."

부족장은 안으로 들어서는 연오의 등 뒤에 멘 칼에 시선을 보냈다.

"등 뒤의 그것은 혹시 칼이 아니오?"

"그렇습니다."

부족장의 눈이 휘둥그레졌다.

"칼을 가지고 있단 말이오? 보여줄 수 있겠소?"

연오는 칼집째 풀어 부족장 앞에 내놓았다. 칼집의 장식을 요모조모 들여다보는 부족장 앞에 연오랑은 칼을 뽑아 보여주었다. 칼은 싸늘하게 빛을 내었다. 부족장이 조심스레 칼날에 손을 댔는데 베여 피가 비쳤다. 부족장은 놀라 손가락을 얼른 뗐다.

"조심하셔야 합니다. 매우 날카롭습니다."

"놀랍구려. 살짝 스치기만 했는데도 베이다니. 칼을 이렇게 가까이 보기는 처음이오. 도대체 이것은 무엇으로 만든 거요? 어떻게 이토록 얇고 날카롭게 만들 수가 있소? 돌은 아무리 갈아도 이렇게까지 얇고 그러면서 길게 만들 수 없는데."

"쇠라는 것입니다. 그것은 돌처럼 부서지지도 않고 청동처럼 여리지도 않습니다. 그리고 뱀 같은 것은 단숨에 몇 토막이든 낼 수 있습니다."

뱀이라는 말에 부족장이 고개를 번쩍 들었다.

"내가 들은 바로는 머지않은 곳에 뱀을 모시는 신전이 있는데 해마다 그곳에 소녀를 제물로 바친다고 했습니다. 그들의 행패가 자심하다며 사람들은 공포에 질려 있었습니다. 내가 옳게 들은 것입니까?"

"맞소."

부족장이 신음하듯 대답했다.

"왜 그런 일을 견뎌내고 있는 것입니까?"

"그들이 너무 강해서요. 신전은 거대한 성으로 이루어졌고 뱀의 도움을 받는 제사장은 신출귀몰하여 당해낼 수가 없었소. 우리는 많은 희생 끝에 항복할 수밖에 없었고 그 표시로 소녀와 재물과 노동력을 바치고 평화를 보장받고 있는 거요. 그리고….”

부족장은 칼을 내려다보았다.

“그들도 칼을 가지고 있소.”

“그래서 해마다 소녀들을 뱀의 제물로 목숨을 잃게 하고 수시로 여인들과 남자들을 노예로 바친단 말입니까?”

부족장은 연오를 쏘듯 보더니 안을 향해 소리쳤다.

“애야, 이리 좀 나오너라.”

잠시 후 한 소녀가 안에서 모습을 나타났다. 십오륙 세 정도로 보이는 소녀였다. 얼굴에 짙은 그림자가 드리워져 있었다. 부족장의 얼굴이 괴로운 듯 일그러졌다.

“내 딸이오. 내 유일한 혈육이지. 그리고…. 올해 제물로 바쳐질 아이이고.”

고개 숙인 소녀의 눈에서 눈물이 툭 떨어져 내렸다. 연오는 분노를 느꼈다.

“어이해서 이리도 쉽게 체념하고 받아들이는 것입니까! 왜 저항하지 않는 것입니까?”

“할 수만 있다면 내 목숨을 걸고라도 저항하겠소, 심정대로라면 그들을 죽이고 나도 죽고 싶소. 그러나 나의 섣부른 만용이 곧 마을의 재앙이 될 것을 아니까 피눈물만 삼키는 거요. 그렇게 할 수밖에 없는 가슴이 얼마나 찢어지는지 그대는 짐작도 하지 못할 거요.”

"내가 도와드리겠습니다."

"어떻게 도와주겠다는 거요? 그들을 물리칠 수 있다는 거요?"

"칼을 믿고 쇠를 믿으시면 됩니다. 나는 쇠를 만들고 칼을 내 몸의 일부처럼 다룰 수 있습니다. 나만이 아닙니다. 해안가에서 머물고 있는 우리 일행들도 모두 칼을 가지고 있고 그들 또한 칼이 마치 자신의 몸 일부와 같습니다. 모두 뛰어난 두두리이며 무사들입니다. 많은 훈련과 전쟁도 치렀습니다. 내가 온 땅에서는 무사라면 누구나 자기의 칼을 가지고 있었습니다. 우리는 아무것도 두려워하지 않습니다. 조상의 땅을 떠나 새로운 땅을 찾아올 때 두려움 따윈 모두 버렸습니다. 누구와 싸운다고 해도 지는 일은 없을 것입니다."

부족장의 얼굴에 희망의 빛이 떠오르기 시작했다. 그는 덥석 연오의 손을 잡았다.

"도와주시오. 제발 부탁드리겠소. 당신들의 그 칼로 제사장의 목을 쳐주시오. 제사장은 절대적 권력을 가지고 있으므로 그가 죽고 나면 다른 졸개들은 구심점을 잃고 우왕좌왕 흩어질 것이오."

뒤에서 조용히 귀를 기울이고 있던 금단은 홀로 미소를 지었다. 당연히 그 제사장은 연오랑은 당연히 상대가 되지 않았을 것이다. 평생 쇠를 만지고, 최고의 검을 만들고, 그 검으로 몸을 단련해왔으니. 누가 그를 막을 수 있었을까.

뱀의 신전에는 많은 사람들이 노예로 고통을 받고 있었다고 했다. 그동안 뱀에게 제물로 바쳐졌던 소녀들은 목숨을 잃었지만 그들의 성노리개로 지옥 같은 삶을 이어가던 소녀들은 구해낼 수 있었다. 그곳에는 여러 부족에서 사람들이 끌려와 있었다. 연오는 그들을 모두 풀어주었다. 그런 후 부족장의 부탁으로 부족장 딸과 결혼하여 부족장이 되었고 이어서 다른 부족들의 추대를 받아 왕위에 올랐다.

왕위에 오른 연오는 본격적으로 로를 지을 수 있는 곳을 찾았다. 그러다 뱀의 신전이 가장 적합하다는 것을 발견했다. 외부의 공격으로부터 보호하기에도 좋았고 좋은 흙은 물론 다른 곳과 달리 나무도 많았다. 연오는 뱀의 신전을 허물고 그 자리에 쇠부리가마를 만들었다.

긴 이야기를 마친 부루는 세오녀의 발밑에 엎드려 간곡하게 청했다.

"그 땅에서는 최초로 생겨난 로였습니다. 뱀족들은 어쩌다 칼을 얻었지만 만드는 기술은 가지지 못했습니다. 새로운 땅에서 처음으로 여는 가마이므로 태양의 신의 허락을 받지 못하고는 감히 불을 붙일 수 없었습니다. 그래서 신녀님을 모시고자 간청드리는 것입니다. 신녀님이 태양신께 고하여주시고 허락을 받으면 로에 불을 붙일 것이옵니다. 왕께서는 처음 나온 쇳물로는 칼을 만들 것이라 하였습니다. 그 첫 칼은 신녀님과 태양신께 바칠 것이고 후세인들은 역사를 시작한 태양신을 숭배하게 될 것입니다."

세오녀는 한참을 침묵하다 입을 열었다.

"신께 고해보겠다."

"허락을 받으실 때까지 기다리겠습니다."

부루가 머무는 동안 세오녀는 밤낮을 신전에 있었다. 기도 중일 때는 절대 말을 붙여서도 불러서도 안 된다는 것을 금단은 알고 있었다. 세오녀가 신전을 지키는 동안 금단은 신전 밖에서 세오녀를 지켰다. 부루와 일행들은 그동안 어딘가 분주하게 다니다 저녁이면 찾아왔다.

"나오셨느냐?"

금단은 고개를 저었다.

"저러다 몸을 해하시기라도 하면 어떡하느냐?"

"기도 중에는 몸만 여기에 있을 뿐 얼은 신의 곁에 가 계십니다. 돌아오실 때까지 저희가 해드릴 수 있는 것은 없습니다. 하온데 부루랑은 어디를 다녀오시는 것입니까?

"왕께서 나를 한반도로 보내면서 시킨 또 다른 심부름을 하고 있다."

"그것이 무엇이옵니까?"

"씨앗과 나무 종자들을 구해오는 것이다. 초목 우거진 우리의 산천과 달리 바다 건너의 땅은 참으로 척박하다. 바다 바람은 거센데 나무가 없어 바람도 막지 못하여 사람들이 고통을 겪고 있다. 로에 불이 붙기 시작하면 많은 숯이 필요할 것이다. 그러기에는 나무가 너무 적다. 농사를 지을 씨앗들도 가져갈 것이다."

"사람만이 아니라 풀과 나무까지. 그곳에서 모든 것이 새로 시작되는 것이군요."

"그래서 더욱 태양신을 모셔가야 하지 않겠느냐. 태양신까지 모시게 된다면 모든 것이 완성되는 것이니까."

마침내 신전 문이 열렸다. 세오녀의 눈은 꿈속처럼 몽롱했고 얼굴에는 빛이 났다. 금단은 얼른 달려가 부축했다.

"답을 얻으셨습니까?"

세오녀는 고개를 끄덕였다.

"갈 것이다."

신전이 점점 작아져갔다. 신전을 휘감은 용이 떠나가는 그들을 배웅이라도 하듯 내려다보고 있었다. 배가 모퉁이를 돌자 마침내 신전은 마침내 보이지 않았다.

"슬프옵니다."

금단이 물코를 훌쩍대며 코맹맹이 소리로 말했다.

"언젠가 돌아오겠지요…."

"그런 일은 없을 것이다."

세오녀의 대답은 단호했다. 검푸른 파도가 넘실댔다. 노꾼들이 노를 저어 바다를 가를 때마다 하얀 포말이 일어났다. 세오녀는 선실로 향했다. 나무로 기둥을 세운 선실은 거적으로 사방을 막아 햇볕과 비만 피할 정도였다. 그곳은 세오녀와 금단만이 거처를 하였다. 노꾼들은 노를 하나씩 맡아 열심히 젓다가 번갈아가며 밥을 먹고 잠을 잤다.

선실에 들어간 세오녀는 보따리에서 비단을 꺼내 수틀에 끼워 수를 놓기 시작하였다. 수틀은 크고 둥글었다. 명주실은 매끄러워 흐트러지기 쉬웠다. 금단이 옆에서 수를 놓기 좋게 수실을 풀어주었다. 검은 실과 흰 실뿐이었다. 밖에서 소리가 들렸다. 어두워지자 금단은 달빛이 들어올 수 있게 배 뒤쪽의 거적을 올렸다. 어두워도 배가 흔들려도 세오녀의 바느질은 흔들림이 없었다.

"소인 부루입니다. 주무시지 않으면 잠시 들어가도 되겠습니까?"

"들어오너라."

배 앞쪽의 거적을 젖히며 부루가 들어와도 수를 놓고 있던 세오녀는 고개를 들지 않았다. 양쪽의 거적이 열리자 바람이 따라 들어왔다. 초여름이라 해도 밤의 바다 바람은 차가웠다.

"불편하신 것은 없사옵니까?"

"노를 젓는 이들이 고생하지. 내가 불편할 것이 뭐가 있겠는가."

"생각보다 일찍 도착할 거 같다는 말씀 전하러 왔습니다. 신녀님을 모셔서인지 바람이 잘 불고 있습니다. 노꾼들도 노를 젓기가 힘들지 않다 하옵니다. 바다라는 것은 몹시 변덕스러운 것이어서 마음을 놓을 수는 없지만 신이 인도해주실 것입니다. 왕께서 가실 때도 신께서 그곳을 예정해주셨습니다."

부루의 시선이 세오녀의 바늘 끝을 따라갔다.

"그것이 무엇이옵니까?"

"삼족오이니라."

"삼족오라면 발이 세 개인 까마귀가 아니옵니까."

"태양 속에서 사는 빛을 열어주시는 신이시다. 또한 우리의 조상이 시작되던 태초부터, 단군 어른이 멀리 요동에서 나라를 세우셨던 고조선부터 모시던 신이시다."

불의 왕이며 태양의 신녀인 연오와 세오녀의 이름에도 '오'가 들어 있었다는 것을 금단은 새삼 깨달았다.

"참으로 고귀한 새이군요."

부루가 고개를 끄덕였다. 문득 세오녀의 손이 멈추었다. 바늘을 든 손이 허공에 들려 있었다. 시간이 멈춘 듯했다. 잠시 후 세오녀가 길게 한숨을 내뱉었다.

"태양이 사라질 것이다."

부루의 눈이 휘둥그레졌다. 다소곳하게 옆을 지키고 있던 금단도 고개를 번쩍 들었다.

"하늘이 어두워지고 태양이 힘을 잃을 것이다. 폭풍이 불고 이상한 징조들이 나타날 것이다. 사로국 이사금은 크게 놀라게 될 것이다."

"무슨 말씀이온지?"

"허나 당황할 필요 없다. 곧 모든 것이 원래대로 돌아올 것이다."

세오녀는 더 말하지 않고 고개를 숙여 바늘을 들고 비단에 수를 놓기 시작하였다. 고개 숙인 옆얼굴은 더 이상 시간을 빼앗기고 싶지 않다는 의지를 보여주고 있었다.

"그만 나가주시지요."

세오녀의 뜻을 읽은 금단이 부루에게 말했다. 부루는 묻고 싶은 것이 많은 얼굴로 입을 달싹대다 금단이 손을 저어 제지하자 어쩔 수 없다는 듯 고개를 한번 휘젓고 선실을 나갔다.

밤이 깊어가도 세오녀는 수놓기를 멈추지 않았다.

"신녀님이 태양을 안고 오신 것입니까?"

금단이 조심스레 입을 떼었다.

"사로국은 어떻게 되는 겁니까? 단군님이 내리신 땅은 어떻게 되는 것입니까? 그곳에 사는 이들은 어떻게 되는 것입니까?"

"내 조상의 뼈가 묻힌 땅에 태양이 힘을 잃는 것은 원하는 바가 아니다."

"신녀님은 돌아가지 않는다 하시지 않으셨습니까?"

세오녀의 손끝을 쳐다보던 금단이 그때 아, 짧게 소리를 내뱉었다. 둥근 수틀 안에 팽팽하게 당겨진 붉은 비단과 그 한중간에 날개를 펼치고 있는 삼족오!

"태양의 정기를 안은 비단과 삼족오. 거기에 신녀님이 이렇듯 모든 기를 담고 계시는 것은? 혹시… 그것이옵니까?"

세오녀의 대답은 들을 수 없었다. 이후 오랫동안 금단은 천을 뚫고 분주하게 드나드는 바늘 소리만 들었다. 새벽이 오고 있었다. 세오녀가 바늘을 멈추었다. 실의 매듭을 짓고 바늘을 빼서 쌈지에 꽂았다. 수틀을 빼고 비단을 활짝 펼쳤다. 금단은 비단 위에 선명하게 모습을 드러낸 삼족오를 경이롭게 보았다. 세오녀가 말했다.

"나는 태양신께 새로운 세상에 빛을 열라는 명을 받았다. 태양은 어느 누구의 것도 아니라 하셨다. 신전의 힘을 잠시 빌리긴 하지만 태양은 여전히 우리 조상의 땅을 지켜줄 것이고 삼족오는 그 약속의 징표이다."

"신녀님이 비단을 안고 조상의 땅을 떠났는데 삼족오가 어떻게 그 약속을 지킬 수 있사옵니까."

후드득, 세오녀가 대답 대신 붉은 비단을 흔들었다. 그때였다. 금단은 세오녀의 비단에서 삼족오가 푸덕푸덕 날개짓을 하는 것을 보았다. 검은 날개가 움직일 때마다 찬란한 빛이 금가루처럼 사방으로 뿌려졌다. 헉, 금단은 숨을 멈추었다.

세오녀가 퍼덕이는 삼족오를 두 손으로 받쳐올리며 몸을 일으켰다. 삼족오는 세 개의 발로 세오녀의 손등에 올라앉았다. 세오녀가 선실을 나가고서야 간신히 정신을 수습한 금단은 얼른 뒤를 따랐다. 온종일 노를 젓던 노꾼들은 잠들어 있었다. 바다는 잔잔했고 배는 해류를 타고 조용히 흘러가고 있었다. 선창 밑 부분에 누워 잠든 부루가 어둠 속에 보였다. 잠의 여신이 배를 감싸고 있는 듯 깨어 있는 사람은 세오녀와 금단뿐이었다.

동쪽 하늘이 벌게지고 있었다. 바다 아래에서부터 해가 용틀임하고 있었다. 붉고 노랗고 보랏빛이 어두운 하늘을 휘감고 소용돌이쳤다. 하늘이 피처럼 붉어지면서 바다는 태양을 토해냈다. 세오녀가 태양을 향해 삼족오를 들어올렸다.

"날아가거라. 내 뼈와 살의 땅으로 힘차게 날아가거라. 네가 태어나고 생겨난 바람과 흙과 물을 기억하라. 바람이 어디서 어디로 불었는지, 바다는 어디서 어디로 흘러갔는지 우리는 어디서 왔다가 어떻게 바뀌었는지 잊지 마라. 날아올라라. 힘차게 하늘로 날아올라 태양의 시작이 어디였는지 알려주어라."

세오녀는 하늘로 삼족오를 힘껏 던졌다. 삼족오가 힘차게 날개를 펼쳤다. 금단이 태어나고 세오녀가 태어나고 연오가 태어나고 단군왕검 한아버님이 문을 연 땅. 삼족오는 활짝 날개를 펴고 바다를 가로질러 조상들의 뼈가 묻힌 땅을 향해 힘차게 날아가고 있었다. 가슴이 벅차올랐다. 그렁대는 눈물 속에 태양은 찬란했고 삼족오는 넘실대는 파도를 모두 덮을 듯 크고 아름다웠다.

카페인 랩소디

오선영

제9회 수상자/ 2009년

2013년 부산일보 신춘문예 등단. 소설집『모두의 내력』,『호텔 해운대』, 산문집『나의 다정하고 씩씩한 책장』. 제9회 평사리문학 대상, 제10회 요산김정한창작지원금 수상.

카페인 랩소디

1.

"오늘은 어디로 가볼까요?"

권 이사가 숟가락을 내려놓으며 물었다.

"순두부집 옆에 카페가 생겼는데 주인이 2021년 한국 바리스타 챔피언십에서 우승했대요. 거기 어떠세요?"

물음표가 사라지기 전에 맞은편에 앉아 있던 우 대리가 답했다.

"개업한 곳이면 한번 가봐야지. 움직입시다."

권 이사가 의자에서 일어나 법인 카드를 깃발처럼 흔들며 앞섰다. 그 뒤로 우 대리를 비롯한 세 명의 직원이 줄을 지어 따라갔다.

민우가 제일 마지막으로 일어났다. 식탁 위에는 민우가 먹던 해물된장찌개가 반 이상 남아 있었다. 이십칠 년 전통을 자랑하는 가게 주인이자 주방장이 직접 담근 된장과 육수를 쓴다고 했는데, 해물된장찌개의 맛은 편의점 도시락과 레토르트 식품에 길들여 있는 민우의 입맛에도 자극적이었다. 차라리 소금을 많이 넣었으면 입안을 물로 헹궈내기라도 하지. 정확히 꼬집어 설명할 수 없는 조미료 맛에 속이 쓰렸다. 의식을 치르듯 숟가락 가득 맨밥을 퍼 입안에 집어넣었다. 꼭꼭 씹어 삼켰다. 권 이사와 우 대리가 특별한 후식을 준비 중이어서 민우도 대비가 필요했다.

권 이사는 한 달 동안 회사 근처 커피숍에 매일 출근하고 있었다. 성지순례를 떠난 순례자처럼 유명하다고 소문난 카페를 일일이 찾아다녔고, 무림의 고수를 만나려는 수련생처럼 알려지지 않은 카페를 수소문해서 방문했다. 5,500원짜리 정식을 먹은 뒤 6,000원, 7,000원 하는 커피를 망설임 없이 주문했다. 물론 권 이사가 스페셜 커피 애호가나 핫플 집착남이어서 그런 것은 아니다. 그는 이 일들이 프로젝트의 일환이라고 강조했다. 법인 카드로 커피를 마음껏 마실 수 있으니 사원복지가 최고라며 '라떼는 말야'를 덧붙이며 주절거렸다.

이번에 맡은 프로젝트는 대형 식음료회사의 신제품 '캔커피' 광고였다. 정확히 말하면 캔커피 광고를 대리 진행하는 광고회사의 한 부분을 수주받은 것이다. 회사의 일은 문어다리 여덟 개 중 하나에 불과했으나 권 이사는 이번 프로젝트에 사활을 건 것처럼 보였다. 이 일을 잘 성사시키면 다음엔 단독으로 문어 대가리를 맡을 수 있을 거라는 장밋빛 미래를 꿈꿨다. 아직도 저 푸른 초원과 그림 같은 집, 사랑하는 님과 함께를 노래하는 권 이사의 모습에 팀원들이 혀를 내둘렀다. 그러다가도 '라떼는 말야'를 말하는 권 이사 세대는 저런 노래를 부르기만 한 것이 아니라, 가사 내용을 실현할 수도 있었다는 사실에 씁쓸해지기도 했다.

권 이사의 경영철학은 단순하고 명료했다. 다른 문어다리와의 차별성! 그가 말하는 차별성이란 해당 제품에 대한 진정성이었다. 진솔하고 진심 어린 마음이 광고사와 원회사, 소비자의 마음을 움직일 수 있는 원동력이라 했다. 온몸의 진정성을 위해 권 이사가 선택한 건 회사 근처 카페의 커피를 다 마셔보면서, 캔커피만의 특색을 찾는 거였다. 카페인 수혈을 생명처럼 여기는 사원들이 박수를 치며 환호했다.

문제는 민우였다. 민우는 다음 프로젝트가 제발 사탕이나 라면이길 바랐다. 권 이사의 경영철학이라면 사탕과 라면도 질리도록 먹을 수 있을 것이다. 그러나 커피는, 커피는… 최악이었다. 언젠가부터 민우는 카페인에 최약체인 몸이 되었다. 부산에서 공무원 시험 준비를 하던 시절에는 하루에도 몇 잔씩 믹스커피와 테이크아웃한 아메리카노를 마셨는데. 서울 생활을 시작한 뒤로 커피를 마시면 잠을 자지 못했다. 몸속 어딘가에 카페인이 테트리스 블록처럼 하나둘 놓이는 것 같았다. 한 줄이 완성되면 블록이 지워져야 하는데 클리어 버튼이 고장난 것처럼 쌓이기만 했다. 가슴이 두근거리고 두 뺨에 열이 올랐다. 인터넷 기사를 찾아보니 카페인을 분해하지 못하는 사람이 있다고 했다. 민우는 무슨 연유로 자신의 신체가 갑자기 변했는지 알 수 없었다. 출근을 위해 잠을 자야 하니, 커피 대신 다른 음료를 마시면 될 거라고 위안했다. 권 이사가 이 프로젝트를 가져오기 전까지 말이다.

개업한 카페는 블랙 앤 화이트톤으로 가구와 조명을 배치해놓았다. 카페 구경을 하는 팀원들 사이에서 우 대리가 대표로 주문을 받았다. 권 이사님은 아메리카노, 나는 카라멜 마키아또, 윤지형은 아이스 아메리카노…. 한 명씩 주문을 받으며 민우 앞에까지 왔다.

"아직 못 골랐어요? 민우 씨는 커피 고를 때마다 오래 걸리네. 부산사나이가 뭐 이래요, 화끈하게 골라야지."

"잠시만요."

민우는 고개를 젖혀 천장에 붙은 메뉴판을 보았다. 눈 딱 감고 커피 못 마신다고 고해성사하면 안 되려나. 선잠을 자니 진정성을 논하기 전에 머리가 몽롱해서 맡은 업무조차 제대로 하기 어려웠다. 하지만 어떻게 들어온 회사인데. 이제 입사한 지 오 개월 된 민우는 권 이사의 눈 밖에 나고 싶지 않았다. 카페인 블록이 뱃속을 가득 채워도 괜찮은 척, 문제없는 척하고 싶었다. 이번 프로젝트만 지나가면 돼. 다음엔 초콜릿이나 컵라면, 아니면 가전제품 광고가 들어오겠지. 그런 심정으로 하루하루 버텨냈다.

"저는 아이스 돌체라떼 마시겠습니다. 얼음 많이 주세요."

최대한 천천히, 조금씩, 입안에 오래 카페인을 머금는 방식으로 이 시간을 흘려보낼 것이다. 원두가루가 얼음과 함께 녹아서 물처럼 연해지기를 바라면서.

테이크아웃한 커피를 들고 회사로 향했다. 사원증을 목에 건 회사원들이 일회용 컵을 들고 걸어갔다. 저 컵에 뭐가 들었을까? 몸에 좋은 건강차일까, 오후의 졸음을 떨치기 위한 더블샷 아메리카노일까?

다른 이들의 일회용 컵을 보다가 눈을 돌렸다. 도로 양옆으로 분홍색 벚꽃이 활짝 피어 있었다. 봄의 생명력을 자랑하며 만개한 꽃잎이 웃었다. 민우는 종이빨대로 돌체라떼를 빨아 마시며 분홍 잎들을 바라봤다. 바람이 불자 하얀 색, 연분홍색, 분홍색, 진분홍색 꽃잎이 하늘로 날아올랐다. 파르르 흩어지는 꽃잎을 보며 입속에 머금고 있던 커피를 삼켰다.

그때였다. 앞서가던 윤지형이 뒷걸음질쳐 민우 옆으로 다가왔다. 민우 한번 보고 일회용 컵 한번 보고, 민우 한번 보고 종이빨대 한번 보고. 그렇게 번갈아보더니 암호를 알고 있는 비밀요원처럼 은밀하게 말했다.

"민우씨, 커피 못 마시죠?"

2.

퇴근 후, 윤지형과 민우가 지하철 두 코스를 걸어 베트남 쌀국수 식당에 들어갔다. 테이블이 다섯 개밖에 없는 작은 가게는 맛집으로 유명했다. 창가쪽 나무 테이블에 두 사람이 마주 보고 앉았다. 윤지형은 쌀국수 위에 고수를 듬뿍 올려 먹고, 민우는 양지국물을 맛본 다음 국수를 먹었다.

"어떻게 알았어요?"

민우가 가느다란 면발을 앞니로 자르며 물었다.

"매번 마지막에 주문하고 남기고."

"아…."

민우가 젓가락으로 노란 단무지를 집다가 테이블에 떨어트렸다. 윤지형이 냅킨으로 떨어진 반찬을 훔친 다음, 민우 쪽으로 단무지 그릇을 밀어주었다.

"힘들면 커피 말고 다른 걸로 바꿔줄까요?"

"아니요, 이번 프로젝트만 잘 넘기면 될 것 같아요. 권 이사님이 알면 제 카피 문구에 진정성이 없다고 보지도 않을 것 같아서. 이번 플젝만 잘 늠기게 도아주세요."

"진짜 그 진정성이 뭔지."

윤지형이 말끝을 흐리며 웃었다.

"그 이야기 들었어요? 옆 팀에 김 부장님 승진도 권 이사님이 밀어서 된 거래요. 소주 광고 끝나고 한 건강검진에서 김 부장님 간수치가 엄청 높게 나왔는데요. 권 이사님이 그걸 김 부장님이 해당 제품 시음을 많이 해서 그런 거라고. 진정성이 최고라면서 다음해에 과장에서 부장으로 승진시켰다고요."

지금이 어느 시대인데 인사평가를 그런 식으로 할까, 싶으면서도 권 이사라면 가능할 거라고 민우는 생각했다. 직책이 이사이지 권 이사는 실질적으로 오너와 같았다. 선대로부터 이어오던 옥외 간판가게를 광고회사로 성장시킨 건 바로 권 이사니까 말이다. 그런 권 이사가 믿는 건 트렌디한 감각이나 최신 동향이 아니라 대대로 내려오는 사훈, 즉 진정성이었다.

"이번 플젝 진짜 잘 늠겨야겠네요. 지형 씨가 마니 도아주세요."

민우가 또박또박 강조해서 말했다.

"오케이. 무슨 뜻인지 알았으니까 잘 넘겨보자고요."

윤지형이 엄지와 검지 끝을 붙여 동그라미를 만들었다. 연두색 매니큐어를 바른 손톱이 반짝였다. 반짝이는 손톱만큼 그녀의 말투와 억양도 자연스럽게 미끄러졌다. 윤지형이 밝히지 않으면 전라도 순천에서 태어나, 최근까지 살았다는 걸 알기 어려웠다.

"근데 지형 씨는 차암 서울말 잘 써요."

"뭐, 그런 거지요…. 나는 부산 사투리 좋던데, 부산싸나이 멋지잖아요!"

윤지형이 두 눈을 반달 모양으로 만들면서 씽긋, 웃었다.

평소 민우는 부산사나이라는 단어를 좋아하지 않았다. 자신이 부산에서 태어나고 자란, 남자가 맞지만, 그 말에는 청주사나이, 제주사나이, 강릉사나이와는 다른 맥락과 의미가 담겨 있는 듯했다.

"부산싸나이…."

민우가 윤지형의 말을 따라했다. '멋지다'라는 형용사는 마음속으로 따라했다.

두 사람은 입사 동기였다. 전국적으로 청년실업과 취업이 문제라며 모든 언론에서 기사화했다. 도대체 청년실업과 취업률이 문제이지 않은 시절이 있기나 한 건지, 작년 아니 오 년, 십 년 전 기사를 그대로 복사해서 붙여놔도 이상하다는 말을 하지 않을 거였다.

청소년이 청년이 되고, 청년이 중년이 되어도 같은 풍경만 반복재생되었다. 입구와 출구의 구분이 없는 거대한 미로에 감금된 느낌이었다. 민우는 그 기사를 서면의 공무원학원 휴게실에서 읽었다. 해결

책으로 나온 '공공기관의 일자리를 늘리고'에 밑줄을 그었으나 그해 부산, 경남 공무원 모집인원은 전년도에 비해 감소했다. 미로 속에 영원히 갇혀 있을 수 없었기에 다음 문장을 형광펜으로 칠했다. '중소기업을 장려하며, 대기업에선 학벌, 학연, 연고주의를 탈피하여 인재를 적극 등용해야 한다'는 부분이었다. 밀랍 날개를 단 이카루스처럼 미로를 탈출하고 싶었다.

구직사이트에서 형광펜으로 칠한 내용을 적극 표방한다는 채용공고를 발견했다. 작지만 탄탄한 광고회사, 라는 소개도 마음에 들었다. 민우는 대학 시절 학내 영화동아리 회장까지 할 만큼 영상예술에 관심이 많고 조예가 깊었다. 한때는 부산국제영화제에 자신이 제작한 저예산 독립영화가 상영되기를 꿈꾸는 씨네필이었다. 그렇게 출신학교와 토익점수를 기재하지 않은 이력서를 내고, 블라인드 면접을 본 후 최종 합격했다. 친구들은 취업에 성공한 민우를 부러워했다. 민우는 운이 좋았다며 겸손하게 말했다. 대신 여자친구인 수정과 있을 때는 자신의 날개가 태양열에도 녹지 않을 만큼 튼튼하다며 자축했다.

민우가 서울로 떠나는 날, 수정은 부산역 대합실에서 소리내어 울었다. 취업에 성공한 민우가 다행이면서도 이제 퇴근 후 치맥 타임을 할 수 없다는 게 원망스러웠다. 주말에 보면 되지, 페이스톡 자주 하고 카톡 할게. 민우가 수정을 안으며 달랬다. 수정이 눈물을 훔치며 고개를 끄덕였다. 민우를 태우고 떠나는 부산발 KTX 열차가 마치 논산훈련소로 출발하는 군용열차 같았다.

윤지형과 헤어지고 민우가 가방에서 스마트폰을 꺼냈다. 부재중 전화 세 통, 카톡 일곱 개. 잠금장치를 풀어 메시지를 확인하려는데 액정 위로 발신자 이름이 떴다.

"왜 안 받는데."

수정의 목소리가 가라앉아 있었다.

"바빴다, 일한다고."

"내는 안 바쁜 줄 아나?"

민우가 스마트폰을 귀에서 떼 화면을 바라봤다. 수정이 깊은 물속에서 말하는 것 마냥 멀게 들렸다. 큰소리로 발음하는 특정 단어들이 불쑥불쑥 솟아올랐지만 전체적으로 웅얼웅얼 거렸다.

"내 말 듣고 있는 거가?"

민우가 다시 스마트폰을 귀에 가져다댔다.

"응, 듣고 있다."

"그 회사 일은 니 혼자 다 하나? 야근까지 하고."

"아직 신입이잖아. 커피 때문에 힘들다고."

"그 놈의 커피는 아직도 문제가?"

수정의 말에 민우가 가슴 저 아래로부터 무언가가 솟구쳐오름을 느꼈다. 그 놈의 커피라니! 그 커피 때문에 자신이 지금 어떻게 살고 있는데. 수정이 함부로 말한다는 생각이 들었다.

"… 이번 주말에 내가 올라갈게. 출장도 있꼬."

수정이 한 박자 쉬고 말했다.

얼굴을 마주하면 바로 풀릴 감정들도 전화로는 한계가 있었다.

KTX 열차로 2시간 30분 만에 갈 수 있는 거리지만 마음의 거리는 2박 3일 단위로 오르락내리락했다. 주말 KTX 열차 요금은 주중보다 비쌌고 두 사람의 월급은 고정되어 있었다. 누가 부산에 오고, 누가 서울에 갈지. 매주 서로의 상황과 일정, 날씨와 컨디션을 염탐하며 눈치작전을 했다. 친구 결혼식, 경조사, 잔업이나 감기로 한 주, 두 주 못 보는 일이 많아졌다. 서로의 온기를 느끼며 사랑을 확인하지 못해도, 그달 생활비는 왕복 KTX 요금에 데이트 비용을 더한 만큼 여유가 생겼다. 민우는 생활비와 연인에 대한 사랑을 양팔 저울에 올려놓은 스스로를 부끄러워했다. 그럼에도 토요일 밤, 홀로 배달 치킨과 만 원에 네 개 하는 편의점 캔맥주를 앞에 두고 넷플릭스 영화를 볼 때면 한 단어로 규정할 수 없는 충만한 기쁨을 느꼈다. 이건 양팔 저울과 칼을 든 정의의 여신도 쉽게 결정할 수 없는 문제야, 라며 혼잣말을 했다.

"응, 서울역에 마중 나갈게."

민우의 답에 수정은 목이 꽉 메었다. 군대는 시간이 지나면 제대라도 하지. 직장 때문에 시작된 장거리 연애는 시간이 흐른다고 저절로 해결되지 않았다.

수정도 서울로의 이직을 생각해보지 않은 건 아니었다. 전공을 살려 취직한 출판사 일에 그녀는 지쳐가고 있었다.

"언제까지 이 일을 해야 될까요?"

수정이 옆자리의 최 디자이너에게 종종 이야기했다.

"그래도 수정 씨는 아직 젊잖아. 기회가 있을 거야."

"… 기회가 있을까요?"

두 명의 자녀를 둔 최 디자이너는 자신이야말로 이곳 말고는 출근할 곳이 없다고 답했다. 아이들 학원비, 생활비, 집 대출금 이자와 보험비 계산을 하면 정년이 끝나고도 파트타임으로 일해야 될 것 같다고 말했다.

"그런 걱정할 수 있을 때가 좋은 거야. 몸이 가볍잖아."

수정은 제 몸이 가벼운지, 홀가분한지 또 다시 생각했다. 경력직으로 옮기기에도, 다시 신입사원이 되기에도 어정쩡한 자신의 몸만 떠올랐다. 새롭게 출발하지도, 이 일에 충분히 익숙해지지도 못하는 상황이 더 무거운 것만 같았다. 내가 뭔가 잘못하고 있는 걸까, 누구의 잘못이 아닌데 왜 이렇게 흘러가야 되는지…. 말줄임표가 물음표가 되고, 느낌표로 바뀌는 동안 수정은 플래너에 버킷리스트를 만들며 스스로를 설득했다. 조금만 더, 조금만 더. 버킷리스트 1순위는 부동이었다. 수정이 꼭 이루고 싶은 그것을, 이번 서울행에선 민우와 나눠보기로 결심했다.

3.

오전부터 시작된 회의는 점심시간까지 이어졌다. 그동안 정리한 데이터와 기획안을 나누고, 윤지형, 우 대리, 민우 순으로 프레젠테이션을 했다. 민우는 말을 할수록 몸속의 수분이 빠져나가는 느낌이었다. 다크서클이 콜롬비아산 원두처럼 새까맣게 박혔다. 타닥타닥 소리를 내며 타들어갔다.

"이래서 다른 업체랑 차별성이 있겠어요? 이러려고 제가 법카로 커피 사는 게 아니란 말입니다. 그 정도 마셨으면 양심상 새로운 거 하나씩은 써와야지. 진정성 없는 문구에 어느 고객이 반응하겠냐고요?"

권 이사가 끓는점에 도달한 커피포트 마냥 씩씩거렸다.

"진짜 나 때는 이런 기획 상상도 못했다고. 여러분들은 시대 잘 타고난 줄 아세요. 다음 회의까지 세 개 이상 기획물 써오고… 자, 심기일전하는 마음으로 마십시다!"

권 이사가 회의실 모퉁이에 쌓여 있는 박스를 손가락으로 가리켰다. 뜯지 않은 택배상자가 다섯 개 쌓여 있었다. 우 대리가 박스 하나를 개봉해 내용물을 꺼내자 초록색 캔커피가 여섯 개씩 묶여 있었다. 권 이사, 윤지형, 민우에게 건네주었다. 따깍. 권 이사가 캔 뚜껑을 땄다. 따깍, 따깍따깍 소리가 연이어 회의실에 퍼졌다.

"마음을 울리면!"

"광고 스킵 안 한다!"

권 이사가 선창하자 팀원들이 후창했다. 맥주잔을 들 듯 초록색 캔을 머리 위로 높이 들어올렸다. 권 이사가 원샷 하자 사원들이 파도타기를 하듯 커피를 마셨다. 민우는 폭탄돌리기 게임을 하는 심정으로 순서를 기다렸다. 커피를 먹는 척하고 캔커피 통에 뱉을까, 텀블러에 부어서 마신다고 말해볼까. 몇 가지 생각을 채 끝내기도 전에 순서가 돌아왔다. 눈을 질끈, 감고 커피를 쭈욱 들이켰다. 꿀꺽꿀꺽. 까맣고 진한 액체가 목울대를 지나 식도를 타고 내려갔다. 오늘 밤도 잠은 다 잤네. 민우의 위와 대장, 소장에 카페인 블록이 테트리스 게

임을 하는 것처럼 쌓였다. 후우— 심호흡을 하자 농도 짙은 원두 향이 공기 속으로 퍼져나갔다.

"안주 대령입니다."

우 대리가 쇼핑백에서 동그란 철제 케이스를 꺼냈다. 꽃무늬 케이스 안에 황갈색 쿠키가 들어 있었다. 진한 버터 향이 코끝을 자극했다.

"커피랑 최고궁합이라는 홍콩산 쿠키입니다. 제가 여러분을 위해 특별히 S백화점 강남점에서 사왔어요. 권 이사님 먼저 하나 드시구요. 지형 씨도 자… 민우 씨도 하나 먹어봐. 부산에선 이거 못 먹어봤지?"

민우가 쿠키를 집으려다가 손을 떼었다. 또, 또, 시작이군. 우 대리는 무슨 말을 할 때마다 민우가 지방에서 온 것을 명함처럼 내밀었다. 처음에는 서울살이가 낯선 민우를 배려하는 말인 줄 알았는데 계속 듣다보니 노골적으로 민우와 자신을 구별 짓는 말이었다. 민우보다 일 년 먼저 입사한 우 대리는 서울 출생으로 수도권 대학교를 졸업했다. 학교 이름과 성적, 토익 점수를 공식적으로 적은 이력서와 얼굴을 공개하고 치르는 면접을 통과해서 입사했다. 우 대리의 '라떼는 말야'는 권 이사와는 또 다른 맥락으로 사용되었다.

"해운대에 세계에서 가장 큰 백화점이 있는데요. 거기에 매장이 있을 것 같습니다."

S백화점 강남점보다 더 큰 백화점이 '부산시 해운대구 센텀남대로'에 있었다. 백화점 벽면에 걸린 대형 걸개에는 '세계에서 가장 큰 백화점'이라는 문구가 또박또박 박혀 있었다. 그 백화점 식품관에 홍콩

쿠키가 있을 게 분명했다.

민우가 버터쿠키 하나를 베어물었다. 부산 운운하는 소리 좀 고만 하라고! 쿠키가 모래알갱이처럼 부서졌다. 튼튼한 어금니로 모래알갱이가 가루가 될 때까지 씹고 또 씹었다.

"그래요? 근데 민우 씨 본가가 해운대에요? 센텀이란 소리 못 들은 것 같아서."

우 대리가 민우의 옆구리에 거대한 펀치를 날렸다. 정말 궁금해서 물어본다는 표정으로 민우를 바라보았다. 답이 없는 민우를 보고는 아몬드쿠키 두 개를 날름 집어먹었다. 와그작와그작. 와그작. 아몬드 깨지는 소리가 민우에게까지 들렸다.

"대리님도 본가가 강남 아니시잖아요. 지하철 타고 가서 쿠키 사온 거 아니세요?"

예상치 못한 잽을 날린 건 조용히 쿠키와 커피를 먹고 있던 윤지형이었다. 순간, 우 대리의 얼굴이 캔커피 속 음료 마냥 검게 변했다. 이온 음료수를 마시는 것처럼 빠르게 커피를 마셨다. 민우가 고개를 돌려 윤지형을 바라봤다. 윤지형이 두 눈을 반달 모양으로 만들며 씽긋, 웃었다.

"매번 이렇게 도움을 받네요."

민우가 옥상 휴게실 난간 앞에 서서 말했다.

"뭘요, 맨날 서울 서울 하는 우 대리님이 얄미워서 그런걸요."

윤지형이 난간 아래를 내려다봤다.

35층 건물 옥상에서 바라보는 서울의 낮 풍경이었다. 8차선 도로를 따라 차들이 줄지어 흘러갔다. 빨간 불에 똑같이 멈췄다가 초록불이 되자 다시 움직였다. 어떤 주저함도 없이 기계적으로 정확하게 이동했다. 저렇게 흘러간 차는 어디에 닿을까, 저렇게 움직이는 사람들은 모두 튼튼한 날개를 가지고 있을까. 도로 위의 값비싼 차들이 한낮의 태양보다 뜨겁게 불타올랐다.

"한양 살던 양반 마냥 말끝마다 그러잖아요."

윤지형이 추가설명을 붙였다.

"진짜 웃긴 게 뭔지 알아요? 순천에서 왔다고 하면 몇 살부터 서울에서 살았냐고 물어요. 스물여섯 살이요, 라고 했더니 사투리를 안 쓰셔서 스무 살부터 사신 줄 알았어요, 라는 거 있죠?"

민우도 경험한 일이었다. 본가가 지방이어도 몇 살부터 서울에 살았느냐는 질문은 인서울 대학 출신이냐를 돌려 묻는 거였다. 그런 말을 들을 때면 차라리 우 대리처럼 노골적으로 묻고 표현하는 게 낫겠다는 생각마저 들었다. 호기심과 배려를 가장한 돌려 말하기가 듣는 사람을 더 화나게 했다.

"이거 드세요. 속 쓰릴 때 좋대요."

윤지형이 파우치에서 비닐 지퍼팩을 꺼냈다. '몸에 좋은 양배추즙' 다섯 개가 노란 고무줄에 묶여 있었다.

"이런 거 안 줘도 되는데."

민우가 양배추즙을 받아들었다. 위와 대장, 소장에 붙어 있던 카페인 알갱이 위로 양배추즙이 천천히 녹아들었다. 클리어 버튼을 누른 것처럼 카페인 블록들이 한두 줄씩 사라졌다. 쓰리고 따갑던 소화기관에 단단하지만 부드러운 치트키가 생긴 느낌이었다.

"동기 좋다는 게 뭐예요. 이번 프로젝트만 무사히 넘겨보자구요."

윤지형이 35층 아래로 시선을 던졌다. 민우를 보지 않고 무심한 듯하면서도 무심하지 않은 말투로 말했다. 민우가 윤지형의 옆모습을 바라보았다. 하얀 얼굴에 낮은 콧대, 작은 귓불에 붙어 있는 동그란 진주 귀고리, 짙은 갈색의 단발머리. 바람이 불자 생머리가 윤지형의 뺨과 눈 위로 흩날렸다. 어디선가 달콤한 바닐라시럽 향이 나는 것 같았다. 다량의 카페인을 섭취한 것처럼 가슴이 두근거리며 뺨에 열이 올랐다. 민우는 스스로의 모습에 당황하여 얼른 양배추즙 하나를 뜯어 마셨다.

4.

서울역으로 가기 전, 수정은 광화문 K문고로 향했다. 월요일 오전 시간의 서점은 조용하고 한산했다. 베이지색 책장과 실외보다 조도가 살짝 낮은 조명, 독서를 하거나 작업을 할 때 방해되지 않을 잔잔한 음악이 서점 안을 감쌌다. 끝에서 끝이 보이지 않을 만큼 공간이 넓은 데도 황량하다는 느낌이 없었다.

수정이 신간 코너로 가서 이번에 책임 편집한 책을 찾았다. 발행된 지 이십 일이 안 된 신간이지만 책이 보이지 않았다. 검색대에 제목을 입력하니 'D구역 - 한국소설' 코너라고 나왔다. 한국소설 칸으로 이동했다. 미색 표지에 파란 윤곽으로 여자 뒷모습을 그린 표지를 찾아야 했다. 책은 부산에서 활동하고 있는 삼십대 소설가의 첫 단편 소설집이었다. 모처럼 수정이 기획서를 제출하고, 저자를 만나 계약, 편집까지 했다. 입소문만 나면 독자들에게 충분히 사랑받을 책이었다. 한국소설과 한국시 코너를 전부 훑어봐도 책이 보이지 않았다. 숨은그림찾기를 하는 아이처럼 책꽂이를 하나하나 짚어갔다. 책은 한국문학과 해외문학 경계에 있는 작은 책장의 가장 아래 칸 왼쪽 끝에 꽂혀 있었다.

수정이 입을 꾹 다문 채 표지를 바라봤다. 책장을 펼쳐 인쇄 상태를 확인하고, 마지막 장에 적힌 발행 날짜와 책임 편집자를 확인하고 싶었는데. 책이 있던 장소를 떠올리니 머릿속이 뿌연 구름으로 가득 찼다. 비가 오지도, 햇볕이 뜨지도 않은 낮은 하늘에 희지도 검지도 않은 구름이 자리한 것 같았다. 차라리 비가 내리면 시원할 텐데… 이 많은 책 중에서, 제 책이 있는 곳이 어디인지 자꾸만 둘러보고, 돌아보고, 되묻게 되었다.

전날 민우와의 대화도 그랬다. 한 달 반 만에 본 민우는 회사 일로 바쁘다고 툴툴거렸다. 커피 때문에 불면증을 달고 산다며 온몸이 물에 젖은 솜인형처럼 무겁다고 했다. 누군가와 카톡을 주고받으면서 수정에겐 입만 움직였다.

“오랜만에 우리 영화라도 보면 어떤노. 씨네큐브 가보고 싶은데.”

수정이 핫플과 데이트 장소를 나열하며 분위기 전환을 위해 노력했다.

“씨네큐브는 무슨. 넷플로 드라마나 보자. 아니면 애플TV 볼래?

이번에 가입했거든."

"그래도 주말 내내 방에만 있으면 그렇잖아. 나가서 놀자니까."

스마트폰을 손에서 내려놓은 민우가 파우치형 양배추즙을 뜯어 마셨다. 비리고 역한 냄새에 수정이 인상을 찌푸려도 아랑곳하지 않았다. 리모컨으로 넷플릭스에서 방송하는 K-드라마를 찾을 뿐이었다.

"드라마 보기 싫다고."

"그럼 예능 볼래?"

"다 싫다고. 나가자니까."

"나가면 돈이 얼마나 드는 줄 아나? 니가 몰라서 그렇지 서울 물가 장난 아이다."

"니가 언제부터 서울에 살았따고 서울 사람인 것처럼 말하는데."

"그게 아니라 현실을 쫌 보란 말이다. 여기 아파트값이 얼만 줄 아나? 부산 집값 생각하면 안 된다꼬. 그 돈으로 여기 원룸 전세도 못 구한다고."

민우의 말에 수정이 묻어두었던 진심이 터져나왔다.

"그래, 돈 모아서 니는 어디에 살 낀데. 계속 서울에 살 끼가? 우리 언제까지 이렇게 장거리 연애해야 하는데. 결혼을 하든지 헤어지든지 둘 중에 하나만 하자. 내도 이 짓 못해먹겠다고!"

민우와 수정 사이에 눈에 보이지 않는 틈들이 생기고 있었다. 손톱만 하던 틈이 손가락만 해지더니 어느 순간, 팔 길이만큼 벌어졌다. 팔 길이 정도 벌어진 간격은 수정의 키만큼 늘어났다. 서울-부산의 거리에다 두 사람이 떨어져 있는 날짜들을 곱한 숫자만큼 두 사람의 틈이 벌어져버렸다.

이 말을 하려던 게 아닌데. 버킷리스트 일 순위는 아직 꺼내지도 않았는데. 민우를 못 믿는 것도, 제 사랑을 의심하는 것도 아니었다. 그럼에도 기약 없는 장거리 연애와 미래는 수정을 지치게 만들었다. 민우 이야기를 듣고 싶었다. 자잘한 일상을 공유하고 별 거 아닌 일에 화를 냈다가 다시 까르르 웃는. 회사 생활의 어려움을 토로하다가 월급 날짜를 세어보며 마음을 다잡는. 평범한 생활과 감정, 눈빛과 온기들을 나누고 싶었다. 수정의 외침에도 민우는 대답 없이 프로그램 검색만 했다.

수정이 책장을 펼쳐 작가의 말을 읽었다. 마지막 장으로 넘겨 책임편집자에 쓰인 자신의 이름을 확인했다. 종이 위에 납작하게 인쇄되어 있는 이름을 손가락으로 천천히 만졌다. 바닥을 알 수 없는 미궁 속으로 이름이 떨어지는 것 같았다. 밀랍 날개도, 종이 날개도 없이 추락했다. 울컥, 하는 마음에 입술을 꽉, 깨물었다. 수정은 책을 들고 신간 코너로 걸어갔다. 전면 책장의 가운데에 자신이 책임편집한 소설책을 올려놓았다. 직원이 보고 치우겠지만, 잠시라도, 그러니까 아주 잠깐이라도 그 자리에 있고 싶었다.

부산발 KTX 열차 안에서 수정은 민우에게 장문의 메시지를 보냈다. 썼다, 지웠다, 지웠다, 썼다. 첫 마음을 나누던 그 시절처럼 한 글자 한 글자 공들여 썼다. 메시지를 전송하고 스마트폰의 전원을 껐다. 시트에 등을 기대고 눈을 감았다. 기차가 남쪽을 향해 전속력으로 달렸다.

5.

그 시각 민우는 열다섯 번째 회의를 하고 있었다. 드디어 권 이사의 마음을 사로잡은 시안이 나왔다. 주류회사, 광고사, 소비자의 눈과 귀를 움직일 진정성 어린 문구는 민우가 제출한 기획서에 있었다.

"맥주보다 부드럽게! 소주보다 진하게!"

권 이사는 이 문구가 듣는 이의 원초적 욕망을 자극하며, 커피보다 주류를 선호하는 소비자의 눈과 마음, 지갑까지 움직일 수 있는 전지구적인 카피라며 극찬했다. 민우가 고개를 갸우뚱하다가 다시 앞뒤로 끄덕거렸다. 원래 꿈보다 해몽이고, 베니스, 칸 영화제에서 상을 탄 예술영화일수록 평론가의 주석과 상찬이 큰 법이니까. 업계 경력이 쟁쟁한 권 이사의 촉이 맞다면 맞는 거겠지. 그렇게 생각하니 어깻죽지가 간질간질해지는 느낌이었다.

"부산사나이의 진정성이 제대로 통했네."

권 이사가 한번 더 추켜세웠다. 옆에 있던 우 대리의 얼굴이 볶지 않은 생두를 씹은 것처럼 일그러졌다.

"앞으로 더 열심히 하겠습니다."

민우가 권 이사를 향해 허리 숙여 인사했다. 회의실 안의 모든 사람이 들을 수 있게 큰 목소리로 과장되게 말했다.

"수고했으니 한 잔 마십시다."

권 이사가 회의실 모퉁이에 있는 상자에서 캔커피를 가져왔다. 뚜껑을 직접 따서 민우에게 건넸다. 캔을 든 민우의 두 손이 부들부들 떨렸다. 아랫입술을 세게 깨물었다. 참아야 돼, 참아야 돼. 참아야 한다. 하지만 몸의 신호는 그렇지 못했다. 초록색 원기둥만 봐도 파블로프의 개처럼 신물이 흘러나왔다. 위산이 다량으로 분비되어 식도를 따라 거슬러올라오고 있었다. 뱃속이 부글부글 끓었다.

"쭈욱 마셔요."

민우가 눈을 감고 커피를 꿀꺽하고 삼켰다. 아니, 삼키려는 순간, 우웩 하는 소리와 함께 입 속에 있던 커피가 활화산처럼 폭발했다. 끓어오른 위산과 침과 분비물이 검은 액체와 뒤섞여 책상 위로 쏟아졌다. 회의실 책상과 의자, 서류 위로 날아가 사정없이 들러붙었다. 폭발한 커피는 연속해서 터져나왔다.

"민우 씨, 괜찮아요? 커피도 못 마시면서 왜 그렇게 무리해요!"

윤지형이 탕비실에서 두루마리 화장지와 손걸레를 챙겨서 뛰어왔다. 윤지형의 말에 우 대리와 권 이사가 민우를 바라봤다. 무슨 뜻이냐는 듯 물음표 가득한 눈으로 쳐다봤다. 우웩, 누런 위액이 다시 솟구쳤다. 민우는 대답 대신 오른손으로 입을 막은 채 화장실을 향해 뛰어갔다. 왼손에는 권 이사가 준 초록색 캔을 꼭 쥔 채로.

35층 옥상에 민우가 서 있었다. 흰 와이셔츠가 검은 얼룩으로 엉망이었다. 공기가 빠져나간 현무암처럼 동그란 자국이 여기저기 묻어났다. 그 얼룩들이 컴컴한 구멍처럼 보였다. 화산재를 물고 있는 것처럼 입안이 쓰고 따가웠다. 윤지형은 따라오지 않았다. 이번에도 윤지형은 나를 도와주기 위해 그런 걸까. 아니면 다른 의도가 있었던 걸까. 롤러코스터를 탄 듯 속이 울렁였다. 몸속 어딘가에 카페인 블록들이 다시 쌓이는 기분이었다. 클리어 버튼이 필요한데, 치트키가 있어야 하는데. 하아. 머릿속의 회로가 엉망으로 꼬여버렸다.

권 이사님은 뭐라고 생각하실까. 정말 내 문구에 진정성이 없다고 여길까. 너무 높이도, 너무 낮게 날지도 않았다고 자신했는데. 왜 날개가 커피물에 녹아버렸는지 알 길이 없었다. 사무실 분위기를 알고자 윤지형에게 전화를 걸었다. 문자 메시지와 카톡도 보냈다. 이 자리에서 두 눈을 반달 모양으로 만들며 씽긋, 웃던 윤지형의 모습이 겹쳐졌다.

카톡.

민우가 서둘러 스마트폰을 들었다. 화장품가게 정기세일 광고였다. 빨간 동그라미 속에 숫자 3이 적혀 있었다. 민우가 손가락을 움직여 미확인 메시지를 열었다.

<민우야, 이렇게 긴 메시지를 오랜만에 보내는 것 같다. 예전에는 손편지도 자주 쓰고, 이벤트도 많이 했는데. 요즘 우리 둘 다 넘 바쁘다보니 소홀해진 것 같네.

실은 이번에 너한테 하고 싶은 말이 있었어. 네 의견도 들어보고 싶었는데 말할 기회가 없었네… 덕분에 결심이 단단하게 굳어졌어… 실은 전부터 하고 싶은 일이 있었어. 부산에 가면 회사를 그만두고 독립출판사를 만들 거야. 혼자서 모든 걸 해야겠지만, 그동안 배운 것들이 많으니 잘해낼 수 있지 않을까 싶어. 그렇게 내 자리를 내가 만들어갈 거야. 그리고 하나 더 말할 게 있는데….>

민우가 수정의 메시지를 읽고 또 읽었다. 마지막 문장을 읽을 때는 심장이 딱딱하게 굳으면서 멈춰버린 느낌이었다. 스마트폰을 쥐고 있는 손이 싸늘하게 식었다. 통화 목록에서 수정을 찾아 전화를 걸었다. 전화기가 꺼져 있었다. 다시 걸었다. 꺼져 있었다. 수정에게 문자 메시지를 보내고, 카톡을 보냈다. 음성 사서함에 메시지를 남겼다.

수정아, 연락 좀. 수정아… 받아… 제발….

서서히 해가 지고 있었다. 서울의 낮이 밤으로 변하고 있었다. 에스프레소 원액을 뿌려놓은 것처럼 하늘이 점점 어두워졌다. 8차선 도로를 따라 차들이 줄지어 흘러갔다. 어떤 주저함도 없이 기계적으로 정확하게 움직였다. 입구와 출구를 알고 움직이는 사람들. 다들 어디로 가는 걸까. 수정은 지금 어디쯤 있을까. 부산에 도착했을까, 아직 서울에 있을까. 사람들을 따라 움직이지도 못하고, 제 의지로 멈춰 서 있지도 못하는, 어정쩡한 자신의 모습만 그려졌다. 부산-서울 열차 선로의 어딘가쯤에 제가 앉아 있었다. 점점 아득해졌다.

민우가 들고 있던 초록색 캔을 찌그러트렸다. 납작하게 눌린 캔을 35층 옥상에서 던졌다. 끝없이 떨어지는 초록색 캔. 미궁으로 추락하는 캔을 한참 동안 바라보았다. 가로등에 불들이 하나둘씩 들어왔다. 어두운 하늘 아래 주황색 불들이 일렁였다. 서울의 밤이 낮처럼 환해지고 있었다.

목운동 상봉 씨

손현주

제10회 수상자/ 2010년

2008년 국제신문 신춘문예에 단편소설 「엄마의 알바」가, 2009년 『문학사상』 신인문학상에 단편소설 「당신의 남자」가 당선돼 등단했다. 소설집 『헤라클레스를 훔치다』, 장편소설 『도로나 이별 사무실』 『불량 가족 레시피』 『소년, 황금버스를 타다』 『싸가지 생존기』 『가짜 모범생』 등을 펴냈다. 평사리문학 대상, 문학동네 청소년문학상을 받았다.

목운동 상봉 씨

비가 올 것 같은 흐린 날이었다. 마침 친구 희수에게서 잠시 학원에 들르겠다는 전화가 걸려왔다. 상봉은 예상치 못한 전화에 잠시 갸우뚱했다. 학원을 개원할 때도 오지 않던 그녀였기에 의아했다.

일요일이라 학원에 출근하지 않아도 되지만, 아직 중간고사를 끝내지 않은 학생이 남아 있었다. 아침부터 학원 문을 열어달라는 학부모 전화를 무시할 수도 없었다. 더구나 코로나로 집합금지령을 받아 들쑥날쑥한 수업이었다. 잠시 후 희수와 그녀의 남편이 학원 출입문을 열고 나란히 들어섰다. 상봉은 그들을 좁은 원장실로 안내했다. 그녀가 손에 들고 온 거라고는 화분 대신 달랑 만두 한 팩이었다. 어차피 개원한 지 한참 되어 그런 것엔 이미 무관심해진 터였다.

— 요즘 학원은 꼭 카페 같다니까.

희수는 학원 안으로 들어오자마자 실내 인테리어에 감탄했다.

— 상봉 씨, 노후 준비 아주 잘하셨네요.

이번에는 희수의 남편이 인사치레로 한마디 거들었다. 희수의 남편은 교장직을 은퇴한 지 얼마 안 됐고, 희수는 부동산중개사다. 상봉은 어쩌면 그녀 덕분에 학원을 열 수 있었는지도 모른다. 상봉의 여주 땅을 팔아준 것도 희수다. 여주 땅은 오래 전 사둔 것이었다. 그때는 로데오거리의 메이커 할인 의류가 날개 돋듯 팔릴 때였다. 그 덕에 번 돈을 땅에 묻어 둔 것이다. 그러나 부동산업자에게 좋은 땅을 소개해달라는 부탁만 하고 시간에 쫓겨 직접 보지도 않은 채 땅을 덜컥 사고 말았다. 주변 시세보다 몇 배 이상 비싸게 샀다는 사실을 뒤늦게 알았다. 부동산업자가 땅 주인과 짜고 외지인인 상봉에게 땅을 비싸게 넘긴 셈이다. 나중에 그 사실을 알았지만 때늦은 후회였다.

그동안 세월이 흘러 여주 근처도 많이 변했다. 하지만 당시 비싸게 땅을 산 탓에 그 가격이 오르는 데는 시간이 걸렸다. 상봉은 의류사업을 접을 수밖에 없는 상황에도 그 땅만큼은 팔지 못했다.

일 년 전 희수의 소개로 상봉은 그 땅을 팔 수 있었다. 그녀에게는 여주 땅이 마지막 동아줄이었지만 기분이 썩 좋은 건 아니었다. 그 돈을 강남 아파트에 묻었더라면 지금쯤 열 배 이상 올랐을 텐데, 하는 생각에 큰 손해를 본 것 같아 착잡했다.

— 요 아래 만둣집에서 사왔어. 먹자.

희수는 나무젓가락을 상봉에게 건네주었다. 십여 개 남짓한 만두를 셋이서 나눠 먹는다고 생각하니 선뜻 만두에 손이 가지 않았다. 양이 조금 넉넉했으면 하는 마음에 한 개만 조심스레 입에 넣었다. 만두가 입안에서 다 사라질 무렵 희수의 남편이 입을 열었다.

요즘 교육정책 진짜 맘에 안 들어.

그의 말은 이렇게 시작됐다.

그는 상기된 표정으로 정부의 교육정책이 다 헛짓이라며 자신의 교육철학을 쉬지 않고 일장 연설했다. 그는 아직도 자신을 교장이라고 착각하는 듯했다. 상봉은 그의 말이 슬슬 지겨웠다. 일단 교육과 관련한 이야기는 듣고 싶지 않았다. 상봉은 유리창 너머로 보이는 교실을 살폈다.

오늘 따라 11점이 고개를 숙이고 교과서를 보는 게, 공부 좀 할 모양이다. 아무래도 밤 열 시까지는 시간을 채우려나보다. 11점은 산만한 행동으로 물을 흐려 학원에서는 기피 대상 1호, 결코 받고 싶지 않은 학생이었다. 그러나 학원생이 줄고 있는 상황에서 가려받을 처지가 아니었다. 더구나 어디에서도 환영받지 못하는 아이가 한편으로 안쓰럽기도 했다. 상봉은 불만 없이 그 애를 받아들였다.

상봉은 학생들이 공부하겠다고 하면 명절에도 학원 문을 열어주었다. 일 년 365일 개방이었다. 상봉의 학원은 학교와 다른 학원에서 포기한 아이들이 주로 찾았다. 사실 학부모들이 가장 선호하지 않는 학원이 실력 없는 아이들이 모이는 곳이다. 그러나 상봉은 자존감이 낮은 아이들을 포기하고 싶지 않았다. 자기주도학습 학원을 개원한 이유도 스스로 공부하는 법을 익히게 해주고 싶어서였다.

희수 남편의 말에 적당히 추임새를 치며 점심 메뉴를 떠올려보았다.

희수 부부는 할 이야기를 다 한 듯 자리를 털고 일어섰다.

— 벌써 가려고?

— 사실… 나… 이 학원 뒤에 있는 아파트 모델하우스 보려고 왔다

가….

희수가 말꼬리를 흐렸다. 상봉은 애초부터 희수가 자신을 만나러 온 게 아니라는 사실에 잠시 기분이 언짢았다. 하지만 뭐라고 따질 일은 아니었다.

— 아파트 모델하우스가 근처에 있어?

— 넌 이 동네서 학원 하며 그것도 몰랐어. 등잔 밑이 어둡다더니, 이 학원 뒤가 동네서 유일한 다가구 지역이잖아, 넌 신문도 안 보니? 매일 광고야.

— 나야 눈뜨면 학원 와서 늦은 밤까지 박혀 있으니 모르지.

— 지금 주민 동의가 거의 이루어졌나봐. 손님들이 먼저 문의를 해. 우리도 아들 이름으로 하나 해둘까 해. 너도 하나 해놔. 나중에 돈 없어도 값은 계속 뛰니까 여차하면 중간에 팔면 돼.

희수는 부동산중개업자의 예리한 촉이라도 되는 듯 상봉에게 권했다. 부동산중개업을 하며 제법 큰 재산을 불려온 그녀였다.

상봉은 그들을 배웅한 후 내심 찜찜했다. 종일 햇빛도 들지 않는 학원에 박혀 있었기에 그녀는 바로 뒷골목에서 진행되는 재개발지구에 깜깜이었다. 재테크에 능하지 못한 자신만 뒤처지는 느낌이었다. 그녀의 머릿속에는 오로지 학생들에 대한 교육열뿐이었다.

코로나바이러스가 창궐하고 학원도 임시 휴업을 해야 했다. 어차피 학원에선 띄어 앉을 필요가 없었다. 아이들이 학원을 빠져나가고 남은 아이들이 몇 명 되지 않았다. 이마저도 놓치면 문을 닫아야 할 판이었다.

얼마 지나지 않아 인근 학원에서 코로나에 걸린 학생이 발생했다는 소문과 함께 학원 문을 닫으라는 원성이 높아졌다. 일시적 폐쇄 조치로 학생들의 학원 출입이 어려워졌다. 하지만 상봉은 학원 문을 열었다.

말없이 창문을 바라보았다. 처음으로 창밖을 눈여겨봤다. 건너편 옥상 난간에 아파트 분양 광고가 보였다. 그 광고는 곧 황금을 줄 것 같았다. 상봉의 마음이 조금 전보다 더 가라앉았다.

상봉에게 성공의 기억은 자신을 지금까지 버티게 한 유일한 자산이었다. 더구나 가진 돈 없이도 땅만 조금 있으면 건물을 지었던 때가 있었다. 그래서 그녀는 건물주라는 타이틀도 가졌고, 그 건물의 유명 브랜드 할인 매장 덕에 돈도 만져볼 수 있었다.

한때 로데오거리에도 사람이 물밀듯 모여들었던 날이 분명히 있었다. 유명 브랜드 할인 매장으로 재미를 보던 시절이 꿈만 같았다. 의류 판매사원을 열다섯 명이나 거느리며 로데오거리의 여왕으로 군림하던 시간은 이제 빛바랜 추억에 불과했다. 남편이란 자가 도박에 눈이 멀어 그 건물을 담보로 대출을 받았고, 더 많은 빚을 지는 상황에 내몰렸다. 게다가 재개발로 오목교의 모든 상권이 순식간에 바뀌었다. 지금의 로데오거리엔 하루가 다르게 빈 상가들이 거리를 메우고 임대라고 적힌 현수막만이 펄럭였다.

상봉의 건물은 현재 경매되기 직전이다. 건물에는 오 년 동안 임대계약을 맺은 맞춤 양복업체가 들어와 있다. 임대료는 이미 반토막으로 떨어져 건물 대출 이자도 내지 못할 상황에 이르렀다. 상봉은 남들이 다 부러워하는 건물주라지만, 사실 깡통 건물을 가진 거나 마찬가지였다.

지금의 중심지가 오목교로 바뀐 뒤 로데오거리는 사람의 발길이 뚝 끊긴 초라한 거리로 변했다. 오목교를 중심으로 탑처럼 높은 주상복합아파트가 생기고 목운동 재개발이 진행되었다. 그곳은 신흥 부촌으로 거듭났고, 사람들이 몰리는 황금상권이 되었다.

카카오톡 메시지가 와 있었다. 매장으로 와달라는 임차인 조 사장의 호출 연락이었다.

조 사장은 맞춤 양복과 웨딩복을 전문으로 하는 프랜차이즈 사업을 한다. 그 역시 코로나 시국을 피해가지 못했다. 상봉은 창밖을 잠시 내려다보았다. 날이 무척 흐려 곧 비가 쏟아질 것 같았다.

오후가 되자 상봉은 학습실에 가서 11점의 교과서 페이지를 확인하고, 매니저에게 외출하고 오겠다는 말을 남긴 뒤 학원을 나섰다.

삼층에 멈춘 엘리베이터 안으로 스터디카페 사장이 들어왔다. 상봉은 눈인사만 했다. 일층까지 내려오는 동안 서로 아무 말도 하지 않았다.

스터디 카페 사장과 처음 만난 건 학원 내부공사를 할 때였다. 공사 소음 때문인지 스터디카페 사장은 수시로 올라와 경계의 눈초리로 내부를 살폈다.

— 여기 뭐하는 학원이에요?

— 자기주도학습 학원이에요.

— 자기주도학습은 자기 혼자 계획하고 공부하는 거 아닌가요?

사장은 학원에 대해 꼬치꼬치 물었다.

— 뭐 그런 셈이죠. 코칭 선생님과 매니저들이 학생들을 관리하고 있어요. 사장님, 카페에 오는 학생들한테 홍보 좀 해주세요.

상봉은 학원 개원을 코앞에 둔 상황이라 누구라도 붙잡고 홍보를 해야 했다. 홍보라는 말에 카페 사장이 달갑지 않은 표정을 지었던 기억이 있다.

사차선 도로를 따라 십 분을 걷자 로데오거리 입구에 텅 빈 사층 건물이 보였다. 얼마 전 새로 지은 구 씨의 건물이다. 그 건물 역시 모든 층이 비어 있기는 마찬가지였다. 그러나 구 씨는 임대료를 낮춰서 세를 놓으려고 하지 않았다. 임대를 싸게 놓으면 건물값이 떨어진다는 것을 알기 때문이다. 건물을 비워두면 그 옆 건물이 고스란히 피해를 입게 마련이다. 상봉은 항의도 해봤지만 구 씨는 아랑곳하지 않았다. 그는 아쉬울 게 없는 노인이었다. 강남 요지에 건물 여러 채를 갖고 있고, 건물값은 매년 쑥쑥 올랐다. 상봉은 몇 해 전 텅 빈 건물의 악몽을 잊을 수 없었다.

삼층짜리 건물이 공실인 채 석 달을 넘기자 초조한 마음과 비관적인 생각이 상봉을 덮쳤다. 미국으로 유학간 딸아이의 학비를 보낼 수 없었고, 이자와 세금을 메우기에도 버거워 결국 차를 팔았다. 나중에는 쌀을 살 수 없을 정도로 어려움을 겪었다. 과거의 악몽은 상봉을 또다시 두렵게 했다. 여주의 땅은 팔릴 기미도 보이지 않았다.

상봉이 매장 안으로 들어서자 조 사장이 소파에 앉아 굳은 표정으로 그녀를 기다리고 있었다. 그를 만나러 갈 때면 상봉은 언제나 왜

소해진 자신을 발견했다.

— 건물이 경매된다고 하는데 이게 무슨 일이죠?

상봉은 조 사장에게 머리를 조아리며 지금 처한 상황을 설명했다.

— 내가 지금 대리점 사업 하는 거 알죠? 이 사실이 경매신문에라도 나오는 날이면 점주들이 몰려올 텐데 당신 책임질 수 있어? 가뜩이나 코로나로 죽을 판인데….

조 사장은 낮은 음성으로 말했으나 사실 위협을 깔고 있었다. 당장 해결하지 않으면 무슨 일이라도 낼 듯한 눈치였다. 만약 건물이 경매에 넘어간다면 조 사장 성격에 가만있을 리가 없었다. 상봉은 곧 공탁금을 걸 테니 걱정하지 말라는 말로 간신히 조 사장을 달래며 허리를 구부렸다. 상봉이 자리에서 일어나는데 결국 조 사장의 입에서 절대 듣고 싶지 않은 말이 나왔다.

— 이번 달부터 월세 못 냅니다.

상봉이 밖으로 나오자 가뜩이나 흐린 날에 축축한 습기가 그녀의 몸을 감쌌다. 상봉은 더 늦으면 안 되는 일부터 처리해야겠다고 마음먹었다. 그녀는 근처 지인의 건물 지하로 걸음을 옮겼다.

건물 지하에 있는 창고 안은 습하고 눅눅했다. 곰팡이 냄새가 코를 찔렀다. 의류 매장을 폐업하면서 남은 의류들을 박스에 넣어 이곳에다 몇 해 동안 보관해두었다. 상봉은 이 의류 박스들을 처분할 기회가 있었으나 이상하게 손이 가지 않았다. 업종을 바꾼 상황이라 다시 의류사업을 할 일도 없었다. 그러나 의류 박스를 정리할 용기가 나지 않았다.

상봉은 박스들을 보자마자 미친 듯이 테이프를 뜯고 그 안을 헤집었다. 오랫동안 쟁인 탓에 손상이 간 의류들이 드문드문 보였다. 상봉은 곰팡이가 피어버린 옷상자들을 보며 더 놔두었다가는 아예 폐기처분해야 할지 모른다고 생각했다. 태그도 떼지 않은 의류들을 부랴부랴 꺼내 정리했다. 새 옷이라도 몇 년이 흐르면 제값을 받을 수 없었다. 상봉은 휴대폰을 꺼내 어딘가로 전화를 걸었다. 잠시 후 작업용 점퍼를 입은 남자가 창고로 들어섰다.

남자는 재고 의류를 처리하는 업자였다. 철 지난 옷에 무게를 달아 값을 매기는 게 그의 일이었다. 상봉은 그동안 의류들을 처분하는 데 망설였다. 옷이 상봉의 정체성 같은 거라 내키지 않았다. 그러나 이 옷들이라도 팔아 임대료를 내지 않으면 이번 달을 무사히 넘기는 게 쉽지 않을 것 같았다. 그는 많은 재고의 수량과 상태를 살폈다. 브랜드 옷이라 나름 관리를 한다고 했으나 재고떨이 업자에게 이 널브러진 옷들은 무게로만 가치를 매기는 한낱 옷감에 불과했다. 그동안 인기 있는 옷들을 구하기 위해 대리점주들끼리 본사를 들락거리며 얼마나 경쟁했던가. 본사의 눈치를 보느라 팔리지도 않는 옷까지 떠안으며 애썼던 일들이 떠올랐다. 비닐 안에 넣어둔 의류 중 곰팡이가 피어 얼룩진 것도 보였다.

— 옷들이 하나같이 좋은 소재네요.

남자는 상봉에게 위로라도 하듯 한마디 던지고 이백만 원 남짓한 돈을 건넸다. 상봉은 선뜻 그 돈에 손이 가지 않았다. 이 옷을 주문할 때만 해도 본사에 많은 돈을 냈고 빚까지 진 상황이었다. 상봉이 망설이자 그는 손에 든 현금을 흔들었다. 당장 쥐어들지 않으면 이것조차 없다는 신호 같았다. 상봉은 그가 건네는 돈을 조심스레 받아쥐었다. 돈을 쥔 상봉의 손이 가늘게 떨렸다.

그때 핸드폰이 울렸다. 미국에 있는 딸아이였다. 상봉은 선뜻 전화를 받을 수 없었다. 딸아이가 무슨 말을 할지 짐작이 갔다.

남편 없이 키운 딸이었다. 의류사업으로 바빠 아이를 제대로 돌볼 수 없었다. 더구나 아빠 없는 아이를 향한 시선이 불편해 미국으로 조기유학을 보냈다. 어린 나이의 아이를 홀로 미국에 보낸 건 차마 할 짓이 아니었다. 초등학교 졸업식에서 만난 아이는 손톱을 물어뜯기라도 했는지 성한 손가락을 찾아볼 수 없었다. 외로움과 낯선 곳에 대한 두려움은 딸아이를 정서불안 아동으로 만들었다.

딸아이는 그런 힘든 시기를 보란 듯 극복하며 기특하게도 명문대에 진학했다. 상봉이 업종을 학원으로 바꾼 것도 딸아이의 영향이 아닐까 싶었다.

상봉이 교육사업을 하게 된 건 코로나가 시작되기 몇 달 전이었다. 여주 땅이 팔리긴 했으나 그 돈은 상봉의 마지막 종잣돈이자, 자신을 일으켜 세울 씨감자 역할을 했다. 더구나 아직 학업을 끝내지 못한 딸의 등록금도 벌어서 보내야 했다. 유학을 포기하라는 말이 입안에서 맴돌았지만 실망할 딸아이의 얼굴이 떠올라 차마 입 밖으로 꺼내지 못했다.

어느 날 상봉은 집으로 배달 오는 신문광고에서 자기주도학습, 코칭 관리 같은 단어들이 눈에 들어왔다. 상봉의 교육적 이상과 맞는 사업이었다. 그녀가 딸아이를 미국 명문대에 보낸 노하우엔 방학마다 한국에 들어온 딸아이를 주도적으로 공부시킨 학습 방법도 있었다. 그동안 상봉은 사업을 하면서 여러 번 사기당한 전력이 있었다. 혼자 된 여자가 사업을 하면 남자들은 하나같이 만만한 시선으로 보았고 끝이 좋지 않았다. 그래서 업종을 바꿔보는 게 좋겠다고 생각했다.

상봉은 지하창고를 나와 허기진 배를 대충 때우러 집으로 발길을 돌렸다. 현관문을 여는 순간 뱀의 허물처럼 널브러진 바닥의 옷들이 보였다. 늘 시간에 쫓기다보니 집을 치우지 못해 돼지우리나 마찬가지였다. 주방에는 아침에 먹다 남은 음식에 날벌레가 꼬여 있었고, 방으로 들어서자 온갖 화장품 뚜껑이 열린 채 방치된 화장대가 보였다. 젊은 학부모를 상대해야 하는 부담감 때문에 개원 전보다 머리와 옷차림에 신경써야 했다. 그러다보니 거울 앞에 서 있는 시간이 많았고, 여러 옷을 입다보면 옷을 치울 여력이 사라졌다. 발부리에 걸린 옷을 집어들다가 방바닥에 떨어진 학원 개원 광고지를 발견했다. 지난 여름에 낸 광고지였다.

— 지은 씨, 나 오목교 상권에 지사 내고 싶어요.

상봉은 본사 직원에게 자신이 그토록 가고자 했던 오목교 상권을 요구했고, 운이 좋게도 기회를 얻었다.

개원 첫날엔 학부모 설명회가 있었다. 본사 영업팀들이 사교육계의 유명 강사 두 명을 데리고 나타났다. 상봉은 다과와 음료를 준비했다. 예상대로 학부모들이 몰려들었다. 처음에 준비한 의자가 모자

라자, 상봉은 아래층에 있는 스터디카페로 내려가 도움을 요청했다. 스터디카페 사장은 호의적이지 않았다. 악의는 없어 보이나 그의 눈빛에는 의심과 경계심이 묻어 있었다. 하지만 상봉은 다급했고 그의 눈빛을 헤아릴 틈이 없었다. 그는 마지못해 카페 의자들을 내어주었다. 상봉은 그 의자들을 가지고 올라와 간신히 학부모들의 자리를 만들고 설명회를 시작했다.

설명회는 영향력 있는 연사 덕에 무사히 끝났다. 설명회가 끝난 뒤 관심 있는 엄마들의 신상명세서를 적게 했다. 그 뒤 상담 신청을 받고 적성검사를 무료로 해주기로 했다. 이 과정을 잘 진행해야 학원 등록을 유도할 수 있었다. 며칠 사이 일곱 명의 학생이 등록했다. 회사에서는 처음치고 괜찮은 실적이라며 상봉을 추켜세웠다.

그날 밤 상봉은 설명회에 왔던 학부모 명단을 보고 자신도 모르게 웃음이 실실 새어나왔다. 다시 일어설 수 있을 것만 같았다. 어릴 적 아이들을 가르치는 선생이 되면 좋겠다는 생각을 한 적이 있었다. 어쨌든 자신의 꿈을 어렵게 이루었다는 생각과 나이 어린 학생들과 지낼 생각에 새로운 의지가 솟아났다.

그러나 실제로 벌어진 일은 전혀 다른 방향이었다.

오전에는 엄마들의 상담이 물밀듯 밀려들었다. 본사에서 개원 기념 이벤트로 십만 원이나 하는 학업진단검사를 무료로 진행한다는 글을 맘카페에 올렸다. 그 바람에 그 일대 엄마들은 아이를 학원에 데려와 종일 진을 쳤다. 학력검사는 무려 세 시간 동안 풀어야 하는 문제들이었다. 무엇보다 결과지를 보고 진로 방향성을 제시하는 검사는 상봉에게 복병이었다. 엄마들은 학원 무료 정보를 꿰고 어디든 몰려다니는 벌떼 같았다. 그렇게 일주일이 지나 간신히 엄마들의 발길이 뜸해질 무렵, 상봉은 아래층에서 빌린 의자가 생각났다. 의자를 돌려줄 겸 개원 선물도 챙겨 아래층으로 내려갔다.

카페 데스크에 사장이 있었다. 상봉은 의자를 가져다주며 감사 인사를 전했다. 그동안 경황이 없어 둘러보지 못했던 카페 내부를 살폈다. 따로 마련된 컴퓨터실과 간단한 식음료까지 준비된 모습이 상봉의 학원과 별반 다를 게 없었다. 굳이 한 가지 다르다면 상봉의 학원은 코칭을 해주고 매니저가 학생을 관리한다는 점이었다.

그제야 상봉은 스터디카페 사장의 얼굴빛이 왜 그리 어두웠는지 어렴풋이 알 것 같았다. 카페는 상봉의 학원과의 유사성을 피하기 어려웠다. 더구나 길 건너편 건물에도 스터디카페가 세 개나 더 오픈한 터였다. 문제는 또 있었다. 새로 입주한 아파트의 건설업체가 입주자들을 위한 공간으로 스터디카페를 만들어주기까지 했다. 카페 사장은 이곳에 들어온 지 불과 이 년밖에 안 됐지만, 그 사이 경쟁업체들이 속속 들어서는 고통을 감내하고 있었다. 상봉은 카페 사장에게 조심스레 개원 선물을 전하며 다시 한번 감사의 표시를 했다. 그는 상봉이 내어주는 선물에도 끝까지 웃지 않았다.

상봉은 늦은 점심을 먹은 후 집을 나와 다시 오목교 쪽으로 걸었다. 오목교역에 가까워지자 건물 외벽에 '리투스 205'가 쓰인 간판이 보였다. 리투스 205는 기업형 학원이다. 학원 간판을 보자 갑자기 화가 치밀었다.

학원을 개원한 지 얼마 안 됐을 때, 양복을 빼입은 남자들이 광고지를 들고 거리를 서성이는 게 보였다. 남자들은 상봉에게도 광고지를 한 장 건네주었다. 리투스 205 학원의 설명회 광고지였다. 새로운 학원의 입성은 상봉이 늘 두려워하던 일이었다.

리투스 205의 설명회 날이 되자 상봉도 학원에 가보았다. 예상대로 학부모들의 발길로 북적였다. 건물의 세 개 층이 모두 학원인 맘모스급 규모였다. '담임관리형 자기주도학습 윈터스쿨'이라는 현수막이 걸려 있었다. 겨울방학을 겨냥한 프로그램이었다. 상봉은 가슴이 철렁 내려앉았다.

상봉은 학원 시설을 조심스레 살폈다. 오백 석의 개별 학습실 규모에 질려버렸다. 학원 관계자 말로는 주변 아파트 단지는 물론이고 인근의 다른 동네까지 셔틀버스가 운행된다고 했다. 더구나 지하 식당까지 갖춰져 끼니 해결까지 할 수 있었다. 수능 전 과목 전담 교실을 운영해 출결을 관리하고 학습 스케줄을 조율하는 등 상봉의 학원과 교육 시스템도 갖췄다. 리투스 205는 상봉에게 거대한 공룡과도 같았다.

설명회에서 상봉은 익숙한 얼굴을 몇몇 보았다. 상봉의 학원 학부모였다. 그들을 보자 상봉은 가슴이 철렁 내려앉았다. 여기서 그들을 보게 될 줄은 몰랐다. 상봉은 서둘러 행사장을 빠져나왔다.

학원 건물을 나오는 동안 발걸음이 무거웠다. 조금 전 보았던 학부모들은 분명 상봉의 학원과 비교하며 머릿속으로 재고 있을 게 분명

했다. 얼마 후 그 예상이 틀리지 않았음을 확인했다. 그들은 그럴듯한 핑계를 하나씩 대며 학원을 나갔다. 지금쯤 저 학원도 코로나를 피해가지는 못했을 거라 생각하니 조금 위안이 되었다.

학원 안으로 들어서자마자 정은 씨에게 전화가 걸려왔다. 정은 씨는 예전에 상봉이 운영했던 의류 매장의 단골손님이었다. 그녀는 지금 씨씨앤 학원에서 상담실장을 맡고 있다. 상봉은 그녀의 붙임성 있는 성격이 좋아 친구가 되었다.

— 언니, 요즘 어때요?

— 그냥 뭐 재미없어. 학부모들 마음이야 하루에도 수없이 널을 뛰지. 엄마들이 어제 하는 말 다르고 오늘 하는 말 다르잖아.

— 이 동네 미친년들이 좀 많긴 하죠.

정은 씨의 우아한 입에서 미친년이라는 말이 거침없이 튀어나왔다. 정은 씨가 미친년이라고 하는 데에는 이유가 있다.

정은 씨는 몇 년 전까지만 해도 자신의 교습소를 운영하고 있었다. 그런데 어느 날 수업하는 도중 밖에서 소란이 일었다. 정은 씨가 밖을 내다보자 웬 여자가 원장 나오라며 소리를 지르고 있었다. 여자에게선 술 냄새가 확 풍겼다. 더구나 그 여자가 끌고 온 다른 패거리도 보였다. 여자는 그들과 함께 정은 씨를 곧 죽이기라도 할 듯 소릴 질렀다.

— 네가 내 딸을 뺏었어. 우리 딸이 나하고는 말도 섞지 않으려고 해. 이게 다 너 때문이야! 알아?

정은 씨는 처음에 이게 무슨 소리인가 싶었다. 그러나 이내 누구의 엄마인지 알게 되었다. 학원생 중 정은 씨가 유난히 신경을 썼던 아이가 있었다. 그 애는 늘 정에 굶주린 듯 어두운 얼굴을 하고 있어서 정은 씨가 간식도 챙겨주고 친구처럼 대화도 많이 해주었다. 그 덕에 아이의 얼굴이 무척 밝아져 보람을 느끼던 차였다. 그런데 여자는 오히려 정은 씨가 딸을 뺏었다며 삿대질하고 고성을 지르더니 기물까지 파손했다. 정은 씨는 충격을 받았고 결국 임신 중이던 태아를 잃고 말았다. 그 후 정은 씨는 교습소를 접고 잠시 쉰 뒤, 대형 학원에서 상담실장으로 일하고 있다.

— 미친년

상봉도 이 말이 입에서 튀어나올 뻔한 적이 있었다. 11점의 엄마와 상담할 때였다. 기본적인 실력을 확인하기 위해 국영수 기초 문제들이 있는 검사지를 주었다. 아이는 짜증이 잔뜩 묻은 얼굴로 검사지를 들고 학습실에 들어갔다.

아이의 국어 점수는 11점이 나왔다. 아이의 엄마는 무척 당황했다. 일단 아이의 부족한 국어 실력이 다른 과목에도 영향을 미치는 게 분명했다.

— 국어 점수가 너무 낮네요. 먼저 국어 실력을 올린 뒤 과학이든 영어든 하는 게 좋을 것 같아요.

상봉은 기본적인 학습에 대한 코칭을 했으나 11점의 엄마는 완고한 표정을 지으며 인정하지 않았다.

— 초등학교 때까지는 엄마의 실력으로 점수를 높일 순 있어도 그 이후는 어렵습니다. 향후 특성화고등학교에 진학하는 게 아이에게

좋은 진로 선택 같아 보여요.

11점의 엄마는 특성화고등학교란 말에 충격을 받은 듯 미간을 찌푸리며 얼굴을 붉혔다. 원장이란 작자의 입에서 특성화란 단어가 나올 수 없다는 표정이었다.

— 그건 절대 안 돼요. 이 애는 Y고에 진학해야 합니다. 친구들도 다 근처에 살고 특히 남자에게 고등학교는….

11점의 엄마는 특성화고등학교를 무조건 반대부터 하고 나섰다.

본사에서 보내온 통계자료를 보면, 의외로 많은 학생이 특성화고등학교에서 특별전형으로 명문대에 진학하고 있었다. 상봉은 자료를 바탕으로 설득하려 애썼지만 11점의 엄마는 계속해서 아이를 Y고등학교에 보내야 한다고 고집했다. 사립인 Y고등학교는 이 동네에서 대학을 잘 보내기로 소문난 학교였다.

— 그 학교에 가면 애는 밑에 깔아주는 애밖에 안 돼요.

— 그래도 특성화고는 보낼 수 없어요.

미친년…. 상봉은 순간 욕지기가 나올 뻔했다. 아이를 체면치레의 대상으로 보는 여자는 분명 미친년이다. 아이의 적성과 특성을 고려하지 않고 자식을 장식물 정도로 인식하고 있었다. 11점의 엄마는 아이의 교우관계를 걱정하며 특성화고를 쓰레기 취급했다. Y고등학교에 간다면 아이는 열패감과 자신감을 더 잃을 수 있었다.

— 자물쇠로 가둬서라도 성적 좀 올려줘요.

상봉은 이 동네 엄마들이 생각보다 훨씬 더 허위의식이 강하다는 것을 알았다. 그런 엄마 밑에 있는 11점의 영혼이 가엾고 안타까웠다.

학원으로 돌아온 상봉은 11점의 교과서부터 살펴보았다. 학원을 비우기 전과 같은 페이지가 펼쳐져 있었다. 상봉이 학원을 비운 사이 11점은 게임을 한 게 분명했다. 상봉이 원장실을 비운 틈을 타 쥐새끼처럼 학습실을 빠져나와 컴퓨터실에 갔을 것이다. 매니저는 본사에서 요구하는 성장일지를 쓰느라 11점을 살피지 못한 듯 보였다.

낮에 급하게 먹은 점심이 탈이 났는지 배가 싸르륵 아프기 시작했다. 상봉은 원장실에서 나와 아래층 화장실로 갔다. 그리고 용변을 보던 중 벽면에 두 눈을 의심케 하는 낙서를 발견했다.

○○○ 원장은 씨발년이다. 내 스마트폰 내놓으라고!

상봉은 화장실 낙서를 본 순간 누군가 떠올랐다. 11점이었다. 게임에 몰두한 11점의 스마트폰을 2G폰으로 바꾸게 한 기억이 났다. 11점을 위해 했던 일이었으나 상봉에게 돌아온 건 험악한 욕이었다.

상봉은 무거운 걸음으로 계단을 올라 학원 유리문을 노려보았다. 그런 뒤 호흡을 가다듬고 마음을 다스리려 애를 썼다. 교육사업이란 이런 것도 감수해야 했다. 학부모들의 온갖 비위와 아이들의 욕을 감수해야 먹고살 수 있었다. 이 동네 아이들의 영혼은 이미 가출한 지 오래다. 아이들은 경쟁에 내몰려 공부벌레가 되지 않으면 인간 취급을 받지 못했다. 그들은 모두 낙오자의 얼굴을 하고 있었다. 바깥에서 보는 세상과 안에서 보는 풍경은 아주 달랐다. 엄마들의 이기심과 학원들의 무한경쟁에 단단하던 상봉의 마음은 마치 풍랑을 겪는 배처럼 좌우로 흔들렸다.

원장실로 들어온 상봉은 한참을 골똘히 생각에 잠겼다. '씨발년'이란 소리를 듣고도 11점에게 모르는 척하며 휴대폰을 돌려줘야 할지 많이 헷갈렸다.

11점이 공부하는 교실 쪽으로 한 걸음 내디딜 즈음 누군가 학원 출입문을 열고 들어왔다

— 유상봉 씨죠?

상봉은 이름을 부르는 소리에 뒤를 돌아보았다. 건장한 남자 두 명이 문 입구에 서 있었다. 그들의 눈초리는 사뭇 범상치 않았다.

— 건물주가 명도소송 걸어온 건 아시죠?

남자들은 학원 점유물에 대한 압류 목록표를 붙이러 온 집행관이었다. 임대료 체납에 대한 재산압류 신청이 들어간 모양이었다. 예상은 했지만 이렇게 빨리 진행될 줄은 몰랐다. 상봉은 아이들이 들을까봐 조용히 해달라는 요청을 했다. 그들은 다행히 학원에 있는 비품에 압류 목록표를 붙였다.

얼마 전 건물주에게서 사 개월 동안 밀린 임대료를 한꺼번에 내지 않으면 계약을 해지하겠다는 내용증명을 받았다. 겨울부터 코로나가 걷잡을 수 없이 번져 학생들의 수가 급격하게 줄었다. 건물주는 전화로 임대료를 독촉하면서 다른 층 임차인들은 코로나에도 임대료를 꼬박꼬박 내고 있다는 말까지 했다. 무언의 압력이었다. 지하철역을 낀 대로변 건물이라 언제든 세입자가 대기하고 있다는 뜻이었다.

집행관들이 학원을 빠져나간 후 상봉은 원장실로 돌아와 서랍에서 약봉지를 꺼냈다. 귀에서 윙윙거리는 소리가 수시로 상봉을 괴롭

혔다. 병원에서 받은 진단은 메니에르병이었다. 의사는 과로로 인해 오는 질병이라 했다. 상봉은 입에 약을 털어 넣고 천천히 삼켰다. 책상 위에 놓인 신문으로 시선이 갔다. 이탈리아의 코로나 사망자가 사천 명이 넘어섰다는 기사가 눈에 들어왔다. 치료제도 백신도 없는 상황이 언제 끝날지 모르는 일이었다. 학부모들은 학원도 코로나 위협을 받는다며 온라인 수업을 원했다. 그러나 상봉의 학원은 온라인 수업을 할 준비가 되어 있지 않아 혼란만 가중됐다.

그때 노크 소리가 들렸다. 남자 매니저였다.

— 무슨 일?

— 저… 이번 달까지만 학원 나오고 그만두려고요.

매니저의 느닷없는 말에 잠시 할 말을 잃었다.

— 이유가 뭔데요?

— 제때 밥 먹고 싶고 일요일에 남들처럼 쉬고 싶어서요. 더구나 줌 수업은 튜터들도 익숙지 않아 학생 관리가 힘들어요.

상봉은 매니저의 말에 반문할 수가 없었다.

— 알았어요.

며칠 전 여자 매니저가 먼저 퇴사 통보를 했다. 둘이 한꺼번에 관두기가 미안해 시차를 두고 말하는 걸 상봉은 짐작하고 있었다. 어쩌면 잘된 일인지도 모른다. 이제 월급을 주고 사람을 부릴 수 있는 처지가 아니었다. 그나마 코로나 소상공인 대출로 매니저들의 월급을 가까스로 메워왔다. 이제 그들의 일은 상봉의 몫이었다. 모든 원생의 학습 과정을 컴퓨터에 기록하는 일이 의미 없다는 걸 알고 있지만 본사의 시스템이었다. 하지 않을 도리가 없었다. 흐릿한 눈으로 컴퓨터를 오래 들여다보는 일은 고역이었다. 일요일마저 쉴 수 없는 사교육 현장에서 상봉이 꿈꿔왔던 것은 한낱 판타지에 불과했다.

얼마 전 학원 일요일 휴무제를 시행한다는 교육부 방침에 학원들이 반대하고 나섰다. 특히 대형 학원장들의 반대가 심했다. 주말 프로그램은 대형 학원의 매출에 큰 몫을 하기 때문이다. 더구나 주요 과목이 아닌 과목들은 주말이 아니면 학생들을 모으기가 현실적으로 어렵다는 이유였다. 그러나 상봉은 단 하루만이라도 쉬고 싶었다.

학원으로 전화가 걸려왔다. 광명지점 원장이었다.

— 혹시 필요한 기자재 있으면 갖다쓰시라고 전화했어요.

광명지점은 이번 달 폐업을 하기로 했다.

— 기자재는 여기도 남아돌아요. 정원 채우려면 아직 멀었어요.

— 원장님, 폐업하는 마당에 한마디만 할게요. 진짜 본사 사장놈 아주 나쁜 놈이에요. 지점 내기 전과 후가 너무 달라요. 자기네 돈 될 때 빼놓고는 아무것도 지원 안 해주고, 매출 안 나오는 지점들 있으면 먹으려고 덤비는 놈들이에요. 피가 말라갈 때까지 기다렸다가 굶주린 하이에나처럼 순식간에 헐값으로 인수하는 놈들이죠. 저는 그 놈들한테 안 넘기고 그냥 폐업하기로 했어요. 헐값에 인수한 지점만 전국에 서른 곳이 넘는대요. 지점에 빨대 꽂아 피를 쪽쪽 빠는 거머리예요. 더구나 코로나까지 덮친 상황에 본사는 아무 편의도 봐주지 않잖아요.

상봉은 광명지점 원장의 말을 듣는 내내 묵직한 누름돌이 가슴을 짓누르는 것 같았다. 본사가 양아치 같은 짓을 한다는 소문을 믿지 않았으나 현실이었다. 직영점의 광고지가 상봉의 학원에도 돌아다니는 광경을 본 게 하루 이틀이 아니었다. 더구나 직영점 두 곳은 학생들이 정원을 넘어서 확장까지 하는 상황이었다. 상봉은 문득 자신이 뭔가에 홀려 이 지경까지 왔는지 그저 답답하기만 했다. 전화를 끊은 후 속이 타들어가는 목마름을 느껴 생수 한 병을 순식간에 들이켰다.

누군가 학원 유리문 밖에서 기웃거리는 모습이 보였다. 스터디카페 사장이었다. 그는 출입문을 열고 데스크로 느릿느릿 다가와 상봉에게 가볍게 목례를 했다. 느닷없는 그의 방문에 내심 당황했다. 상봉은 어색한 미소로 맞이했고 처음으로 그가 희미하게 웃는 걸 보았다.

— 저… 카페 문 닫아요. 그래도 마지막으로 인사는 하고 가야 할 것 같아서요.

상봉은 느닷없는 작별 인사에 당혹스러워 할 말을 잃었다.

— 아, 결국…. 그럼… 이제 뭐하시게요?

상봉은 그가 앞으로 무얼 할지 제일 궁금했다.

— 뭘 한다는 게 의미 없게 됐어요. 남은 돈도 별로 없고요. 근데 왠지 서운하네요. 제가 이 동네서 잔뼈가 굵었는데 결국 이렇게 끝난다는 게…. 저… 혹시, 제가 영어를 좀 가르칠 줄 아는데 남는 교실 있으면 빌려주시면 어떨까요? 임대료 부담도 적어지고 서로 좋을 것 같은데….

상봉은 그가 얼마나 힘들게 교실 임대를 제안했는지 짐작할 수 있었다. 그래서 더 마음이 착잡하고 무거웠다.

— 저도 사장님 편의 봐드리고 싶지만 가맹점 방침상 그러기 어려워요.

— 여기도 원장이 할 수 있는 게 별로 없네요.

— 프랜차이즈가 다 그렇죠.

사장은 아직도 이 바닥에 미련이 남아 보였다. 학원엔 어차피 남는 교실이 있고 임대료도 나눠낼 수 있으니 나쁠 게 없었지만, 회사 방침 때문에 불가능했다. 본사 입장에선 원칙이 무너지는 일이었다.

— 그래도 이대로 주저앉을 순 없잖아요.

— 어쩌면 처음부터 주저앉아야 했어요. 그랬다면 빚은 지지 않았겠죠.

— 조금 더 버티시지 그랬어요.

— 지금 상황은 버티는 게 죽는 거예요.

스터디 카페 사장은 모든 걸 체념한 얼굴이었다.

— 그럼 어쩌시려고요. 아직 한참 일할 나이신데.

— 당분간 산이나 다니려고요. 삼척에 아는 지인이 있는데, 태백 쪽에 빈 펜션이 좀 있다고 하네요. 거기 머물까 해요. 산에서 지내는 것도 나쁘지 않을 것 같아요. 아이들 엄마는 반대하지만 여긴 너무 힘들어서요. 또 누가 압니까. 심마니라도 따라다니다 보면 백 년 묵은 산삼을 캘지 말예요.

그는 씁쓸하게 웃으며 말했다.

— 행운을 빌어요.

— 행운요. 허허허. 그 말은 제가 원장님에게 해야 할 말 같은데요.

그는 스터디카페를 폐업하며 처음으로 여유 있는 표정을 지었다. 상봉은 그 말에 묘한 기분을 느꼈다. 그의 입에서 나오는 말이 누군가의 미래를 말하는 것처럼 보였다.

그가 떠난 자리에는 긴 그늘이 남아 있었다. 상봉은 잔뜩 흐린 날인데도 불구하고 자신의 눈에 그늘이 보인다는 사실이 혼란스러웠다. 카페 사장이 남기고 간 그늘에서 상봉은 눈을 떼지 못하며 살며시 걸음을 옮겨 그 자리에 섰다. 그늘은 그가 남긴 자리라고 할 수 없을 정도로 상봉과 비슷한 길이었다. 상봉은 그 자리에 서서 계단으로 내려가는 그의 발걸음 소리에 귀를 기울였다. 그의 발소리를 들으며 아직 닿지 않은 미래가 자신에게도 올 것 같은 예감에 가슴이 서늘했다. 그의 발걸음 소리가 들리지 않을 때까지 상봉은 주먹을 꼭 쥐었다.

잠시 후 자습실에서 11점이 상봉에게 다가왔다.

— 이제 집에 가야겠어요. 제 휴대폰 주세요.

— 휴대폰, 그래 휴대폰이 있었지. 근데 미안해서 어쩌지. 내가 화장실에서 용변 보다가 휴대폰이 주머니에서 빠져나온 줄도 모르고 물을 내렸지 뭐니?

상봉의 말이 떨어지기가 무섭게 11점의 얼굴이 순간 석류빛으로 변하며 곧 터질 것만 같았다.

— 이 학원 당장 끊을 거예요!

11점은 절규 같은 외마디를 지르더니 이내 학원 문을 박차고 뛰쳐

나갔다. 상봉은 11점의 뒷모습을 보며 야릇한 쾌감을 느꼈다.

상봉은 비 내리는 창을 바라보았다. 문득 빗물이 어디로 흘러가는지 알 수 없었다. 어쩌면 알 수 없다는 것은 때때로 두려움이었다. 비가 아무리 많이 내려도 때가 되면 그치겠지. 그칠 거야. 상봉은 혼잣말하듯 중얼거렸다. 오늘 밤은 빗소리 때문에 왠지 잠이 올 것 같지 않았다. 다행히 얼마 전 수면제 처방을 받아둔 것이 떠올랐다. 덕분에 상봉은 오늘 밤 꿈도 꾸지 않고 깊은 잠에 빠질 것이다. 기분이 조금 좋아지려 한다.

기억의 제단祭壇

나우주

제14회 수상자/ 2014년

중앙대학교 문창과 석사. 2014 평사리문학 대상 수상. 『안락사회』 출간.

기억의 제단祭壇

1

뼈가 툭 불거진 앙상한 발목이 집 안을 휘적휘적 배회하고 있다. 나는 그 태평하고 느릿느릿한 걸음을 따라 눈알을 굴리며 고추장에 참기름만 넣고 비빈 밥을 입 안에 욱여넣는다. 질질 끌리던 야윈 발목이 식탁 모서리에 와 선다. 나는 고개를 든다. 엄마의 눈에는 아무런 감정도 실려 있지 않다.

일어나 아침에 끓여두었던 죽을 냉장고에서 꺼내 냄비에 붓고 가스 불 위에 올린다. 엄마를 식탁 의자에 앉히고 수저를 꺼낸다. 죽을 데우면서 선 채로 남은 밥을 마저 먹는다.

따뜻해진 죽을 엄마에게 내놓는다. 미동이 없다. 숟가락으로 죽을 떠 입가로 가져간다. 엄마는 그제야 입을 연다. 한 숟가락, 한 숟가락, 떠주는 대로 천천히 받아먹는다. 소 되새김질하듯 하염없이 오물거리며 그릇을 반쯤 비우곤 상체를 의자 등받이에 기댄다.

"좀 더 드세요."

엄마는 오른손으로 입을 가린다.

"좀 더 드세요. 갈수록 마르잖아."

엄마는 양손으로 입을 막고는 몸을 외튼다.

"더 먹으라고, 더. 밥때마다 힘들어 죽겠어. 왜 안 먹어 왜!"

턱까지 덜덜 떠는 내 앞에서 엄마는 예의 그 망연한 동공을 하고 나를 본다. 다시 흐느적흐느적 다리를 끌며 마루로 간다. 엄마의 아랫도리엔 아무것도 걸쳐져 있지 않다. 나는 욕실로 간다. 타일 바닥에 널브러진 엄마의 바지와 오줌내가 나는 기저귀를 주우려 허리를 숙인다. 우욱, 변기로 고개를 채 돌리기도 전에 토사물이 바닥에 쏟아진다. 고추장으로 범벅이 된 붉은 밥알이 뜯겨진 살점 같다.

*

… 언제인가, 죽어가는 태양이 떨군 피로 동네가 붉게 물들어가던 초저녁. 나무에 묶여 있던 검은 개가 뾰족한 송곳니를 번뜩이며 아버지의 허벅지를 콱, 찍어 물었지. 어찌나 세게 물고 늘어졌는지 턱 근육이 바들바들 떨릴 지경이었어. 개새끼의 버르장머리를! 아버지는 치켜든 칼로 개의 등허리를 휘갈겼어. 살이 찢긴 자리에서 피가 직선으로 솟구쳤지. 허리를 깊게 베인 개가 허벅지를 토해냈어. 사지를 미친 듯 뒤챌 때마다 나무에 묶어놓은 굵은 사슬이 번번이 개의 목을 잡아채왔지. 울부짖듯 한 신음 소리가 온 동네를 할퀴어댔어. 사람들이 하나둘 몰려나왔지.

개와 아버지의 몸에서 뜯겨져 나온 살점과 피로 엉겨붙은 흙바닥은 불그죽죽했어. 이웃집 아주머니가 열 살인 너를 돌려세우며 품 안으로 끌어당겼을 때, 그녀의 치맛자락에선 갓 지은 밥 냄새가 났어….

*

위장이 벌떡벌떡 요동친다. 남은 음식물을 마저 토해낸다. 시큼한 위액까지 게워내고서야 토악질이 멈춘다. 바닥에 튄 밥알을 손바닥으로 쓸어모아 변기에 버린다. 입을 헹구고, 욕실 바닥을 닦고, 엄마에게 기저귀용 속옷과 바지를 입혀주고, 방으로 가 옷장 안에 넣어둔 28인치 하드 캐리어를 꺼내어 연다. 옷가지와 세면도구와 원고가 저장된 노트북과 너의 필명으로 출간된 다섯 권의 소설집을 넣는다. 문득 현기증이 인다.

오늘, 아버지가 온다. 어제 외숙부가 전화로 미리 알려주었다. 그러니 또다시 가방을 싸야 한다. 매번 그래 왔다. 노트북만 있으면 나와 엄마는 어디로든 가 그럭저럭 살아갈 수 있었다. 소설은 어디서건 쓸 수 있었다. 탈고한 소설을 출판사 이메일 주소로 전송하면 계좌로 고료가 입금되었다. 인터넷 독서교실을 운영하는 김 원장은 내게 서른 명의 회원을 할당해주었다. 매주 두 번씩, 한번은 일주일간 읽어야 할 도서를 지정해주고 한번은 게시판에 올라온 아이들의 독후감을 읽고 일일이 첨삭해 글을 달아주는 대가로 급여를 받았다.

평소의 나라면 외숙부의 전화를 받자마자, 아니 그가 올 것이란 걸

진즉에 미리 알아채고 서둘러 이곳을 떠났을 것이다. 대형 캐리어에는 가구나 가전제품 따위를 제외한 엄마와 나의 어지간한 살림살이는 다 담을 수 있다. 한데 어제도, 새벽에도, 오늘도 나는 캐리어에 짐을 넣었다가 도로 꺼내놓기를 수차례 반복하고만 있다. 현관문을 창문을 방문을 잠그고 돌아서자마자 되돌아가 잘 잠겼는지 확인한다. 닦은 방을 또 닦고 씻은 손을 또 씻는다. 머릿속을 비집고 들어오는 불길에 사로잡혀 머리채를 흔들고 뜯듯이 쥐었다가 놓았다가 다시 흔든다. 엄마는 오늘 아버지가 오리란 걸 아는지 모르는지 유령처럼 마루를 떠다니듯 걷다가 바닥에 모로 누워 잠이 들었다.

목구멍이 바짝 타들어간다. 주방으로 가 식탁 위에 놓인 물병 주둥이를 입에 대고 벌컥벌컥 들이켠다. 기도로 물이 들어갔는지 재채기가 터진다. 숨을 고르기도 전에 끄윽, 딸꾹질이 샌다. 물을 더 마셔보아도 멈추질 않는다. 아버지의 지독한 딸꾹질이 전염된 듯 내게로 옮아왔다.

*

… 어린 너는 고철더미가 아무렇게나 쌓여 있는 텃밭 근처를 서성이고 있었어. 고철을 지키는 검은 개가 크르르 가래 끓는 소리를 낼 때면 너는 숨을 흡, 멈추곤 했지. 개가 날카로운 이빨을 드러내며 네게로 확 덤벼들라치면 나무에 걸어놓은 굵은 사슬이 녀석을 주저앉히곤 했어. 개의 목줄과 사슬이 떠올라 심장이 두근댈 때마다 너는

텃밭으로 갔어. 마른 땅이 바람을 타고 흙먼지를 토해내던 공터, 허물어진 집들의 잔해, 벽에 금이 간 채 방치된 무허가 주택들, 아파트 공사 현장에 무덤처럼 쌓인 시뻘건 흙더미, 포클레인과 덤프차들. 작은 소읍의 살풍경 속을 찢는 쇠 깎는 소리는 녀석의 쇠사슬과 묘하게도 어울렸지.

"아버지 있냐." 앞집 영남 아저씨는 네 대답을 들을 생각도 없이 집 쪽으로 바삐 걸어갔어. 영남 아저씨는 철거민대책위원장이 되고부터 매일 이 텃밭 앞을 수차례 오갔어. 너는 아저씨의 뒤를 따라 집으로 갔어.

"주공 측에서 임대아파트를 알선해준대. 주거이전비를 받든지 임대아파트 입주권을 받든지 선택하래. 주공 들어갈 치들은 주민회의에도 안 나와 이제. 임대받을 치들도 안 나올 판이고. 숫제 쌈을 붙이는 거지 뭐야. 썩을 놈들야."

살짝 열린 방문턱에 앉아, 안에서 이불을 덮어쓰고 있는 아버지의 등짝에 대고 아저씨는 말을 건네고 있었어.

"어쩔 거야. 니나 내나 이전비도 못 받을 판인데. 같은 처지끼리라도 가서 최소한 잘 데는 마련해달라 농성을 하든지. 뭐 어쩌든지 해얄 거 아냐."

아저씨는 혼잣말이라도 좋다는 듯 한숨을 섞어가며 주절거렸어.

마을회관에서 이 집까지의 거리는 공사판을 지나서도 한참 후미진 골목길을 구불구불 돌면서 올라와야 해. 영남 아저씨네를 포함해 너와 인접해 살고 있는 주민들은 허가받지 못한 집의, 그나마 세입자인 탓에 동네 재개발로 인한 최소한의 보상금마저 받을 도리가 없었지.

뭐라 뭐라 구시렁대던 아저씨는 아버지를 덮은 이불이 들썩거릴 때마다, 그 안에서 끼윽, 윽, 하는 딸꾹질이 비어져 나올 때마다 "저런" 하며 손으로 바닥을 쳤어. 이불을 제 몸에 더 꽁꽁 싸매고 있는 아버지를 남겨두고 아저씨는 방문턱만 한번 쓰다듬고는 일어섰어. "평생 저러고 살 건가비다" 하고는 밖으로 나갔지.

너는 마당에 서서 방 안의 아버지를 가만히 바라보았어. 아버지가 이불 밖으로 얼굴을 내밀었어. 재빠르게 기어와 문을 쾅 소리나게 닫았지. 너는 문밖에서 그대로 굳어버렸어.

아버지의 딸꾹질은 말을 할 때도, 밥을 먹을 때도, 잠을 잘 때도 멈추질 않았어. 5초에 한번. 1분에 열두 번. 한 시간에 720번. 깊은 잠과 함께 잦아들었다가도 여봐란 듯 새어나온 딸꾹질에 아버지는 퍼뜩 놀라 깨어나곤 했지. 끼윽, 끼익, 이긱, 어걱, 대는 기괴한 발음이 목구멍에서 새어나올 때마다 너의 발가락은 오므라들었어.

아버지는 약을 한 움큼씩 먹고 낮 내내 잤어. 해질녘에야 일어나면 주머니에 넣어둔 접이식 칼을 꺼내어 보고는 다시 넣었지. 그러곤 술을 찾았어.

조모의 말에 따르면 아버지가 날 때부터 딸꾹질을 한 건 아니라고 해. 엄마와 결혼한 후 그러니까 네가 태어나기 전만 해도 나름 직장이란 걸 가지고 있었다더군. 영남 아저씨와 직장 동기였다나. 프레스기에 왼 손가락 네 개가 잘려나갔는데도 보상을 받지 못하자 아버지는 사장집 마루에 드러누웠었다지. 낯모르는 사내들에게 잡혀 집 앞에 내동댕이쳐지던 그날, 흰 러닝셔츠가 깨진 머리에서 흐른 피로 붉게 물들어 있었다고 해. 그 밤 내내 그 후로도 아버지의 딸꾹질은 멈추질 않았다고.

아버지는 회사로도 어디로도 가지 않았어. 귀신처럼 붙은 딸꾹질과 함께 육신도 방바닥에 들러붙었지….

*

시계 초침이 두 바퀴를 지난다. 참았던 숨을 푸하, 뱉는다. 눈을 감고 가만히 있어 본다. 끼익, 딸꾹질이 샌다. 허리를 굽히고서 물을 마신다. 자세를 펴고 숨을 내쉬어 본다. 끼윽, 터지는 소리 덩이가 역겹다.

2

순간순간 박차고 일어나 도주하고픈 충동을 애써 누르고 있다. 아버지에게서 달아난 후로 지금까지 24년이 흘렀다. 열넷의 내가 쫓기듯 서른여덟이 되어버린 시간이다.

아버지가 치료감호소에 있던 수년여 간은 혹여나 거길 탈출해 집으로 찾아올까봐 쪽방을 구해 살았다. 엄마가 원했기 때문에 소읍이 있던 소도시를 아주 벗어나지는 못했다. 나는 중학교만 겨우 마치고 고등학교 입학을 포기했다. 집에서 혼자 공부했고 그 소도시에서 검정고시를 치렀다.

그즈음 그가 출소했다는 소식을 들었다. 용케 엄마와 내 거처를 알아내 찾아온 아버지를 피해 도망다니느라 1년에 한번씩 때로 2년에 한번꼴로 이사를 했다. 고향을 떠나 춘천으로, 서울로, 경기도의 여러 도시로 이리저리 전전했다.

식당에 딸린 쪽방에서 반지하방에서 옥탑방에서 보증금도 없이 월세만 내고 사는 방이랄 수도 없는 곳에서 세간도 없이 지내다 한밤중에도 새벽녘에도 싸두었던 짐 가방을 들었다.

그동안 나와 엄마는 단기직이나마 일자리를 구해 먹고살기 위한 나름의 몫을 했다. 식당 서빙, 주방 설거지, 사무실 청소, 전단지 배포 같은 허드렛일이 대부분이었다.

나는 좀 더 나은 일자리를 얻기 위해 일하는 틈틈이 학사고시 준비를 했고 졸업장을 취득한 후에는 독서지도사 자격증을 땄다. 일하고 공부하고 글을 썼다. 글은 썼다기보다는 견디기 위해 무작정 매달렸다고 해야 맞을 것이다. 어느 문예지에 투고한 소설이 당선된 후로는 청탁이 오는 대로 받아 밤마다 소설을 썼다. 인터넷 중고매장에서 노트북도 구입했다.

인터넷 구직 사이트에서 온라인 독서교실 채용 공고를 보았다. 찾아가 원장 앞에서 면접을 보았다. 일거리를 할당받은 후로는 원장을 만날 일이 좀체 없었다. 이사할 때마다 새 일자리를 구할 필요가 없어진 셈이었다.

아둥바둥해온 현실의 끈을 먼저 놓아버린 건 엄마였다. 건물 복도를 청소하던 엄마가 선 채로 오줌을 싸고는 제 오줌을 걸레로 닦으며 무심히 인사를 하더라고, 관리소장은 "아직 그럴 나이가 아닌데…" 혀를 차며 증언해주었다.

정갈했던 엄마는 50대 중반도 채 안 되어 기저귀를 찼다. 엄마는 현실의 끈을 놓아버렸다. 엄마에게 과거도 이제 없을 거였다.

엄마에게도, 엄마에게 눈을 뗄 수 없는 내게도 떠도는 삶은 점점 버거워만 갔다. 전세대출을 받아 서울 외곽에 있는 낡은 연립주택에 짐을 푼 건 4년 전이었다. 계약서에 사인을 하고 보증금을 내고 방이 아닌 집이란 데로 들어서던 그날이 생생하다. 경계심이 무뎌질까봐 두려웠고 먹먹했다.

첫 살림이나마 냉장고와 책상, 식탁 정도를 들여놓았다. 출판사와의 신뢰가 쌓이고, 김 원장의 인터넷 독서교실 회원이 늘어날수록 내 재택근무도 안정적이 되어갔다. 숨어살기에 적당한 환경이었다. 정주定住의 맛은 달았다. 더는 여기저기 옮겨다닐 자신이 없어질 만큼.

착, 착, 시계 초침 소리에 몸 안의 혈관이 하나씩 툭, 툭, 끊기는 것 같다.

나는 몸 안의 피가 전부 엄마의 것이길 바랐다. 아버지의 것은 한 방울도 섞이지 않기를 바랐다. 엄마는 교회에 다니는 사람이었기 때문이다.

*

… 엄마는 시장 어귀에 있는 식당에서 일을 하고 밤 10시쯤에야 집

으로 왔어. 하지만 시간에 맞춰 오는 날은 손에 꼽을 만큼 드물었지. 손님이 많은 날은 그만큼 늦었고 교회 철야예배라도 있는 날엔 더 늦었어. 니 에미, 끄억, 찾아와라, 아버지는 재촉하곤 했어.

엄마를 찾으러 텃밭 앞을 지날 때마다 검은 개가 잠에서 깰까봐 어깨가 움츠러들었지. 개가 아버지에게 달려들 때 보았어. 팽팽해진 사슬의 고리들이 아주 조금씩이나마 벌어지고 있는 것을. 줄은 곧 끊어질 거야. 개가 몸부림을 치면 칠수록 더 빨리.

엄마를 기다리며 정류장 기둥을 붙잡고 뱅뱅 돌다가 멈추면 저만치 보이는 반쯤 지어진 아파트가 눈앞으로 대뜸 달려들었다가는 빙빙 맴을 돌며 멀어졌어. 사람들은 저곳에 동네 주민들이 들어가 살 거라고들 했지.

막 발차한 버스가 뿜어낸 매캐한 연기 사이로 교회에서부터 걸어왔는지 한 손에는 성경책을, 다른 손에는 검은 봉지를 든 엄마가 보였어.

엄마와 함께 텃밭 앞을 지나는 네 걸음이 조심스러워졌어. 엄마는 네 손을 꼭 쥐고서 말해주었지. 묶여 있어서, 저 개는 여기까지 못 와. 웃어주던 엄마는 커져가는 아버지의 딸꾹질 소리를 따라 서둘러 집으로 갔어.

너는 엄마가 있던 자리에 서서 개가 묶여 있는 나무 기둥을 보았어. 목에 매인 2미터도 채 되지 않는 사슬을 보았어. 개는 나무를 돌며 걷고, 나무 아래에서 날뛰고, 나무 옆에서 숨을 헐떡헐떡 내쉬고 있었어. 고막이 찢어져라 짖어댄들 나무 아래였지. 목줄의 길이만큼

이 개의 세계였어.

파랗게 질린 달덩이 아래 누운 개의 등뼈가 서늘하게 빛났어. 그 위를 비스듬히 가르고 지나는 기다란 상처가 금방이라도 아가리를 벌리고 제 분신 같은 개 한 마리를 꺼내놓을 것만 같았지. 목줄 없이 살아갈 새로운 목숨을….

3

흉흉한 악몽에 뒤채다 깬 밤이면 나는 머리맡에 둔 수첩을 펼치고 닥치는 대로 썼다. 견디기 위해서. 나를 따라다니는, 나를 괴롭히는, 가끔씩 내 머릿속에서 타오르는 불씨. 나는 머릿속에 들어찬 무수한 '너'를 증오하며 오직 잊기 위해 글을 썼다. 문장 안에 '너'를 가두고 닫아버렸다.

*

… 여름방학 내내 밤마다 네 온몸에선 신열이 났지. 까닭 없이 오금이 저렸어. 그것은 열넷의 네가 겪고 있던 아이에서 소녀로 이행하기 위해 들끓기 시작한 혈관들의 성장통이었어. 알 길 없는 너는 그저 하루하루가 주체할 수 없이 지루했고, 지루해서 어쩔 줄 몰라 하는 자신을 거추장스러워했고, 그럼에도 그것을 토로할 대상이 아무도 없다는 게 부끄러웠어.

너는 걸핏하면 아파트촌 아이들과 싸움질을 했어. 도로 하나를 사이에 두고 아파트촌과 무허가촌이 나뉘어 있었지. 재개발된 동네의 다수가 저쪽 아파트촌으로 나머지는 도로 이쪽, 야트막한 산 자루 밑에 모여든 무허가촌 사람이 되었어.

네가 살던 옛 동네의 소꿉동무들은 이제 아이에서 소년이거나 소녀가 되느라 저쪽 아파트촌에서 신열을 앓는 중이었겠지. 그들도 그것이 거추장스럽고 지루해서 견딜 수가 없었을까. 그래서 패를 나누고 서로의 적지를 향해 돌멩이를 던지며 배신자는 꺼져, 거지들아 꺼져, 악을 써댔던 것일까.

거침없이 쏟아지는 하오의 햇살도, 약에 취해 자고 있는 아버지도, 딸꾹질도, 판자촌도, 아이들과의 전쟁도 너는 다 싫었어. 숨이 막혔어.

한낮의 적요를 참지 못하고 너는 대충 바른 시멘트로 울퉁불퉁한 벽에 연탄재를 집어던졌어. 모서리만 부서진 채 굴러온 그것을 다시 들어 냅다, 온 힘을 다해 던졌지. 둔탁한 파열음과 함께 사방으로 재들이 흩어졌어. 허술하게 지어진 집이 쿵쿵 울리도록, 아버지에게까지 들리도록, 부수고 또 부쉈지.

온몸에 재를 뒤집어쓴 채 방으로 들어갔어. 언제 깼는지 아버지가 너를 노려보았어. 너는 방바닥에 책을 펼치고 누웠어. "독한 계집" 하며 아버지는 허벅지를 긁었어. 아버지를 의식하느라 책에 집중할 수 없었지만 태연한 척 책장을 천천히 넘겼지.

11시가 넘도록 엄마는 오지 않았어. 너는 쪽창 밖으로 보이는 아파트촌의 시뻘건 십자가를 보았지. 엄마는 신에게 무엇을 갈구하고 있을까. 어떤 기도를 하고 있을까. 무엇이었건 기도가 길어지는 만큼 너와 아버지가 서로를 견뎌야 할 시간은 길어지고 있었어. 엄마가 사올 소주를 기다리며 아버지는 벽에 등을 대고 앉아 있었지. 너를 노려보면서.

성경책과 소주가 든 비닐봉지를 들고 엄마가 방으로 들어섰어. 아버지가 바지 주머니에서 접이식 칼을 꺼내 열었어. 노려보며 마주 선 내 앞에 칼을 들이대고는 엄마의 치마를 찢듯이 벗겼어. "저, 저 독한 계집, 끄억." 너를 노려보며 웅얼대던 아버지는 엄마를 바닥에 거칠게 눕히고는 그 위로 제 몸을 포갰어. 개에게 살점을 뜯겨 꿰맨 기다란 바늘 자국이 허벅지 위에서 살아 있는 지네처럼 꿈틀거렸어. 너는 눈을 질끈 감고서 밖으로 뛰쳐나갔지….

4

대낮인데도 저녁처럼 어둑하다. 창문 너머로 어린 새들의 사체더미 같은 먹장구름이 하늘을 뒤덮고 있다.

냉장고에서 소주를 한 병 꺼내온다. 방 벽에 등을 기대고 앉아 대형 캐리어를 본다. 소주 뚜껑을 열고 한 모금 삼킨다. 텅 빈 위벽을 타고 싸르르한 통증이 지난다. 다시 한 모금 마신다. 크윽, 꺽. 딸꾹질에 사레들린 소주가 되나온다. 손으로 입가를 훔친다.

엄마가 딸꾹질을 하던 아버지와 함께 나를 만들 때부터, 엄마의 배 속에 있을 때부터, 세상에 갓 나온 순간부터, 나도 모르는 무의식만이 알고 있는 아주 먼 시절부터, 나는 그들의 세계 안에서 무방비한 채 있다 그만 이런 꼴로 살게 결정지어진 운명의 인간이 아닐까.

이 거지 같은 고리를 끝장내기 위해 틈날 때마다 수첩에 노트북에 가둬둔 문장들은 소설이 되었고, 책이 되었다. 서점에 진열된 책의 뒷면에는 자전적, 진정성 등의 문구가 들어간 추천사가 쓰여 있다. 나는 '너'를 오랫동안 죽을 때까지 종이 위에 박제시켜놓을 수 있다고 믿었다.

의자 등받이에 체중을 싣는다. 술기운 탓인지 눈앞이 어른어른하다.

나는 아버지의 그림자, 냄새, 침 삼키는 소리까지도 용케 알아챘다. 하나 남은 왼 손가락을 오른손으로 만지작거리며 반지하 방 근처를 서성대던 아버지의 구부정한 옆모습. 옥탑방 앞 가등 밑에서 나를 기다리던 서늘한 그림자. 음습한 뒷골목에서 끼익, 끅, 허공을 가르며 울리던 음울한 딸꾹질 소리. 내 예민한 오감 덕분에 엄마와 나는 지금껏 발각되지 않을 수 있었다.

엄마는 늘 순순히 나를 따라나섰다. 나는 엄마가 잡고 있는 손의 주인이 굳이 내가 아니었어도 심지어 아버지였어도 상관없었을지 모른다는 생각을 하곤 했다. 엄마는 그가 끌면 그리로 갔을 것이다. 내가 먼저 잡았기에 여기 있을 뿐이다. 그가 오면 아마도 엄마는 밥상을 차려줄 것만 같다. 내가 아는, 짐작하는 엄마는 아마도 그럴 것이다. 회고하건대 엄마는 언제나 기도만 하는 사람이었다.

그날. 엄마의 몸 위에 올라탄 아버지의 등을 엄마는 밀쳐내었나? 쓰다듬어주었나? 안아주었나? 그랬던 것 같다. 이 반복되는 장면이 나를 괴롭힌다. 피눈물을 흘리던 개의 충혈된 눈빛은, 창백한 달빛을 받아 빛나던 목줄은, 그 굵은 사슬의 고리들은…. 텃밭 앞의 검은 개는 그 밤 내내 길고 길게 울었다.

자지러질 듯 새된 초인종 소리가 고막을 때린다. 사방을 둘러본다. 비가 오려는지 어둠이 짙다. 습기 먹은 음음한 공기가 방 안으로 스멀스멀 기어들고 있다. 다시 초인종 소리가 들린다. 눈꺼풀이 파르르 떨린다. 현관문을 거세게 두들기는 마찰음에 머리가 쿵쿵 울린다. 근육이 굳어온다.

"안에 누구 없나?" 낯익은 남자의 목소리가 환청 같다. "안에 누구 없어요?" 경직이 멈춘다. 마루로 나간다. 연립 앞 썬마트 주인아저씨가 현관 입구에 어정쩡히 서 있다. 나는 아직도 흉몽에 사로잡힌 사람처럼 초점을 잡지 못한다. 아저씨가 몸을 반쯤 돌려 엄마를 앞세운다. 깊은 한숨이 딸꾹질에 섞여 끼익, 끅, 새나온다. 또 언제, 몰래, 단단히 잠근 문을 열고 나갔던 것일까.

골목에 설치된 의류수거함에 비어져 나온 옷을 꺼내고 있더라고, 아무래도 간병인을 두어야지 않겠느냐고, 몇 번째인지 모를 당부를 하고 아저씨는 돌아간다. 열려 있는 문이 불안해 문고리부터 잠근다.

맨발인 엄마를 끌어 마루로 올린다. 엄마의 손에는 옷 한 벌이 들려 있다. 어찌나 단단히 쥐고 있는지 살 없는 손등의 뼈가 하얗게 불거져 있다.

엄마는 버려진 옷들을 주워와 정성스레 개어두곤 했다. 소년의 땀내가 묻은 티셔츠, 소년의 활기가 밴 점퍼, 소년의 단단한 뼈에 무릎이 늘어난 바지. 주워오는 옷은 전부 그런 것들이었다.

엄마의 손에서 옷을 낚아채려 하자 나와 엄마의 손아귀 사이에서 소년의 티셔츠가 팽팽히 당겨진다. 나는 기어이 옷을 당겨 빼앗는다. 그토록 억세게 쥐고 있던 옷을 빼앗기고도 엄마는 굳은 듯 서서 입술만 앙다물고 있다. 쿵쿵 머리가 울린다. 형체 없는 손이 목을 양손으로 쥐고 누르는 것만 같다.

엄마의 바지는 기저귀 밖으로 오줌이 샜는지 축축하게 젖어 있다. 귀까지 달아오른 나는 엄마의 바지를 거칠게 벗긴다. 상의를 찢듯이 벗긴다. 종잇장 같은 살가죽에 핏기마저 사라진 몸뚱어리는 구도자의 것만 같다. 기저귀만 차고 서서 엄마는 추운지 진저리를 친다. 엄마의 왼쪽 어깨를 타고 왼쪽 허리를 지나 왼쪽 종아리에까지 덮인 쭈글쭈글한 화상 자국을 본다.

"상진아."

벼락같은 통증이 뇌리를 짓찧는다.

"상진아…."

엄마가 어루만지듯 부른다. 나를 보며 소년의 이름을 부른다.

"미쳤어? 완전히 미쳐버려서…."

"상진아."

"진희! 나 한진희! 엄만 정상이야. 치매 아니지? 잊은 척한 거지? 일부러!"

엄마는 나를 향해 손을 뻗는다.

"상진아, 상진아아아…."

*

… 그랬어. 네겐 열여섯 살에도 여섯 살 아이로 사는 지적 장애를 가진 오빠가 있었어. 엄마가 일을 하러갈 때마다 네게 잘 돌보아주라고 당부하던, 아파트촌 아이들에게 판자촌의 상징처럼 매도되던, 그래서 판자촌 아이들에게조차 따돌림을 당하던 오빠가 있었어. 그저 지루함을 견딜 수 없어 그 아이들과 싸워댔을 뿐인 너를 잘 따르던, 그래서 더 병신 같았던 오빠가.

정류장 주위를 돌며 엄마를 기다리다가 오빠의 손을 잡고 교회 근처까지 걸어간 적도 있어. 오빠는 엄마를 만나러 교회 안으로 들어가려 했지만 너는 매번 망설였어. "왜?" 재촉하는 오빠에게 너는 해줄 말이 없었어. 오빠는 거기에 들어가도 되는 사람인 것만 같았으니까.

화재가 있던 날 밤에도 오빠의 몸은 아버지의 주먹질에 피멍이 들었지. "내가 우스워? 병신새끼까지 내가 우스워? 어?" 아버지는 몸을 웅크리고만 있는 오빠에게 분풀이를 하곤 했어. 네가 아버지에게 덤빌 때마다 그는 뿌리치기만 했어. 그의 발길질은 오직 오빠만을 향했지. 엄마가 와야만 끝이 날 터였어. 그랬는데, 처음이었어. 오빠가 그에게 덤벼든 것은.

어느 틈엔가 과일 깎는 칼을 들고 온 오빠가 부들부들 떨며 달려들었어. 눈을 감고 "아아, 아아" 앞으로 내달리다가 마주친 벽에 칼을 꽂은 채 쉼 없이 "아아, 아아" 아기 같은 울음을 울었어.

새벽. 잔뜩 취한 아버지가 나란히 누워 잠든 우리들과 자신의 몸

위로 휘발유를 부었어. 엄마와 오빠는 잠들었는지 기척이 없었지만 몸에 흐르는 선득한 액체를 견디며 너는 잠든 척 눈만 감고 있었지. 곧 다 불에 타죽을 걸 알면서도, 움쭉달싹할 수 없었어.

아버지가 빈 휘발유 통을 내던지고 서랍을 뒤졌어. 착, 착, 라이터에 불을 붙이려다 실패하자 비틀거리며 부엌으로 갔지. 일어나 다급하게 둘을 깨워 밖으로 나가려는데 라이터를 찾아 불을 켠 아버지가 끄힉, 거리며 문 앞을 가로막았어. 있는 힘껏 밀치고 엄마의 팔을 잡아채 밖으로 당겼어. 순간 휘청대며 방 밖으로 넘어진 아버지가, 방 안쪽으로 날아간 불붙은 라이터가, 화르르 인 불길이, 갇혀버린 오빠의 외마디가, 찰나에 일어나 끝장나고 있었어.

불길에 휩싸인 판자촌에서 사람들이 뛰쳐나왔고 화염에 싸인 오빠가 울부짖음인지 신음인지 모를 소리를 내지르며 기어나왔어. 고통에 질려 전신주에 머리를 부수며 몸부림을 쳤어.

“지… 인희… 희야아아….”

오빠는 엄마가 아니라 항상 옆에 있던 너를 불렀어. 네 몸은 앞으로도 뒤로도 가지 못하고 움찔거렸어. 오빠의 몸이 네 쪽으로 향했을 때 너는 움칫 뒷걸음을 쳤지.

엄마는 오빠에게 가려 발버둥을 쳤어. 사람들이 질겁하며 말렸지만 기어이 손을 뻗은 엄마의 왼팔로 오빠를 삼킨 불길이 날름 혀를 내밀었지. 신고를 받고 온 소방관이 점화된 몸에 소화기를 분사했어. “상진아….” 절규하던 엄마는 그대로 혼절하였지….

5

식은땀이 목을 타고 흐른다. 나는 대뇌를 열어 해마를 칼로 도려내는 상상을 한다. 신경세포를 끊어버리면 나 역시 아무것도 모르는 사람처럼 살 수 있을까….

떠오르는 '너'로 인해 불안해질 때마다 나는 손을 씻고 또 씻고, 잠긴 현관문을 재차 확인한다. 떨쳐내려다 되레 내 안에 잠겨 허우적댈 때, 혐오감이 밀려올 때 나는 노트북을 열었다. 자판을 두드리는 동안 나는 점차 견딜 만한 것이 되어갔다. 내 소설에 대해 누군가는 '존재의 근원적 아픔'이 묻어 있다고 했다. 누군가는 '운명에 대한 집요한 천착'이라고 했다. 나는 이 세계의 통찰력에 감동받았다. 그들만이 진정한 나를 안다.

엄마를 욕실로 데리고 간다. 그녀는 순한 양처럼 나를, 상진이를 따라온다. 기저귀를 벗긴다. 샤워기를 틀어 몸을 적신다.

"엄마 내가, 끄윽, 깨끗하게 씻겨, 이긱, 줄게요."

시간을 잃은 엄마는 증인이 될 자격이 없다. 아버지만이 유일하다. 아버지가, 오빠가, 그 시절이 지금 내게로 오고 있다.

엄마의 몸에 비누칠을 하는 손이 떨린다. 딸꾹질이 초 단위로 빨라진다. 욕실 의자에 앉은 엄마는 간지러운지 희미하게 웃는다. 어떤 욕망도 욕구도 읽히지 않는다. 아무도 미워하지 않고 아무도 원망하지 않고 아무것도 적극적으로 하지 않고 그저 오빠 대신 자신을 내주는 것만이 자식을 지키는 것인 줄 알았던 그래서 무어라 언급할 수 없는, 급기야 관계를 다 놓아버린 엄마는 진정 영악한 사람이다.

엄마가 몸을 뒤틀 때마다 온 몸에 새겨진 흉물스러운 허물이 꿈틀거린다. 나는 변기 옆에 놓인 락스의 뚜껑을 연다. 엄마의 왼쪽 어깨에 락스를 붓는다. 젖가슴을 따라 배꼽을 지나 종아리에까지 화상 자국을 타고 맑은 액체가 흐른다. 우욱, 끅, 욕지기인지 딸꾹질인지 모를 외마디가 튀어나온다. 엄마의 몸에 락스를 마저 붓는다. 꿈틀대는 화상의 흔적을 따라 수세미로 몸 구석구석을 박박 문지른다. 발가락 사이사이까지 닦는다.

자꾸만 저 밑바닥에서부터 머리를 들이미는 오빠가, 눌러도 내려가지 않는 오빠가, 발버둥을 친다. 의식의 외피를 가볍게 헤치고 '네'가 튀어나온다. 누른다. 솟아오른다. 누른다. 튀어오른다. 나는 락스 통을 들어 입 안에 붓는다. 비어 있다. 빈 통을 쥔 손이 떨린다. 내 안에 겹겹이 쌓인 저 밑 도려내지 못한 무의식… '너'는 제어되지 않는다.

*

… 집이 불타던 날. 그날 낮에 너는 집 담장 아래에 등을 기대고 앉아 태양을 쏘아보고 있었어. 눈이 부셔 이맛살이 찡그려지고 눈자위가 아파와 손으로 비벼 가면서도 고개를 쳐들고 똑바로 보려 애썼지. 해를 보면 눈이 먼다기에 아주 눈멀어버리기 위해 하염없이 보고 또 보았어. 전날 밤 보았던 엄마와 그 위에 올라타던 아버지의 모습이 지워지질 않았어. 보아서는 안 될 것을 보고 만 것 같았지.

오빠는 네 옆에 쭈그리고 앉아 너를 따라 해를 보았어. 네가 보니까 오빠도 보았던 거야. 눈이 아파 눈물을 흘리니까 오빠도 눈이 아픈지 눈물을 흘렸지. 자리를 털고 일어났어. 잠시 서러워서 환멸이 일었어.

"병신."

팔로 눈가를 훔치는 오빠를 밀치고 부엌으로 가 옷 속에 과일칼을 숨겨 들고나왔어. 오빠의 손을 잡고 집 뒤꼍으로 갔지. 칼을 꺼내 오빠의 손에 쥐여주었어. 오빠는 잔뜩 겁먹은 얼굴로 그것을 바닥에 떨어뜨렸어. 주워서 다시 손에 쥐여주고는 그 위로 네 손을 포갰어. 자, 봐. 네 손놀림을 따라 오빠의 손에 든 칼이 허공에서 휙휙 빗금을 그었어. 하지만 포갠 손을 떼자마자 또 칼을 떨어뜨렸지. 너는 다시 집어 흙바닥에 푹푹, 찌르며 말했어.

"너는 덩치가 크잖아. 덤비면 겁먹을 거야. 다신 못 때릴 거야."

손에 다시 칼을 들려주었어. 칼자루를 엉성하게 쥐고 선 오빠는 금방이라도 울음을 터뜨릴 것 같았지.

"무서워, 진희야."

"병신아! 만날 맞고도 안 억울해?"

너는 피가 나도록 아랫입술을 깨물었어.

"우린 무적의 남매잖아. 동네서, 고철 훔쳐가는 도둑 우리가 다 무찔렀잖아. 우린 잘 지켜냈어. 그렇지? 돈도 벌었지? 우린 다 할 수 있어. 그렇지?"

오빠는 고개를 끄덕이면서도 칼자루를 쥔 손을 덜덜 떨었어.

"네가 맞기만 하니까 엄마가…. 안 하면 나 집 나갈 거야. 다신 안 올 거야."

*

무릎이 꺾인다. 허물어진다.

어제 외숙부가 했던 말이 떠오른다. 그가 말했다. 치료감호소에서 나온 아버지는 외진 곳에 있는 기도원에 들어가 지금껏 숨죽이며 살아왔다고. 딸꾹질로 생긴 합병증과 잦은 금식기도로 피폐해진 몸이 생을 아주 놓아버리기 전에 한번은 니들 모녀를 만나 속죄하고 싶다더라고. 내일, 처음이자 마지막으로 찾아가 용서를 빌고 싶다 하는데 받아주라고. 죽을 때 다 된 사람에게 너무 모질게 하지 말라고.

믿을 수 없었다. 나는 나를 쫓아온 아버지, 나를 유랑하듯 살게 한 아버지를 잊지 못한다. 그의 딸꾹질 소리, 그의 음습한 그림자, 그의 하나 남은 손가락. 내가 있는 곳을 잘도 찾아내온 그는 다 누구였는가. 숙부의 말을 믿을 수 없다. 그는 오늘 처음 오는 게 아니다. 또 오는 것이다.

어깨가 떨린다. 어쩌면 오늘을 대비해 지금껏 엄마를 붙들어온 것은 아닐까.

엄마가 마주 무릎을 꿇고서 일그러진 내 얼굴을 어루만진다. 물에 불어 퉁퉁 부은 손으로 머리를 쓸어준다. 한없이 아득하고 포근한 손길에 나는 달아오른 뺨을 부빈다. 희붐한 습기 속에서 꿈처럼 부드러운 손길이 목을 지나 등으로 미끄러지듯 쓸려 내려간다. 순간 온몸의 혈관이 터질 듯 소스라친다. 등허리를 타고 벼락같은 통증이 지난다. 허리가 꺾인다. 엄마의 손을 거칠게 밀쳐낸다. 오래 전 칼로 베인

상흔에서 핏빛 비명이 직선으로 솟구쳐오른다. 물어뜯은 그의 살점과 피 맛이 물큰하다. 목이 조여온다. 숨이 끊어질 것 같아 두 손으로 목을 그러쥔다.

나는 과거를 몰고 올 아버지에게 엄마를 보내줄 것이다. 목줄을 끊어버릴 것이다. 부인해봤자 어차피 아버지와 나는 닮은 종, 타협은 엄마여야 한다.

등뼈를 가르고 지나는 기다란 상처가 아가리를 벌릴 듯 꿈틀댄다. 요동친다. 막 태어난 순수한 핏덩이가 아가리를 찢으며 고개를 내밀고 있다.

먼 데서 초인종 소리가 들려온다. 등을 굽힌 채 고개를 돌린다. 나는 엄마의 순결한 몸을 바라본다. 울음을 참느라 뜨거워진 목구멍을 비집고 끼잉낑, 딸꾹질이 터진다.

남태평양에는
쿠로마구로가 산다

조미해

제15회 수상자/ 2015년

2015년 제15회 평사리문학 대상 수상.

2016년 제3회 경북일보문학대전 대상 수상.

남태평양에는 쿠로마구로가 산다

쿠로마구로 떼가 몰려올 때면 말이다.

아버지의 말이 머릿속에서 빙글빙글 맴돌았다. 쿠로마구로 떼가 몰려올 때면 말이다, 가슴에서 북을 두드리는 소리가 나는 거야. 며칠 전 여행을 가자던 할머니의 말 때문일 것이다. 나는 몇 번이나 자다가 깨어나 아버지의 말을 떠올렸다. 채 끝맺지 못한 아버지의 말은 불쑥불쑥 살아나 그물에 걸린 참치 떼처럼 와르르 쏟아져 내렸다. 정말로 어디선가 북을 두드리는 소리가 나는 것 같았다.

이십대 초반부터 바다를 떠돌았다는 아버지가 쿠로마구로를 운운할 때마다 나는 구르마라는 단어를 떠올렸다. 수십 대의 구르마가 굴러서 우르르 몰려오는 상상을 떨쳐버릴 수가 없었다. 구르마는 발동기를 단 작은 배의 통통거리는 소리를 내기도 했고 쉴 사이 없이 두드리는 작은북의 울림을 만들기도 했다. 바퀴가 두 개뿐인 구르마는 날렵한 물고기 같았다.

할머니와 엄마는 길거리에 좌판을 벌이고 생선이나 조개 같은 해산물을 팔았다. 할머니가 해산물을 팔고 있는 동안 엄마는 생선 상자를 구르마에 실어오기도 했고 생선 배달을 하기도 했다. 엄마의 구르마는 사람들 사이를 재빠르게 헤집고 다녔다. 사람들로 북적대는 시장통에서 구르마는 수초를 피해 다니는 물고기처럼 날렵하고 민첩하게 퍼덕댔다.

쿠로마구로는 흔히 참치라고 알려져 있는 참다랑어 종을 일컫는 일본말이라고 했다. 그것을 알고 나서도 쿠로마구로는 여전히 구르마처럼 여겨졌다.

내가 '구르마'라는 단어를 내뱉을 때마다 친구들은 할머니 같다며 '틀딱'이라고 놀렸다. 태어날 때부터 할머니와 살았으니 그런 단어를 쓰는 것은 어쩌면 당연한 일이었다. 그래서 나는 '틀딱'이 되지 않기 위해 애쓰지 않았고 가끔은 일부러 할머니처럼 굴기도 했다.

우리는 거의 십 년째 상가 건물 3층에 세를 얻어 살고 있었다. 얼마 전부터 일층은 아이스크림 무인점포가 들어왔고 이층은 4년째 미용실이었다. 한밤중에 밖에서 올려다보면 24시간 불을 켜둔 아이스크림 가게가 우리 집을 떠받치고 있는 것처럼 보였다. 큰 길을 마주하고 있는 집은 가로등과 차들이 쏟아내는 불빛을 피할 수 없었고 거기에 경적 소리까지 더해져 숙면을 방해받기 일쑤였다.

경적 소리에 잠에서 깬 나는 한쪽 눈을 찡그린 채 다른 쪽 눈을 살짝 치켜떴다. 칼날처럼 날카로운 불빛이 창을 넘어 들어왔다. 시계를 보니 두 시를 막 넘긴 시간이었다. 다시 눈을 감으려는 순간 누군가 앞에 서 있다는 것을 깨달았다. 미간에 힘을 주었다. 누구일 리가 없었다. 또 가위에 눌린 건가, 생각하며 옆을 돌아다보았다. 할머니와 엄마가 코를 골며 잠들어 있었다. 그러니 누가 와서 이 자리에 서 있을 턱이 없었다. 나는 몸을 뒤척이며 다시 잠들려고 애썼다. 그러다 남자와 문득 눈이 마주쳤다. 남자는 군청색 점퍼를 걸치고 있었는데 옷 색깔 때문인지 입술마저 새파랬다. 꿈이라고 생각했지만 남자에게 말을 걸지 않을 수 없었다. 누구세요? 작은 몸피에 등이 둥글게 굽은 남자는 오십은 넘어보였다. 딱히 떠오르는 얼굴이 아니었는데 낯설지도 않았다. 뭔가 아주 익숙한 느낌이 그 사람에게서 풍겨 나왔다. 가위에 눌린 것이더라도 모르는 척 눈을 감고 가만히 누워 있을 수 없어 "잠깐 앉으실래요?" 하고 잠긴 목소리로 말했다. 남자는 말을 걸어준 것이 반갑기라도 한 듯 굳은 얼굴을 조금 폈다. 그리고 입을 뗐다.

춥구나, 추워.

남자는 정말이지 추워보였다. 새파란 입술과 잔뜩 웅크리고 있는 몸, 어디서 비라도 맞은 것처럼 머리칼은 물기가 맺혀 축축했다. 말을 하는 남자의 입에서는 놀랍도록 찬 입김이 뿜어져 나왔다. 남자는 뜨거운 차 한 잔을 마실 수 있는지 넌지시 물었다. 나는 머뭇거리며 자리에서 일어났다. 부엌으로 나가다 말고 뒤돌아보았다. 할머니와 엄마는 번갈아가며 코를 골아대고 있었다.

남자를 따라나오라고 해야 할지 그대로 방에 있으라고 해야 할지 알 수가 없었다. 커피포트에 물을 붓고 전원 스위치를 눌렀다. 커피포트에 주황색 불이 들어왔다. 무슨 차를 마실 거냐고 물어보려고 몸을 돌리다가 움찔 뒤로 물러났다. 아무런 기척을 느끼지 못했는데 남자가 등 뒤에 서 있었다.

유자차 어떠세요?

나는 여전히 잠긴 목소리로 물었고 남자는 기다렸다는 듯 크게 고개를 끄덕였다. 김이 모락모락 올라오는 커피포트를 보고 있으려니 아직까지도 꿈을 꾸고 있는 것만 같았다.

지금 제가 꿈을 꾸고 있는 건 아니겠죠?

남자는 식탁 앞에 서서 고개를 돌려 나를 보았다. 팔자주름이 선명해서 우울해보이기도 했다. 남자는 나와 식탁을 번갈아 둘러보고 나더니 입을 열었다.

아닐 것이다, 아마도.

남자의 목소리는 조용했고 부드러웠다. 입에서는 찬 입김이 뿜어져나오고 있는데도 어투는 따뜻하게 느껴졌다. 남자는 앉으라고 권하지도 않았는데 식탁 의자에 앉아 커피포트 앞에 서 있는 나를 조심스럽게 살폈다. 아무런 그림이 그려 있지 않은 밋밋한 모양의 머그컵에 유자차를 덜었다. 자다가 일어난 나는 차를 마시고 싶지 않았다. 그러나 남자 혼자만 멀뚱하게 차를 마시게 할 수 없었다. 그래서 붉은 꽃잎이 엉성하게 엉겨 붙어 있는 머그컵 하나를 더 꺼내 유자차를 덜었다. 시고 향긋한 유자청의 향이 코끝에 맴돌았다. 뜨거운 물을 붓고 저었다. 남자에게 맨송맨송한 모양의 머그컵을 내밀었다. 남자가 고개를 저었다.

저 찻잔으로 마시고 싶구나.

남자가 검지를 들어 꽃잎이 그려진 찻잔을 가리켰다. 나는 앞에 놓여 있던 머그컵을 남자에게 내밀었다. 그리고 남자 앞으로 내밀었던 머그컵을 내 쪽으로 끌어당겼다.

초등학생 때 도자기 체험학습을 가서 만든 컵이에요. 그래서 좀 엉망이에요.

부끄러웠다. 밑바닥에 내 이름까지 적혀 있는 컵은 조잡했다. "이제 좀 버리지." 내가 말하면 "우리 딸이 만든 귀한 컵을 버리긴 왜 버려" 하고 엄마가 대꾸했다. "이건 네 전용 컵이야, 근데 참 그림 솜씨가 없긴 하네." 엄마는 큰소리로 웃으며 말했고 "얘가 지금 뭐라는겨, 국민학생이 이 정도 그리면 됐지, 화가가 될 것도 아니구먼", 할머니는 엄마에게 눈을 흘겼다.

남자는 컵의 엉겨 있는 꽃잎에 눈을 두며 고개를 끄덕였다. 남자가 동의하는 것이 '내가 직접 만든 컵'이라는 말에서인지 '그래서 그림이 엉망'이라는 말에서인지 알 수가 없었다.

남자는 차를 마시지 않고 들여다보고만 있었다. 나는 남자와 눈이 마주친 바로 그 순간부터 궁금했던 물음을 던졌다.

근데 아저씨는 누구…세요?

꼭 알고 넘어가야 할 일이었으나 조심스럽기도 했다. 나는 무례해 보이지 않기 위해 목소리를 낮췄고 말꼬리를 슬쩍 눙쳤다. 남자의 얼굴에 웃음이 피어올랐다.

혹시, 저를 아세요?

남자는 희미하게 미소를 띤 채로 그렇다거나 그렇지 않다는 어떠

한 내색도 없이 그저 물끄러미 내 쪽을 건너다보았다. 경계심 같은 것은 처음부터 일지 않았지만 왠지 편안하게까지 느껴졌다. 덥수룩한 머리칼이며 까만 피부색이 남자를 촌스러운 사람으로 보이게 했다. 아래로 처진 눈꼬리는 다른 누군가에게 절대 해 같은 것은 끼쳐본 적이 없는 선량한 사람이라는 인상을 풍기기에 충분했다. 엄마는 아버지가 그런 사람이었다고 했다. "딱 한번. 그 한번만 빼고는 누구한테도 해를 끼친 적이 없었지." 그런 말을 할 때의 엄마의 광대뼈는 조금 실룩거렸고 입꼬리는 올라갔다 내려갔다 했는데 무언가를 자랑스러워할 때 짓는 표정이라는 것을 나는 잘 알고 있었다. "암, 누구한테도 해를 끼친 적이 없고말고." 엄마가 생각에 잠긴 듯 눈을 감으면 할머니가 냉큼 끼어들었다. "내 아들인께 나가 더 잘 알고말고." 아버지 얘기만 나오면 할머니는 으스대곤 했다. "딱, 참말로 딱, 한번만 빼면 말이여." 할머니는 엄마의 얼굴을 흘깃 넘겨다보며 딱, 한번이라고 강조하며 말을 맺었다. 엄마와 할머니의 그런 말 때문인지 나는 그를 보며 아버지를 떠올렸다. 남자가 내 기억 속의 아버지와 똑같지는 않았다. 하지만 시간이 흐르면 사람의 얼굴은 얼마든지 변할 수 있었다. 아버지가 살아 있다면 저런 얼굴을 하고 있을 거라는 생각이 들었다.

남자가 찻잔을 입에 가져가며 고개를 숙였는데 군데군데 섞인 흰 머리카락이 불빛에 희끗희끗했다. 남자의 머리는 냉장고에 들어 있는 멸치볶음처럼 보였다. 나는 터져나오려는 웃음을 참으려고 남자의 잔을 넘겨다보았다. 벌써 식어버린 것인지 김이 올라오지 않았다.

뜨거운 물을 더 부어드릴까요?

내 잔에서는 아직도 뜨거운 김이 펄펄 올라오고 있었다. 남자의 잔이 먼저 식을 이유는 딱히 없었으나 세상일이 자로 잰 듯 딱딱 떨어지지는 않는다고 엄마는 늘 말하지 않았던가. 아버지의 경우만 봐도 그렇다고 했다. 아버지가 그렇게 감쪽같이 사라져버리리라고는 단 한번도 생각해본 적이 없다고. 그 일은 아직까지도 맞추지 못한 퍼즐의 한 조각이라고 했다. 어디에 끼워야 하는지 알지 못하는 퍼즐 조각이 아니라 다른 그림판에서 떼어온, 비슷한 모양의 퍼즐 조각을 들고 있는 것처럼, 절대 맞을 리가 없는 한 조각의 퍼즐이라고. 쿠로마구로가 몰려올 때면 말이다, 라는 아버지의 말이 내게는 손에 들고 있는 한 조각의 퍼즐이었다. 아버지가 사라진 이유가 그 말 속에 숨어 있을 것이라고 여겼지만 어떻게 해도 맞춰지지가 않았다.

나는 커피포트 물을 다시 남자의 찻잔에 부었다. 김이 모락모락 올라왔다.

부엌 불을 켜지 않았지만 가로등이 부엌 창 언저리에 고개를 내밀고 있어서 웬만한 것들은 흐릿하게나마 다 보였다. 상가 건물에 세를 들어 살고 있는 우리 집은 지나가는 차들이 뿜어내는 헤드라이트 불빛 때문에 어둠에 잠긴 적이 없었다. 차가 지나갈 때마다 불빛이 한꺼번에 남자의 얼굴로 쏟아졌다.

빛에 익숙해지지가 않네.

남자는 쑥스러워하며 머리를 긁적였다.

무슨 일로 오셨어요?

나는 남자에게 물었고 남자는 선뜻 대답하지 못하고 "무슨 일이라…," 하고는 내 말을 한참이나 곱씹었다. 내 질문에 서운했던 것인지 아니면 자신도 무슨 일로 이곳에 왔는지 몰라서 그랬는지는 알 수 없었다.

향이 참 좋다. 얼마 만인지 모르겠어.

화제를 바꾸기라도 하려는 듯 남자가 말했다. 얼마 만인지 모르겠다는 남자의 말을 나는 곱씹었다. 유자 향을 오랜만에 맡아본다는 말 같기도 했고 우리 집에 오랜만에 찾아왔다는 말 같기도 했다. 그러나 후자일 가능성은 희박했다.

외할머니가 직접 만들어 보내온 거예요.

외할머니는 해마다 유자차를 만들어 박스째 보내왔다. 외삼촌을 따라 도시로 나갔던 외할머니는 몇 년을 버티지 못하고 우리가 살았던 남해의 그 바닷가 마을로 돌아왔는데 공교롭게도 외할머니와 우리는 집을 번갈아 쓴 셈이 되었다. 남쪽의 따뜻한 바닷바람을 맞고 자라서인지 그곳의 유자 향이 다른 곳보다 진하고 좋다는 말을 외할머니는 빼먹지 않았다. "사방천지가 유자밭 아이가. 느그도 알제. 요는 유자가 천지빼까리다. 딴 거는 몬 보태줘도 유자는 느그 묵을 만치는 줄 수 안 있겄나." 그런 것까지 보낼 필요 없다는 엄마의 말에 외할머니는 그렇게 대꾸하며 유자차를 보냈을 것이었다. 엄마 옆에 앉은 할머니는 엄마의 허벅지를 꼬집었다. 그리고 엄마가 휴대전화를 내려놓으면 대뜸, 어른이 해서 준다고 하는데 거절하는 것도 경우가 아니라고 엄마에게 눈을 흘겼다.

남자가 머그잔에 손을 대자 모락모락 올라오던 김이 금세 사라졌다.

아저씨 몸이 너무 찬 거는 아닌지 모르겠어요.

걱정이 되었다. 남자가 머그잔에서 손을 떼고 나를 물끄러미 쳐다보았다.

바깥에 너무 오래 계셨나봐요.

가로등 불빛에 비친 남자의 얼굴은 파랗게 질려 있었다. 날씨에 비해 지나치게 얇게 입은 옷 때문일 것이다.

남자는 내게 몇 살이냐고 물었고, 나는 스무 살이지만 이틀만 지나면 스물한 살이 된다고 했다. 지금은 30일이 아니라 31일 새벽이었다. 그러니 이틀이 아니라 오늘 하루만 지나면 스물한 살이 되는 것이었으나 고쳐 말하지 않았다. 이른 새벽이라고 하는 시간대가 이날이라고 하기에도 저 날이라고 하기에도 어정쩡했다. 보통 밤 열두 시를 기준으로 날짜가 바뀌는 것과는 달리, 나는 잠자리에서 일어난 아침이 되어야만 다음날이 된다고 믿고 있었다.

나이가 벌써 그렇게 되었느냐고 말하며 남자가 나를 건너다보았는데 그 눈빛이 나를 뚫고 지나가는 것처럼 느껴졌다. 이상한 경험이었다. 잠깐이었지만 남자의 얼굴에 드리우던 어두운 그림자를 나는 놓치지 않았다. 이 새벽에 느닷없이 나를 찾아온 사람이었다. 특별한 사연이 없다면 가능할 것 같지 않은 일이었다. 나를 아느냐고 나는 남자에게 다시 물었다. 남자가 고개를 내저었다. 그러고는 아는 사람 같기도 하고 모르는 사람 같기도 하다는 알쏭달쏭한 얘기를 했다. 낯설지는 않은데 자신이 생각한 것과 조금씩 어긋나 있다고. 나는 무엇이 그러냐고 물었고 그는 내가 그렇다고 말했다. 내가 꼭 자신의 딸 같은 느낌이 드는데 나이가 맞지 않고 생김새가 닮은 듯 보이지만 자세히 보면 조금 다르다고 했다. 특히 코의 선이 다르다고 했다. 자신의 딸은 콧대가 없고 코끝이 뭉툭한데 나는 그렇지 않다는 것이었다. 그러면서 혹시 내게 코 성형을 한 적은 없는지 조심스럽게 물었고 나는 고개를 내저었다.

내 딸 아이는 열네 살이었는데 이상하게도 네가 내 딸처럼 느껴지는구나.

남자는 두 손으로 얼굴을 감싸쥐더니 몇 번이나 쓸어내렸다. 그래서인지 눈에 핏발이 서서 빨갰는데 무언가를 몹시 아쉬워하고 있다는 생각이 들었다.

네가 내 딸이 아니라면 내가 여기 올 이유가 없지 않느냐?

나 역시 그렇게 생각했다. 아무 연관도 없는 사람을 찾아 어려운 발걸음을 할 이유가 없을 것이었다. 남자는 자신도 알지 못하는 혼란에 빠진 것처럼 보였으나 나는 남자가 무엇을 아쉬워하고 혼란스러워하는지 가늠이 되지 않았다. 내가 열네 살이 아닌 것을 아쉬워하는 것 같기도 했고 자신의 딸과 닮아 자신의 딸처럼 여겨지는 것을 아쉬워하는 것처럼도 보였다. 남자가 고개를 찻잔으로 들이밀었다.

향이 좋구나.

무엇인가를 애써 기억하려는 말처럼 느껴졌다.

외할머니가 보내준 유자차에서만 맡을 수 있는 향이에요. 다른 유자차는 이런 향을 내지 못한다고 그랬어요.

남자가 고개를 주억거렸다.

이상해요. 아저씨한테 드린 차는 자꾸 금방 식어요. 제 잔에서는 아직도 김이 올라오고 있는데….

나는 가벼운 농담을 던지듯 말했으나 남자의 얼굴이 눈에 띄게 어두워졌다. 눈꼬리는 더 심하게 내려갔고 미간 사이에 도도록이 푸른 실핏줄이 솟아올랐다.

이상할 테지. 이상하고말고. 아무렴.

남자는 다시 두 손으로 얼굴을 감싸쥐었고 몇 번이나 얼굴을 쓸어내렸다. 그리고 찻잔을 들었다가 내려놓았고 다시 들었다가 내려놓았으나 유자차는 조금도 줄어들지 않았다. 나는 잠시 멍해졌다.

식탁에 마주 앉는 순간 나는 남자에게 친근함을 느꼈고 그가 나에게 아무런 해도 끼치지 않으리라는 것을 알 수 있었다. 어쩌면 나는 처음부터 그가 이곳 사람이 아니라는 것을 알았던 것인지도 몰랐다. 지나치게 파리한 얼굴빛과 때에 맞지 않게 입은 옷은 그만두고서라도 내 앞에 나타나 갑자기 서 있던 것부터가 이상하지 않은가. 차라리 그 편이 나을지도 모르겠다는 생각마저 들었다. 산 사람이 해를 끼치지 죽은 사람이 해를 끼치지는 않을 것이다. 나는 엄지손톱을 물어뜯다가 남자에게 불쑥 물었다.

제가 지금 꿈을 꾸고 있는 건 아니겠죠?

남자는 그저 나를 물끄러미 볼 뿐이었다. 나는 식탁 아래 손을 내리고 왼쪽 손등을 꼬집었다. 따끔한 감각이 느껴졌다. 꿈이 아니라면 그가 내 앞에 나타났을 때는 그럴 만한 이유가 있어야 했다. 이 세상 사람이 아니니 한밤중에 찾아오는 것이 대낮에 찾아오는 것보다 그럴싸하다고는 쳐도 굳이 우리 집을 혹은 나를 찾아올 이유는?

혹시 제 아버지세요?

머뭇대며 남자에게 물었고 남자는 잘 모르겠다며 고개를 내저었다. 기억이 나지 않는다고 했다. 분명한 것은 자신의 딸은 열네 살이었다고만 했다. 그런데도 내가 자꾸 남자의 딸처럼 느껴진다는 것이었다.

아저씨한테서도 비릿한 바다 냄새가 나요, 우리 아버지처럼요.

남자는 코를 킁킁대기라도 하는 듯 자신의 오른팔 쪽으로 고개를 들이밀었다. 고개를 숙이자 남자의 머리통이 훤히 보였는데 불빛 때문인지 조금 전보다 더욱 희끗희끗했다.

나한테서 그런 냄새가 난다고?

목소리는 여전히 조용했고 느렸으며 그래서 침울하게 들렸지만 남자의 표정만은 생기를 띠기 시작했다. 자신한테서 바다 냄새가 난다는 생각을 스스로도 자주 한다는 것이었다. 그런 점으로 미루어보아 자신은 어쩌면 바닷일을 하던 사람이었는지도 모르겠다고 했다. 바다 냄새가 익숙할 뿐만 아니라 바다만 생각해도 가슴이 아릴 정도로 그립다는 것이었다. 그런데 모든 기억은 흐릿하기만 할 뿐이라고. 점점 기억이 흐려지는 것으로 보아 자신이 이 세상을 떠난 지 오래된 것 같다고도 했다. 그러면서 이번이 이 세상으로 올 수 있는 마지막 기회였는지도 모르겠다는 말을 덧붙였다. 하지만 자신이 지금 왜 이 자리에 있는지는 알 수가 없다는 것이었다. 남자가 아버지일지도 모른다는 생각이 들었다. 나는 남자의 기억을 되살리고 싶었다. 나는 방으로 들어가 커다란 참치 사진을 들고 나와 남자에게 보여주었다.

이게 뭔 줄 알아요?

나는 남자의 코 밑까지 사진을 들이밀었다. 드라이아이스를 쐬고 있는 것처럼 손등이 서늘했다. 남자는 사진을 한참이나 들여다보았다. 그러고는 물고기이지 않느냐, 라고 말했다. 물고기이긴 하지만 이것의 이름을 맞혀보라고 재촉했고 남자는 한참을 머뭇거리다가 청어, 라고 말했다. 생각나는 다른 이름은 없느냐고 물었고 그는 다시 한참을 생각하는 듯하더니 얼굴에 웃음을 띠며 이번에는 내 말의 의도를 알아챘다는 듯 참치군, 하고 대답했다. 나는 고개를 저었다.

음, 쿠로마구로군. 하지만 보통 사람들은 이 말을 잘 몰라.

남자는 정답이 아닌 줄 알면서 그저 던져본다는 투로 말했다.

딩동댕. 정답은 쿠로마구로 양이었습니다.

나는 짐짓 장난을 섞어 말했고 남자는 무슨 말이냐는 듯 눈을 동그랗게 뜨고 나를 쳐다보았다.

쿠로마구로가 맞다고요.

내 말에 남자는 눈가에 잔주름을 크게 만들며 웃었다. 나는 남자의 웃는 모습이 퍽 마음에 들었다.

내가 쿠로마구로군, 하고 말해서 쿠로마구로양, 이라고 말한 건가?

나는 그렇다는 표시로 고개를 끄덕였다.

내가 유머 감각이 좀 없어. 하지만 이건 아재개그잖아.

남자는 머리를 긁적이며 입꼬리를 계속해서 올리고 있었다.

쿠로마구로는 아버지가 즐겨 쓰던 말이었다. 원양어선을 타던 아버지는 일 년에 한두 번씩 집으로 돌아왔다. 그런 아버지가 내게는 언제나 예의를 잘 지켜야 하는 손님 같았다. 공손히 말했고 떼 같은 것을 써본 적이 없었다. 아버지가 더 이상 집으로 오지 않게 되었을 때, 무례하게 굴지 못했던 것을 처음으로 후회했다. 바다에서 돌아온 아버지는 무릎에 나를 앉히고서 이야기를 들려주었다. 남태평양의 어느 바다에 관한 것이었다. 바다가 쏘아내는 무수한 빛깔들에 대해서, 열대의 자연과 색색의 물고기들이 출렁이는 바다에 대해 말할 때의 아버지 눈빛은 이미 먼 곳을 향하고 있었다. "바다에도 명암이 교차할 때가 있다. 무슨 말인지 알겠냐?" 풍선을 쥔 아이같이 들뜬, 아버지의 목소리를 들었다. "살아 있는 동안 단 1초도 쉬지 않고 헤엄을 치는 물고기도 있단다." 쉬지 않고 헤엄을 친다는 그 물고기가 상상이 되지 않았다. "남태평양의 바다는 셀 수 없을 정도로 많은 색깔을 가지고 있지. 그런 곳으로 쿠로마구로 떼가 몰려올 때면 말이다, 하하하, 하하하하…." 웃음소리는 메아리처럼 이어졌다. 아버지는 말을 다 끝맺지도 못하겠다는 듯이 웃고 또 웃었는데 그럴 때면 부챗살 같은 눈가의 주름이 아버지 얼굴을 덮었다. 나는 아버지가 채 끝맺지도 못한 말들을 만들어 해보곤 했다. "그런 곳으로 쿠로마구로 떼가 몰려올 때면 말이다, 그림이 엉망이 되어버리지. 아니 환상적인 그림이 되지."

아버지가 떠나고 남해의 바닷가 마을에 살면서 나는 아버지의 말들을 내내 기억해내었다. 그것은 의도적이었으며 또한 내게는 그것이 아버지였다. 아버지는 그 말과 남태평양의 색채로 살아서 내 가슴 속을 유영했다. 바닷가 마을에 살면서 나는 아버지가 못다한 말들을 상상하고 또 상상했다. 나는 그것들을 '아버지의 쿠로마구로'라고 이름붙였다.

한번도 본 적이 없는 쿠로마구로 떼가 새벽 햇살 속에서 은빛 비늘을 번뜩인다. 바다는 떼를 지어 다니는 그것들을 고스란히 받아준다. 햇살을 받은 청록색 바다에 분홍과 다홍빛이 스며들기 시작한다. 야자수가 흔들리고 있다. 나는 수천수만 마리의 쿠로마구로 떼를 만난다. 쿠로마구로 떼들이 내게 말을 걸어온다. 왜 우리를 만나러 오는 거지? 우리들이 어디에 있는지는 알아? 우리는 모였다가 흩어지고 흩어졌다가는 모여. 그런 곳으로 쿠로마구로 떼가 몰려올 때면 말이다, 집이 그리워지는 거야. 아버지의 쿠로마구로다. 아버지도 집이 그리웠던 적이 있을까. 모든 것이 운명이라던 할머니는 가슴 속에 아버지를 묻어왔던 것일까. 운맹이란 것이 앙탈을 부린다고 달라지는 것이 아니여. 그러니께 순종하면서 살아야제. 안 그냐? 할머니의 목소리에 화들짝 놀라며 몸을 곧추세워 다시 앉았다.

쿠로마구로 떼가 몰려올 때면 말이다, 하고 나는 얼굴 근육까지 씰룩이면서 과장되게 목소리를 높였다.

혹시 이 말 기억하세요?

나는 마음이 조급해졌다. 남자가 이 말을 꼭 기억해주길 바랐다. 그러나 남자는 천천히 고개를 내저었다.

새벽 햇살을 가르며 바다 한가운데로 나아가는 배 말이야, 발동기를 단 작은 그런 배. 꼭 그런 배에서 나는 소리 같은 것이 들려오는 거예요.

나는 머릿속을 기웃거리는 말들을 낮은 소리로 읊조렸다. 남자가 놀란 듯 고개를 빼고 나를 쳐다보았다. 관심을 보인 것이다. 그래서 나는 새벽빛을 가르며 바다 한가운데로 나아가는 배의 모습을 떠올려보려고 애를 썼다. 그 모습은 쉽게 떠오르지 않았다. 내가 떠올려야 하는 바다가 남태평양의 어느 바다인지 아니면 내가 알고 있는 남해 바다인지 알 수가 없었고 그런 의도와는 상관없이 매번 내 머릿속에는 섬들이 들쭉날쭉한 남해안의 바다가 떠올랐다.

아버지가 더 이상 집에 돌아오지 않게 되었을 때 엄마와 나는 남해의 바닷가 마을로 내려갔다. 그곳은 엄마의 어린 시절을 고스란히 담고 있었다. 외할머니가 일 년 전까지 살았다던 집이었는데 쐐기풀과 달개비가 주인 없는 마당 한 귀퉁이를 차지하고 있었고 시멘트 담벼락 쪽으로는 도꼬마리 열매가 가시를 키우고 있었다. 거미줄이 쳐져 있던 방문은 창호지마저 여기저기 뜯겨 흉가처럼 보였다. 막 초경을 시작한 열두 살의 나는 엄마와 그곳에 자리를 잡았다.

어쨌거나 새로운 환경에서 다시 시작하자는 엄마의 생각은 그럴 듯했다. 게다가 바다를 배경으로 둔 어촌 마을에서 살아보는 것은,

젖소를 키우고 우유를 짜고 과수원에서 넘치는 과일들과 과일나무가 피워내는 꽃들을 구경하면서 사는 것처럼, 낭만적이고 멋진 일 중에 하나일 거라고 생각했다. 할머니는 함께 떠나자는 엄마의 권유에도 꿈쩍하지 않았다. 평생을 하나뿐인 자식만 보고 살았는데 아버지가 돌아오지 않을 리가 없다는 것이었다. 할머니는 살고 있는 집을 떠나는 것이 아들을 버리는 일이라도 되는 양 진저리를 쳤다.

바닷가 마을로 내려간 엄마와 내가, 새롭게 시작할 수 있는 일은 아무것도 없었다. 남들처럼 굴이나 피조개 양식을 할 수도 없었고 농사를 지을 수도 없었다. 대신 엄마는 그곳에 있는 공장에 다니기 시작했다. 굴껍데기를 까는 일이었다. 그 일은 초보자도 할 수 있었는데 특별한 기술이나 지식이 필요한 일은 아니었기 때문이었다.

날마다 바다에서 건져올린 굴들이 배에 실려 공장으로 들어왔다. 공장 사람들은 콤바인벨트를 타고 온 굴들을 세척기에 넣고 씻어낸 뒤 찜솥에 넣고 삶았다. 공장은 뜨거운 김으로 뿌옜고 어디서나 뜨겁고 들척지근한 냄새가 났다. 그 냄새는 옷과 머리카락에까지 붙어 따라다녔다. 트림을 하면 굴 익는 냄새가 목구멍으로 물큰물큰 넘어왔다. 삶은 굴들은 다시 콤바인벨트를 타고 공장 건물로 들어갔다. 나는 물병을 들고 공장 건물 입구에 있는 정수기에 물을 뜨러 가다가 콤바인벨트 앞에서 마주 보고 굴을 까는 사람들을 물끄러미 쳐다보곤 했다. 일당은 굴을 깐 총 킬로그램 수로 지급되었다. 굴의 관자를 상하지 않게 까는 기술이 필요한 일이었다. 까고 난 굴껍데기들은 다시 인부들에 의해 공장 건물 밖으로 실려나왔다. 굴껍데기는 공장의 공터에 쌓였다. 사람들은 그것을 끼러 모여들었다. 굴껍데기 가운데 구멍을 뚫고 앞뒤로 마주 보게 오목하게 나일론 줄을 끼우면 되는 일이었다.

엄마와 나는 밤이면 촛불을 켰다. 목장갑을 끼고서 나일론 줄의 한쪽 끝을 촛불에 갖다댔다. 한 발 길이의 나일론 줄은 살짝만 갖다대어도 금세 녹았다. 녹은 줄 끝을 목장갑을 낀 손으로 뾰족하게 말아서 굳히는 일이었다. 그러면 굴껍데기를 끼는 도중 줄이 풀려 낭패를 당하는 일을 막을 수 있었다. "할머니가 있었으면 이런 것쯤은 거뜬한데 말이야." 엄마는 할머니가 우리와 함께 이곳으로 오지 않은 것을 두고두고 아쉬워했다.

여름이 다가오면서 그곳은 고약한 냄새로 뒤덮였다. 파리들은 굴껍데기의 하얗고 매끈한 안쪽에 알을 깠다. 종패가 되지 못한 굴껍데기에서 알들은 무럭무럭 자랐다. 보리알갱이만 한 번데기들이 홍합이 달리듯이 까맣게 다닥다닥 붙었고 굴껍데기 무더기에서 구더기들이 꾸역꾸역 밀려나왔다. 암녹색의 물이 흥건히 고였다. 무덤에 앉아 굴껍데기를 쪼고 있는 엄마는 여름 내내 굴독에 시달렸다. 오돌토돌 벌겋게 부어오른 살을 엄마는 긁고 또 긁었다. 딱지가 앉고 있는 상처에도 손을 대어 덧날 때가 많았다. 붉게 부어오른 상처에서 피가 나면 엄마는 정말로 시원하다는 듯이 환하게 웃었다. 그 여름 내내 사방에서 구더기들이 꾸역꾸역 밀려나오는 꿈을 꾸었다. 혹은 구르마 수백 대가 몰려오는 꿈을 꾸기도 했다. 그러다가 여름이 지나고 찬바람이 불어오면 그것들은 사라졌지만 엄마의 몸에는 손톱자국이 선명하게 새겨졌다.

파도가 없는 고요한 바다다. 어둠이 막 걷히고 있다. 통통통, 해를 부르는 듯한 소리가 먼 데서부터 들려온다. 갈매기조차 아직 날지 않는다. 바다 끝에서 구름을 뚫고 나오는 햇살로 세상은 온통 다홍빛으로 물들고 있다. 살결에 와닿는 바람이 낮과는 달리 서늘하다. 팔에서는 오소소 소름이 돋고 한기에 몸이 움찔, 진저리를 친다. 나는 선창가에 앉아 어둠이 걷히고 있는 바다를 본다. 통통통통. 아까보다 더 큰 소리다. 갈매기 한 마리가 끼루룩거리며 날아온다. 배의 엔진 소리가 점점 크게 들려온다. 배는 내 옆을 스치고 바다 한가운데로 나아간다. 어쩌면 배는 바다가 아니라 해를 향해 나아가고 있는 중인지도 모른다. 배가 만들어놓은 물길이 하얗게 포말을 만든다. 튀어오른 물방울이 살결에 닿는 느낌은, 차갑지만 상쾌하다. 소매를 걷어 팔을 물속에 담근다. 갑자기 출렁이는 물살로 소매가 젖는다. 멀어져가는 배에는 등을 웅크린 남자가 망연히 바다를 바라보고 있다. 배에 타고 있던 남자가 일어선다. 그리고 등을 돌려 손을 흔든다. 갈매기들이 배를 따르고 있다. 나는 배에 타고 있던 남자가 아버지임을 알아차린다. "그런 곳으로 쿠로마구로 떼가 몰려올 때면 말이다, 하하하 하하하…." 새벽빛을 가르며 바다 한가운데로 나아가는 배. 발동기 소리. 나는 그 장면을 여러 번 반복해서 떠올린다. 그것은 의식의 표면으로 떠오르지 못하는 기억들이 만들어 내는 환상일지도 모른다.

우리 아버지는 바다사나이였어요.

말을 뱉고 보니 사나이, 라는 단어가 조금 우스웠다. 사나이? 남자? 바닷사람? 사나이나 남자라는 말보다는 바닷사람이라는 말이 훨씬 더 나은 것 같았다.

그래서?

네 아버지가 바다사나이였다는 것이 어쨌다는 것이냐, 하는 말처럼 들리기도 했고 그래서 자신을 아버지로 생각하느냐, 하는 말처럼 들리기도 했다.

혹시 딸이랑 통통거리는 작은 배를 타본 적 있어요?

나는 대답 대신 서둘러 질문을 던졌다. 남자는 기억을 더듬는 모양인지 고개를 몇 번 갸웃거렸다.

그런 적이 있었던 것도 같고 그렇지 않은 것도 같다.

영 자신 없다는 투였다.

안방에서 코를 고는 소리가 닫힌 방문을 넘어 흘러나왔다. 코 고는 소리는 높이가 다른 음표처럼 높아졌다 낮아지며 파도를 탔다. 할머니는 잠든 것일까. 나는 여행을 가자던 할머니의 말을 떠올리고 있었다.

며칠 전 자리에 누웠을 때, 방바닥에 등을 대자마자 코를 고는 엄마 뒤에서 할머니가 말을 걸어왔다. "자냐?" 나는 잠이 든 척 아무 말도 하지 않았다. "할미가 모아둔 돈이 있는데 우리 여행 한번 안 다녀올텨?" 여행이라는 할머니의 말에 감았던 눈이 번쩍 떠졌다. "누구랑?" "누구긴 누구여. 우리 셋이지." "어디로?" 나는 엄마를 밀치고 할머니 옆으로 가서 누웠다. "거 있잖여. 니가 맨날 말하는 그 뭐시기

구르만지 리어칸지 그런 것들이 있는 바다." 할머니가 부스럭거리며 속옷을 뒤졌다. 다시 불빛이 창문으로 넘어왔다. 할머니 손에 꼬깃꼬깃 구겨진 천 원짜리 지폐 몇 장이 들려 있었다. 할머니가 내 손에 쥐어준 돈에서는 생선 비린내가 섞인 지린내가 났다. "내가 말이여, 팽생을 모은 돈이여." 할머니는 다시 샅을 뒤지더니 16절 광고지를 여러 번 접은 종이를 꺼냈다. "옜다, 통장 여깄다. 비밀번호는 0707이여." 통장을 꺼내놓는 할머니의 눈이 내 등 너머 어딘가로 향하고 있었다.

어두워지던 내 표정을 읽은 것일까. 남자는 과장된 목소리로 큰 배를 탄 적이 있다고 했다. 마디가 굵은 손을 들어 크게 휘저으며 이 기억만큼은 또렷이 남아 있다고, 자신을 낳아준 어머니가 있었다는 사실만큼이나 분명하다고 했다. 맥이 빠졌다. 남자가 내 아버지였다면 이런 식의 표현을 하지는 않았을 것이다. 적어도 안방에 누워 잠들어 있는 자신의 어머니를 알아보지 못하는 일은 없었을 테니까.

그가 나타난 순간부터 내내 아버지일지도 모른다는 희망을 품었다. 나를 찾아서, 내 얼굴을 보려고, 희미한 기억을 붙잡고 먼 길을 온 것이라고 믿고 싶었다. 내 기억 속 아버지와 비슷한 분위기를 풍기는 남자의 몸에서 나는 희미한 바다 냄새가 그런 생각에 확신을 주었다. 하지만 그는… 내 아버지가 아니었다.

나는 식탁에서 일어섰다. 부엌 창 너머로 날리고 있는 눈발이 보였다. 멀리 보이는 세상은 고요하고 평화로웠으나 가로등 불빛에 비친 눈발은 폭풍에 휘몰아치는 것처럼 거칠었다. 나는 알고 있었다. 멀리 있는 세상은 언제나 평화롭고 고요하다는 것을. 그도 식탁에서 일어섰다. 그리고 우리는 동시에 창문 앞으로 갔다.

눈이 내리는 날은 포근하대요.

남자는 대답 없이 창밖만 내다보고 있었는데 웬일인지 유리창 속으로 녹아들고 있다는 생각이 들었다. 불안하게 휘날리고 있는 눈발처럼 남자도 녹아서 사라져버릴 것만 같았다. 남자의 오른팔 옷자락을 잡았다. 붙들어두고 싶었다.

오늘은 정말 운이 좋았다.

남자가 옷자락을 잡고 있는 내 손을 보며 말했다.

무슨 운이요?

너를 만나서 참 좋았어.

작별 인사를 건네는 거라는 걸 알 수 있었다. 이상하게 눈물이 핑 돌았다. 비록 내 아버지가 아닐지라도…, 위안이 되었다. 아니 아버지가 아니었다는 것이 더 좋았다. 우리는 아무도 아버지의 소식을 알지 못했다. 가끔 할머니의 꿈속에 아버지가 나타난다고 했다. 아버지는 애달픈 눈으로 할머니를 쳐다본다고. 그건 할머니와 엄마 그리고 내 가슴속에서 남태평양의 쿠로마구로로 아버지가 살고 있다는 것을 의미했다. 할머니는 요즘 들어 자주 깜박깜박했다. 구르마에 싣고 온 생선들을 알아보지 못하기도 했다고 엄마가 내게 살짝 불평을 늘어놓았던 것도 최근의 일이었다. 엊그제 밤, 여행을 가자고 했던 말을 할머니는 기억하지 못했다. 하지만 나는 남태평양 어디쯤으로 지금은 우리 가족이 여행을 다녀올 때라는 것을 알고 있었다. 할머니의 기억이 사라지기 전에, 할머니의 가슴속에 꽁꽁 숨겨놓았던 아버지를 풀어내고 와야 하리라는 것을.

나는 남자를 올려다보았다. 그는 창밖으로 시선을 던진 채로 점점 투명해지고 있었는데 어느 순간에는 희미한 그림자만 잠시 어른거릴 뿐이었다. 나는 어른거리는 그림자에 입김을 호호 불어넣었다. 그리고 천천히 손을 흔들었다.

쿠로마구로 떼가 몰려올 때면 말이다.

바람에 이리저리 날리는 눈송이가 가로등 불빛에 비쳤다. 마치 떼를 지어 몰려다니는 물고기 같아서 나는 깜짝 놀랐고 뒤로 주춤 물러섰다.

쿠로마구로 떼가 몰려올 때면 말이다….

나는 어둠이 내린 도시를 유영하는 물고기 떼를 보며 또다시 그렇게 중얼거렸다. 뜨거운 눈물이 똑똑 손등으로 떨어져 내렸다. 희미한 그림자 하나가 긴 꼬리를 흔들며 물고기 떼 사이를 지나가고 있었다.

간절곶 등대에서 길을 묻는다

하동현

제18회 수상자/ 2018년

원양어선 선장, 수산물 수출입업, 부산일보 해양문학상, 2018 평사리문학 대상 수상. 여수해양문학상, 한국해양문학상, 등대문학상, 금샘문학상 수상.

간절곶 등대에서 길을 묻는다

안개는 바다 위에 옅게 드러누워 꿈틀거린다.

젖은 낙엽 냄새를 품은 새벽안개다. 머리를 풀어헤친 파도가 처연히 해변을 때리고 물보라가 안개에 뒤섞인다. 검푸르던 밤의 속살이 시나브로 잿빛 여명으로 바뀔 때, 그게 검은 슬픔 같아서 낯익은 그 가슴 먹먹함에 몸을 내맡긴다.

간절곶 등대가 저편 바다 멀리 날려보내던 칼날같이 서늘한 형광 빛을 거둬들인다. 안개 속으로 언뜻 보이는 나무 데크길이 바다 등줄기를 채찍으로 후려친 듯 도드라져 보인다.

풍랑주의보가 해제되었지만 아직 바람이 세차다. 바람이 뺨을 후려치고 눈앞에 뭔가 어른거린다. 두두두두두…, 아프리카 전통 북 젬베Djembe를 난타하는 듯한 소리가 환청처럼 들려오는 것 같다. 돋은 횟바늘을 다독이며 해맞이광장을 되돌아나온다.

바다가 내려다보이는 카페에서 에스프레소를 마신다. 삼십 년도 더 지난 옛날, 아버지의 유골을 뿌렸던 간절곶 앞 바다에 눈길을 준다. 커피의 암갈색 빛깔은 아프리카 땅 세네갈Senegal에서 입맛이 든 아따야Ataya 차의 그것과 닮았다.

"첫 잔은 죽음처럼 쓰고, 두 번째는 목숨같이 부드러우며, 세 번째 잔은 사랑처럼 달콤하다."

동업자였던 디우프Diouf가 땅콩 한 줌과 일그러진 주전자에 끓여낸 아따야를 권할 때마다 되뇌던 말이다.

흑송黑松들이 억센 바닷바람을 견디는 간절곶 주변 마을에서 태어난 나는 외삼촌 손에 자랐다. 사진 한 장으로만 남겨진, 내가 세 살 때 병사했다는 어머니에 대한 기억은 없다.

직업 군인이었다가 알 수 없는 연유로 군복을 벗은 아버지는 비밀 댄스교습소를 차려 바람난 여편네들에게 춤을 가르쳤다. 고관대작 첩실과 눈이 맞았던지 동네가 떠들썩할 만큼 모멸과 치욕이 섞인 보복을 당하고, 내가 초등학교 저학년 때 바닷가 소나무에 목을 매 세상을 버렸다. 마지막으로 마주쳤던, 다친 발을 절뚝이며 술에 취해 물끄러미 나를 쳐다보던 아버지의 그 공허하던 눈빛.

나는 사람들의 입에 발린 동정 속에 숨어 있는 비웃음과 조롱을 쉽게 읽었다. 앞으로의 운명이 절대로 평탄치 않을 것 같은 불길한 예감과, 사랑받지 못하며 존중받지 못할 것 같은, 가슴 한 편에 납덩이처럼 매달린 두려움으로 내가 헤쳐나가야 할 세상이 무서웠다. 간절곶 등대 주변을 방황하듯 쏘다녔고, 안개 낀 날이면 그 속으로 빨려들어가고 싶어 아득하게 혼자 울었다.

담벼락과 지붕을 수리하는 일을 업으로 삼던 외삼촌을 도우며 학교는 가는 둥 마는 둥이었지만 부산의 수산 관련 대학에 가까스로 합격했다. 수학여행도 가지 못한 가난한 애들을, 일탈을 방지한다며 따로 모아 억지공부를 시킬 때 본 문제들이 입학시험에 그대로 나왔던 것은 천운이었다.

피를 짜듯 마련한 첫 등록금을 건네주면서, 내 눈길을 마주치지도 못하고 이제는 여력이 없으니 남은 인생 알아서 꾸려가라며, 죄를 지은 듯한 얼굴로 눈시울을 붉히던 외삼촌이 되레 안쓰러웠다.

대학시절은 숨 가쁘고 고단했다. 선박 특례로 군복무가 면제되고, 바람처럼 바다를 떠돌고 싶어 택한 대학이었으나 살아남아야 하는 절체절명의 문제는 쉽지 않았다. 인정 많은 교수님께 드러눕다시피 해 얻은 근로장학과 동기 자취방을 떠도는 빈대잠에, 물불 가리지 않는 막일로 등록금을 짜내면서 간직할 것 하나 없이 고달픈, 개처럼 헐떡대는 청춘이 어서 지나쳐주기만을 바랐다.

원양어선에 올라 아프리카 어장에서 시작된 2년 반 첫 어기를 마치고 나는 귀국하지 않았다. 1등항해사로 진급해 5년을 같은 배를 지킨 나에게 뱃놈노릇은 확실하겠다 싶었던지 회사는 파격적으로 선장을 맡겼다. 보이지 않는 바다 밑바닥의 고기를 내 감각에만 의지해 그물로 훑어올리는 능력은 가히 발군이었다. 회사에 큰돈을 안겨주고 나를 따랐던 선원들 생계를 훌륭하게 책임졌다. 나는 외삼촌께 그가 마련해줬던 첫 등록금의 열 배 액수를 보냈다. 난데없이 큰돈을 받아쥐고 당황했을 그의 표정을 떠올리는 것은 어렵지 않다.

"조카 황군 선장님 보시게. 대견하고 장하다. 건강하시게."

배운 게 짧아 필시 누군가에게 청해 얻었을 법한, 이 짧고도 감격에 찬 문장의 우체국 전보를 끝으로 그도 역시 세상을 떠났다. 나는 잠시, 그러나 진심으로 슬퍼하며 또 같은 액수를 보냈다. 유일하게 나를 거두어준 존재에게 내가 할 수 있는 보답은 그것밖에 없었다.

바다에서 술에 취해 잠들면, 배를 끌고 이름도 모를 남반구 어느 나라로 망명같이, 나를 잊거나 파묻어버릴 곳으로 도망쳐 원주민 처녀를 아내로 맞이해 해맞이를 하는 도깨비 같은 꿈을 자주 꿨다.

어기 계약을 마친 팔 년 만의 귀국 시점이었다. 하역 때마다 배에 올라 안면을 튼 흑인 사업가 디우프가 세네갈 연안에서 잡히는 갈치와 문어를 한국으로 수출하는 사업을 제안했을 때 나는 망설이지 않았다. 나에게는 돌아갈 곳도 반겨줄 사람도 없었으므로.

그는 일사천리로 세네갈과 스페인령 라스팔마스Las palmas에 장기 체류증과 비자 연장 같은 업무를 해결했고 두 곳에 내 거처를 마련했다. 외로움과 기다림에는 이미 익숙했고, 뜸하게 마주치는 교민사회의 형식적인 교류 외에 인간관계의 얽힘 없이 지내는 서로의 무관심과 일을 나는 누리고 즐겼다.

원주민들이 통나무배 피로그Pirogue를 타고나가 잡아온 어종들을 냉동처리한 후 한국으로 수출하는 일이었다. 값싸고 질 좋은 물량의 판매는 순탄했다. 일 년에 한번 꼴로 귀국해 부산에서 대학동기들과 업무적인 만남 외에 고향에는 눈길도 주지 않았고 들르지도 않았었다.

— 간절곶 둘러보고 이제 돌아가. 같이 왔으면 좋았을 텐데. 일어났어?

시청 근처 정류소에 내릴 때쯤 날은 개었다. 시내로 돌아오는 버스에서 내가 보낸 문자에 아내는 아직 답이 없다. 아내는 숙식은 물론 거의 모든 시간을 사촌언니 집에서 보낸다. 결혼도 하지 않고 혼자 늙어가는 간호조무사인 언니가 집을 나서면, 아내는 가수면 상태 선잠에서 깨어 정물처럼 앉아 시간이 더디가는 것을 힘들어할 것이다. 드물게 집 밖을 나서는 것은 길고양이들을 위한 잔반을 골목에 내놓을 때였다.

아내의 증세는 신경쇠약에 이은 우울증이라 했다. 아무런 성취 없이 앞이 보이지 않던 자신의 미래, 나와의 대화 외에는 모국어를 사용할 기회라고는 없다시피 한 이방인으로서 무심한 세월들, 그리고 장모님의 죽음과 내리막길로 치닫던 내 사업, 이 모든 것들이 뒤얽힌 상황이 아내에게 안긴 증상이었다. 귀국해 시청 근처 낡은 빌라에 자리를 튼 것은, 유일한 혈육이랄 수 있는 언니 집이 가깝다는 단 한 가지 이유였다.

아내와 첫 만남은 라스팔마스에 체류 중일 때였다.

호텔 식당에서 무언가를 쓰고 있다 눈길이 마주친 도도한 인상의 그녀가 영어가 잘 통하지 않았던지 스페인어로 일행의 식사 주문을 도와달라는 부탁을 했다. '세계비교종교문화'라는, 듣도 보도 못한 학문을 조사하는 관변학술단체 계약직 연구원이 그녀 신분이었다.

표준말에 가까웠으나 억양에 옅게 숨은 고향 말씨를 나는 읽어냈다. 자신에게 원하는 것이 너무 많아 삶에 불만을 가지고 있으며, 포기했거나 잃은 것이 또 너무 많은 낯빛을 가진 고향이 나와 같은 여자.

딱히 얽매인 규정도 없었던지 그녀는 단체 순례에서 빠졌고 나와 이틀을 보냈다. 술 마시고 말하고 밥 먹고 술 마시고 말하고. 그녀는 보이지 않는 비열한 힘에 의해 자신의 목표가 좌절되고, 홀어머니가 허드렛일로 꾸리는 가계를 털어가며 쓸모없는 학문을 위해 흘려보낸 청춘을 후회했다. 이 여자도 가늠할 수 없는 앞날보다 과거에 묶여 사는 것일까. 어떤 동질감을 느꼈던가. 이제 다시 만날 리 없어 곧 잊힐 그녀에게 나도 취해서 누구에게도 말하지 않았던 내 삶을 들려준 것 같다. 배고픈 자들이 음식 이야기를 늘어놓듯 끝없이 상처나 회한에 관한 이야기를 나눴던 것 같다.

한국으로 돌아간 그녀는 한 달쯤 후 내게 국제전화를 했다. 내가 거부하더라도 전혀 실망하거나 후회하지 않을 것처럼 당당하게, 누구에게도 더 이상 지원을 받을 수 없는 상황까지 왔으며 마지막에 다다른 자신의 저술과 생계를 책임져줄 수 있겠냐고, 한국을 미치도록 떠나고 싶으며 서로에게 강요하거나 바라는 것이 없다면 같이 살 수 있을 것 같다고, 그렇게 또박또박 말했다.

나는 잠시 당황했지만 거역할 수 없는 어떤 힘에 이끌리듯 그렇게 하겠다고 대답했다. 그녀는 운명을 믿었고 나는 눈에 보이는 현실만을 신봉했으나 나를 보여준 그녀와 살지 못할 이유는 없다고 생각했다.

결혼이라는 게 그토록 간단한 서류 신고만으로 가능하다는 걸 그 때 알았다. 우연히 어느 건물에서 마주쳤다가 고장난 엘리베이터에 갇힌 동료 같은 출발이었다. 스페인을 거쳐 신혼여행으로 떠난 포르투갈에서 유럽 대륙 끝단 호카곶Cabo da Roca 등대를 앞에 두고, 깎아지른 듯한 절벽에 핀 선인장 꽃들을 내려다보며 아내는 보고서를 읽듯 건조하게 말했었다.

"우리는 동북아에서 해가 가장 먼저 떠오르는 간절곶 부근에서 태어났는데, 유럽 최서단 해가 가장 늦게 지는 등대 앞에서 같이 살기를 약속하고, 고향과 3만 리나 떨어진 아프리카 대륙 서쪽 끝인 세네갈 다카르항 등대와 바다를 보며 살아가야 하네요…."

우리는 각자의 영역을 간섭하지 않았고 서로를 존중했다. 아내는 두 곳의 내 거처를 오가며 끝없이 책을 읽고 고서를 번역하며 사람을 만나지 않았다. 유일한 외출은 일몰 때 차를 달려 마멜레스Mamelles 등대가 우뚝 선 알마디스Almadies 언덕에서 푸른 대서양 바닷바람을 맞으며 거친 파도를 바라보는 것뿐이었다. 그러나 한국에서 더 이상 아내에게 학위나 연구를 맡기려는 연락은 오지 않았다. 간절히 바라지도 않았지만 아이도 생기지 않았다.

월로프족Wolof族 추장 후손에다 이슬람 분위기까지 더해져, 다분히 주술적인 영감이 섞인 어투를 가졌던 디우프는 선문답 같은 말을 내게 했었다.

"누군가를 사랑한다는 것은 그와 함께할 때 자신을 사랑할 수 있어야 하는 거야. 친구, 네가 선택한 사람이 바로 네가 가는 길이야…."

— 오후 두 시, 건물 주인이 가게로 들른대요. 당신이 만나요.

아내의 문자다. 화가 났거나 예민해졌을 때 그녀는 깍듯이 존대어를 쓴다. 귀국해서 무슨 일이라도 해야겠기에 임대료가 싸다는 이유로 서둘러 사촌언니 명의로 인수했다가 몇 달 만에 다시 내놓으려 하는, 개점휴업 상태인 태화강변 호프집 문제다.

강변 산책로를 걸어 호프집으로 향한다. 아침 바다를 보고 왔지만 다시 흐르는 물을 보고 싶어서다. 스케이트보드를 타는 운동복 차림 젊은 학생들이 보인다. 얼핏 눈이 마주친 한 남학생이 초면인데도 싱그럽게 인사를 한다. 안녕하세요. 답으로 눈인사를 보낸다. 우리에게는 왜 아이가 생기지 않았을까. 아들이 있었다면 이 녀석처럼 건강하게 자라 가지런한 이를 드러내며 웃어주면 좋았을 텐데.

바다에서 보낸 젊은 날부터 꼭 잊을 만한 속도로 흐르는 물길을 바라볼 때면 마음이 가라앉는다. 젊은이들의 자전거 행렬과 산책 나온 사람들, 비둘기들, 코스모스, 이른 가을 낮 시간이 물길처럼 느릿느릿 흐른다.

'왜 굳이 의미를 찾으려 하는가? 인생은 욕망이지 의미가 아니다.'

아무리 새겨봐도 모호하게 들리는, 찰리 채플린이 남겼다는 이 말을 호카곶 등대 울타리에 캘리그라피로 흘려 쓴 낙서에서 보았던가.

아내가 착각했을까. 호프집으로 들어선 넥타이 차림 중년 사내는 건물주가 아닌 부동산중개업자라 했다. 가게 내부를 빠른 눈으로 훑은 그가 내가 내민 캔커피를 공손히 받았다. 눈길이 마주쳤다. 동공이 커지며 그가 움찔했다. 잠시 어떤 기억을 끄집어내는 표정이었다. 내 얼굴과, 어릴 적 산길에서 긁힌 왼쪽 눈 아래 작은 흉터 쪽을 뚫어지게 바라보더니 조심스레 입을 열었다.

"혹시 황…?"

내 이름이 불려진다. 얼마만인가, 캡틴 황, 미스터 황, 세뇨르 황, 무슈 황으로만 불리던 내 성 씨를 빼고 이름 두 자를 정확한 모국어 발음으로 들은 지가.

나를 아는 사람이다. 마른침을 삼키고 그를 노려보며 천천히 대답했다.

"… 맞습니다만, 어떻게…."

"아이구야, 맞네. 야야, 이기 얼마만이고. 삼십 년 다 되가제. 니 배 탄다 카더마는…."

환호하듯 자신의 이름을 밝히며 고등학교까지 동기동창이라는 말을 했다. 금테 안경에 머리숱이 듬성한 얼굴에서 좀처럼 기억을 끌어내지 못해 멈칫거려야 했다. 잠시 눈알을 굴리며 생각을 다듬던 그가 회심의 일격을 날리듯 의기양양하게 말했다.

"… 봐라. 내가 회충약 나놔준다꼬 대변검사 할 때 똥봉투 모으는, 그라니까 대변부장 했다 아니가. 그라고 다른 학교 아들한테 내가 맞고와가 패쌈났을 때 니 때문에 이겼지마는, 헛, 학생주임 쌤이 니 정학 믹인다캐서 우리 아부지가 대신 싹싹 빌어가 풀렸다 아니가. 보래이, 니 이래도 생각 안 나나?"

가슴이 약하게 뛰었다. 그의 말은 맞을 것이다. 그때부터 나는 싸움에는 천재였으니, 그리고 벌칙을 외삼촌께 아뢰지 못해 망설였을 것이니.

그래, 스멀스멀 기억이 난다. 삼거리 문방구점 아들, 시도 때도 없이 코미디 프로를 흉내내던 바로 이 친구. 준비물을 제때 갖추지 못해 파리 날리듯하면서도 마냥 사람 좋은 웃음만 흘리던 그의 아버지. 어렴풋한 기억들이 빛바랜 흑백사진 몇 장처럼 떠오른다. 마침내 내가 자신을 기억해내자 그는 대단한 성취를 이룬 표정으로 내 손을 잡고 흔들었다. 되레 주인인 양 나를 테이블에 주저앉혔다.

"가만있자. 장사 안 된다 카더마는, 나도 오늘 일 시마이다. 생맥주 있제? 아이다, 다 때리치아뿌고 우리 소맥 한 잔하메 이바구 쫌 하자."

서류상 언니 이름으로 되어있기에 여자 사장인 줄 알았다. 돌아가신 외삼촌이 그렇게 내 자랑을 하셨지만, 알 만한 사람들은 거의 동네를 떠났기에 감탄해줄 사람이 몇 없어 좀 아쉬웠을 것이다. 이제 그 바닷가 마을에 불알친구는 하나도 안 남았다….

그는 무슨 사업설명회 연사처럼 쉬지 않고 말하며 토막난 나무같이 끊어지는 내 대답과 아직 남아 있는 굳은 표정을 풀기 위해 노력했다. 그가 금박 명함을 내밀었다. 태화강변 재개발추진위원, 조기축구회 고문, 문화해설사, 그리고 고래고기 홍보단체며 애완견 번식등록 협회장을 비롯한 신기한 직함들이 깨알같이 박혀 있었다.

"이래 보이도 나도 성공한 축이데이. 태화강 근처 연탄재 내삐리는 땅쪼가리 쪼메이 샀다가 재미보고, 이 동네 돈쟁이들 재산관리도 해주고, 문화원하고 부동산 관련 학과에 강의도 나간다 아니가.”

직업에서 연유된 것으로 짐작되지만 편안하게 사람을 끌어들이는 말투였다.

“헛, 내 기러기 아빠다. 마누라하고 아는 캐나다 보내고, 참, 니 아는 몇이고? 없다꼬? 내야 머리 다 까지고 엉망이지마는 니는 멀끔하네. 와보니까네 강변 산책로하고 가깝고 괘않구마는, 당장 가게 내놓지 말고 쬐께이만 더 해봐라. 그라고 우리 아부지 치매로 요양원에 누워계신다. 아이고 머리야. 건강이 최고 아니가….”

한참을 자신에 관해 쏟아놓은 말 뒤에, 그제야 친구는 내가 살아온 여정을 물었다. 그의 끝없는 수다에 대한 답례같이, 남 이야기를 하듯 그간의 여정을 짧고 건조하게 들려줘야 했다.

“선장님. 맞다. 니 배 탄다 소리 듣고 내가 얼마나 부러웠는지 아나? 세상에 뜻대로 되는기 어데 있더노. 진짜 반갑데이, 외국 땅에서 고생 마이했겠네….”

그는 비디오테이프를 돌려내듯, 내 어깨를 두드리며 실감나는 묘사로 잊고 있던 어린 시절 기억들을 하나씩 끄집어냈다. 삼십 년 시간을 허물며 그가 쉼 없이 쏟아내는 수다에 낯설고 묘한 안도와 고마움을 느꼈다. 나는 언제 누군가를 품으려하고, 누군가를 걱정하고 위로해준 적이 있었던가.

주고받은 술잔에 눈이 약간 풀린 친구는 늦은 시간에야 일어섰다. 몇 번이고 내 손을 쥐어흔들고는 휘청거리며 가게를 나섰다. 한 일 년은 해야 할 대화를 다한 것 같은 나른한 피로에 나는 멍하니 앉았다가 문을 닫고 집으로 향했다.

꼭 맞으며 걷기 좋을 만큼 가는 비가 흩뿌린다. 가게를 정리하던 강변 회센터 할머니들이 소주 한 잔에 홍이 겨웠는지 낡은 유행가를 부른다. 엉망진창인 노랫가락은 비에 섞여 구슬펐다.

십리대밭다리 쪽 불빛이 강 위에 유리조각처럼 흩뿌려져 물비늘로 일렁거린다. 나는 세네갈의 눈이 시리던 코발트 빛 바다와 마멜레스 등대의 불빛, 그리고 사막과 마녀의 저주로 가지가 땅으로 숨고 뿌리가 하늘로 치솟아 거꾸로 처박힌 것 같다는 바오밥나무 군락지를 떠올렸다.

장모님 시신을 화장하고 디우프가 황동색 양은 유골함을 내밀었을 때 아내는 그 자리에서 혼절했다. 몇 번 만나지도 못해 어색한 사위와 딸의 뒷바라지는 노구에 말 한마디 통하지 않는 이국땅으로 가느냐는 누군가의 우려에 대답거리로 찾아낸 명분일 뿐이었다. 셍고르Senghor 공항에 도착한 작은 몸집의 장모님은 천식과 빈혈에 몸을 앗긴 채 인연과 세월을 다 잃고, 자신의 몸조차 의탁할 곳 없어 지구 반대편까지 날아온 병색이 완연한 할머니였다. 덜컥 마주한 검은 땅에서의 두려움 같은 것이 혼란스러웠을까. 상다가Sandaga 시장을 디우프의 차로 지날 때, 자신이 반드시 해야 할 일을 다짐하듯 혼잣말로 중얼거렸다.

"… 여기도 배추와 무가 있다면 김장을 할 수 있겠네…."

그리고는 그 다짐을 지키지도 못하고 바로 시름시름 앓다 몇 달 만에 세상을 버렸다. 마치 죽음을 미리 준비해왔고 죽기 위해 이국땅을 찾은 것처럼.

죽음을 생명의 손상이 아니라 일체를 이루던 영혼과 육체에서 단지 한 부분을 잃는 의미로 보는 이슬람 정신이라면, 화장을 생명의 안식처를 소멸시키는 행위로 보고 반대했겠지만 디우프는 말없이 내 부탁을 들어줬다. 아내를 지키느라 화장 절차를 디우프에게 맡기고 나는 따라나서지 않았다.

화장을 행하던 비밀장소를 나는 기억한다. 다카르 항에서 컨테이너 작업 중에 안전사고로 사망한, 연고자가 없는 뜨내기 흑인 인부들 시신을 몰래 화장할 때 몇 번 가본 적이 있었으므로.

사막과 가까운 바오밥나무 군락지 인적이 없는 언덕이었다. 흙벽돌을 아궁이 보호대처럼 쌓아 모래바람을 막고 깊게 판 구덩이에 그대로 시신을 장작으로 태워버린다. 일당잡이 일꾼들은 둘러앉아 포커를 하거나 곁불로 주전자에 차를 우리다가 연신 침을 뱉으며 장작을 불태워지는 시신 아래 쑤셔넣는다. 그들에게서 짙은 양파 향이 배인 땀 냄새가 났다. 입맛을 다시며 번득거리는 눈알로 주변을 어슬렁대는 떠돌이개들을 쫓으려 그들은 모래를 한 줌씩 집어 던졌다.

귀국 때를 기다리던 유골의 국내 반입 문제는, 서부 아프리카에서 발생한 에볼라 바이러스(열대 유행성출혈열) 여파로 비행기 운송장 발급 과정에서 제동이 걸렸다. 세네갈에서는 공관의 외국인 사망증명서나 시신 처리 방식을 어찌 처리해 반출이 된다손치더라도, 국내 반입 절차와 검역 통과는 불을 보듯 불가능하거나 시한도 없이 마냥 기다려야 할 형편이었다. 그가 손쓸 수 없는 국내 사정이었지만 디우프는 자신의 잘못인 양 미안해했다. 어쩔 수 없이 장모님 유골은 그 바오밥나무 군락지 언덕에 묻혔다. 바람이 불면 정수리의 흙이 먼지처럼 날아갈 것 같아 보이는 봉분 앞에서 아내는 다시 혼절했다.

"… 인샬라(알라 신의 뜻대로)…."

디우프가 한쪽 손에 담배를 들고 다른 한 손으로 아내 어깨를 짚으며 중얼거렸다. 이슬람권의 그 인사치레 말이 그날은 우리를 진심으로 위로하는 어투로 들렸었다. 그 후로 아내는 매일 한 나절을 마멜레스 등대 아래서 바다만 하염없이 바라보다 지쳐 돌아오고는 했다.

친구는 다음날부터 매일같이 다른 모임과 단체의 술꾼들을 번갈아가며 몰고 왔다. 기러기아빠의 내공이라며 간단한 안주도 척척 마련해냈다. 그의 소개로 나는 고향에서 큰일을 도모하려 이십 년 만에 귀국해 숨고르기 중인 선장 출신 인사가 되어버렸다. 그는 일행들에게 천일야화처럼 매일 내용이 다른, 바닷가 빈촌 출신으로 세상과 싸우며 지금의 형편이나마 꾸려온 것에 대한 자부심이 섞인 자신의 지난 날을 이야기했다.

"말도 마라. 공부라꼬는 담을 쌓아가 가방끈이 짧으니께 내가 할끼 뭐가 있었겠노. 해병대 제대하고, 이 친구 외삼촌한테 소식 듣고 따라 배 탈끼라 마음도 묵었는데 연락이 안 닿제, 그래가 멋모르고 다단계회사 낑기들어가 식겁했다 아니가. 그때 생각하믄 지금도 아찔하구마는…."

생맥주 한 모금으로 뜸을 들이고는 좌중을 둘러보면서 목청을 드높였다.

"부산에서 합숙하매 온 동네 사기치고 문디 지랄하다가 반 년쯤 지나가 가리늦가 지정신이 돌아온기라. 아이구야, 이기 아니다 싶어가 때리치울라카이 대출금 땡기쓴기다 뭐다 코가 끼이가 빠지 나올 수가 있나. 헛. 한날 아부지가 속도 모르고 욕본다꼬 택배로 부치준 고래고기, 그거 치다보이 눈물이 핑 도는기라…."

일행들이 귀를 기울이며 다음 이야기를 재촉했다. 그래가 우예됐는고?

"우예됐냐꼬? 울산 아들 다 긁어 모으니까네 몇 명 되는기라. 벌건 대낮에 회사 앞 밥집에서, 글마들 뽐뿌질해가 고래고기 썽글어서 소주 댓병씩 나발불고 회사 때리엎어뻬렀다 아니가."

이 대목에서 울컥하는지 주먹을 불끈 쥐고 허공에 휘둘렀다.

"소주병을 화염병 맨쿠로 만들어가 심지에 불붙이고, 웃통 다 벗고 너거 죽고 우리 죽고 다 뒤지자 캤더마는, 회사 대가리들이 벌벌떨메 울산 놈들은 대출금이고 뭐고 다 문때줄끼니까 그냥 조용히 가라 카더라."

모두 유쾌하게 웃음을 터뜨렸다. 흥에 겨워 어깨동무를 하고 조기축구회 응원가라는 '울산 큰애기'를 합창했다. 대책 없는 낙천주의자들이 태반인 그들은 순박하고 정 많은 사람들이었다.

그는 아무도 없는 원룸에 일찍 들어가기 썰렁하다며 서빙 일까지 도맡은 것에 더해 파장 후에는 내 술친구 몫까지 자청했다. 수도 없이 반복되는 딸 자랑과 가족 사진이 지갑에서 나와 테이블을 몇 번 돌고서야 아쉬운 듯 일어섰다.

“집구석 드가봤자 기다리는 거는 윌슨이라카제? 딸내미가 던져두고 간 곰새끼 인형 한 마리뿐이다. 친구야, 언제 같이 간절곶 등대에 바람 쐬러 함 가자. 속이 답답할 때는 그 바닷바람하고 솔숲 향기가 최고 아니가….”

언제나 활기가 넘치는 이 친구도 어쩌면 서늘한 외로움에 갇혀 산다는 생각이 들었다. 손수건으로 안경을 닦으며 굳게 다문 입술과 일그러진 눈썹에서 썰물이 빠져나간 자리의 허전함 같은 것이 언뜻 보이기도 했다.

어느 화창한 날 저녁, 사촌언니에 이끌린 아내가 짧은 강변로 산책 후에 가게에 들렀다. 서먹해하는 아내에게 친구는 어제 본 사람을 오늘 다시 만난 낯익은 사이처럼 구는 오지랖으로, 의협심과 정의감이란 단어까지 구사하며 엄청난 과장이 섞인 내 어린 시절에 대해 이야기했다.

두 번째 아내와 마주친 날이었다. 자신이 문화원 소식지에 필진으로 참여하고 있으니, 아내에게 울산지역 토속신앙과 연계해 쉽게 풀어쓰는 종교문화 개론을 기고해달라는 반강제 부탁을 했다. 그는 진지하고 맹렬했다. 갑작스런 상황에 거북해하며 그저 인사치레 대답만 하던 아내가 일어서기 전에 그는 기어코 승낙을 받아냈다. 아내가 돌아가자 엄지를 세우며 한쪽 눈을 찡긋하고는 나에게 말했다.

“내말 단디 들어봐라, 우야든동 송충이는 솔잎을 묵고 살아야제.

내가 눈치가 백단이데이. 우리가 이자뿌고 내삐리고 싶은 것들, 그기 바로 잊지도 몬하고 내삐리지도 몬하고 평생 끼고 살아가야 하는 긴기라. 안글나?"

에볼라바이러스 사태로 아프리카산 수산물 수요가 끊기며 우리 사업에도 위기가 왔었다. 현명하고 진중한 디우프는 나에게 조심스레 제안했다. 아내와 나를 위해서라도 사업을 접고 귀국해 모든 것을 다시 추스르라고. 재정적인 손익은 언제나 그래왔듯 반반으로 감수하자며 들이미는 우리 관계의 공증서류에 나는 눈길도 주지 않았다. 나는 그를 믿었다. 그가 공항에서 말했었다.

"친구, 세상은 네가 마음먹은 대로 떠돌던 넓은 바다가 아니야. 고향에 우선 자리를 틀라고 권하고 싶네. 아픈 기억만 도사리고 있는 곳일지라도 너 자신을 찾거나 가눌 생각이라면 거기서 다시 시작해 보는 거야…."

언니 집에 살다시피 하는 아내를 주에 한두 번 정도 만나 차를 마시고 다시 데려다주고, 내가 할 수 있는 것은 간절곶 앞바다를 찾거나 매일 태화강변 무궁화군락지와 십리대밭 길을 햇살과 비, 그리고 더위와 바람 속에 수행을 하듯 걷고 또 걷는 일이었다.

극성이다 싶을 정도인 친구의 호의에 답이라도 해야겠기에 시청 근처 요양원으로 친구 아버지를 문병했다. 세월과 기억을 잃은 백발 노인이 햇살이 스며드는 침대에서 가래를 긁으며 눈을 껌벅거렸다.

나는 젊은 날 그의 모습을 떠올려냈다. 친구가 내 손을 아버지 손에 겹쳐 얹었다. 행여 기억이라도 불러낼 수 있을 것 같은 요행을 바라는 목소리로, 그렇지만 이내 소용이 없을 거라는 담담한 표정으로 외삼촌 이름을 들먹이면서 나를 소개했다.

"… 아부지요, 이 친구 알겠는교?"

짧은 침묵이 흘렀다. 노인이 그윽한 눈길로 나를 바라본다. 기억하지 못해 미안하다는 듯한 얼굴로, 하지만 손을 잡아줘서 고맙다는 반가움의 눈빛으로 내 손을 꼭 쥐고는 흐느낌 같이 옅은 울음을 터뜨렸다. 복도를 지나던 환자복 차림 할머니들이 들어와 영문도 모르고 같이 따라 울기 시작했다. 나와 친구는 그 합창 같은 울음이 끝날 때까지 우두커니 서 있어야 했다.

오후의 햇살을 등지고 돌아오는 길에 가슴이 가볍게 두근거렸다. 단지 손을 잡았을 뿐인데도 노인의 눈에 어리던 아련한 감사의 눈빛, 따뜻한 체온이 전해지던 손, 그리고 함께 울어주는 사람들.

그날 밤, 호프집 일을 파한 후 마침표 같은 한 잔을 나눌 때 친구는 몇 번이고 엄청나게 큰 방귀를 뀌고는 겸연쩍게 말했다.

"… 사실은 내 대장암 초기란다. 아무 증상도 몬느끼겠고 종양도 쬐깬해가 퍼뜩 찾아낸기야 다행이다마는, 수술 날짜 잡을라카이 예약이 마이 밀리네. 마누라하고 딸내미한테는 놀랠까봐 아직 말도 몬 꺼냈다. 우얄끼고, 니가 수술동의서에 보호자로 싸인 좀 해주라…."

이왕 이리된 것 술이나 원 없이 마셔둬야겠다며 억지웃음을 짓는 그가 안쓰러웠다. 문득 이 친구도 불현듯 들이닥치는, 어쩔 수 없는 것투성이에 흔들리며 세상의 언덕을 넘고 있다는 생각이 들었다. 말없이 손을 내밀어 그의 손을 잡았다.

뒤꿈치를 세운 걸음같이 시간은 천천히 흐르고 선선한 바람이 일었다.

아내의 기고는 성공이었다. 식민지제도에서도 굴복시키지 못한 고유종교의 강력한 저항, 그리고 울산지역 기우제와 풍어제 형태 토속신앙에 고래고기 같은 특산물을 연계해 음식에 깃든 여성성의 회복 같은, 일반인들 이해를 돕기에 난이도나 서술방식이 신선해 연재형식으로 후속 원고를 맡기며, 곧 인문학 강좌 개설도 추진하겠다는 약속이 있었다 했다.

"내가 뭐라카더노, 세상은 어불리가 사는 거 아니가. 제수씨보고 눈높이 좀 낮촤서 살살 다시 시작해보라 캐라. 쌔빠지게 배워가 나놔주는 것도 보시布施다."

친구는 아내를 위해 준비했다는 클래식 음악을 담은 CD를 건네주며 농담을 했다. 이제 아내는 망설이다 오랜 시간 밀쳐뒀던 책상에 다시 앉을 것이었다.

친구와 함께 주말 이른 아침 간절곶 등대 둘레길을 걸었다. 초입은 연인의 길이었다. 낭만의 길, 소망의 길, 사랑의 길, 그리고 행복의 길. 안내 표지판을 마주할 때마다 나에게 익숙하지 않던 그 단어들을 가슴에 새기듯 되뇌어보았다. 가슴 한편에서 아련한 것이 올라왔다.

그리고 친구는 나를 사찰의 일요법회로 이끌었다. 사람으로 태어나 마음대로 할 수 있는 것은 오직 생각과 말, 그리고 행동 세 가지뿐이며, 인연과 업은 결국 이 세 가지로 만들어진 것이라는 스님 말씀을 풍경 소리, 새 소리와 함께 듣고 새겼다. 설법전 앞마당에 햇볕이 보풀처럼 끓어올랐다.

다음날 친구는 입원했다. 환자복을 갈아입고 빙글 돌며 그는 웃었다.

"죄수복 같나? 헛, 창시가 빵꾸난다는기 넘들 말인 줄 알았더마는…. 요즘 대장암 정도는 개똥도 아이라카더라. 고마 종양 잘라내고 약물처방하고 말끼다. 에이, 우리 몰래 마지막 담배 한 대 굽자."

힘든 상황에서도 언제나 미소를 잃지 않는 그의 어깨를 말없이 토닥거렸다.

다시 찾은 간절곶 등대 앞에서 바다를 마주하고 선다. 아직 나를 모르는 나에게 내가 갈 길을 묻는다. 아내와 동행을 약속했던, 십자가가 제거된 호카곶 상징 조형물에 눈길을 준다. 바다에서 보낸 시절을 회상하며, 지난한 항해 끝에 안식과 안도의 상징으로 불빛을 보내주던 등대를 돌아본다.

세월이 나를 밟고 간 것이 아니다. 잊지 못하는 것은 그대로 잊지 못할 이유가 있고, 잊혀진 것은 또 잊혀진 그대로의 이유가 있을까. 내 몸과 마음, 인연 속에서 나를 인도할 등대를 언제고 찾아낼 수 있을까. 산다는 것은, 세상에 나를 내맡겨 모든 것을 받아들이되 깨어있는 정신으로 베푸는 것이라는 스님 말씀을 되새겨본다.

고향 바다는 이제 낯설지 않다. 둘레길을 천천히 걸으며 바닷바람을 깊이 들이마셔본다. 아내를 위해 가을 꽃 한 다발을 준비하고, 퇴원한 친구를 데리고 간절곶 바다를 산책할 생각을 한다. 가슴 한편에 작은 초시계 소리 같은 설렘이 인다.

시내로 돌아와 버스에서 내린 나는 은빛 비늘 같은 햇살이 반짝이며 내리쬐는 세상으로 천천히 걸어들어간다.

후생 테스트

최지연

제20회 수상자/ 2020년

단편소설 「착장」으로 제20회 평사리문학 대상을, 「라온빌라 301호」로 제27회 김유정 신인문학상을 수상하며 작품 활동을 시작했다. 2022년 『이 와중에 스무살』로 제1회 창비성장소설상을 수상했다.

후생 테스트

호가 뜨거운 물을 가득 채운 보온병을 쥐고 장례식장 건물 뒤편으로 걸어갑니다. 건물 귀퉁이에 서서 담배를 피우는 어른들의 시선이 잠시 호에게 닿지만 이내 스쳐 지나갑니다. 건물 뒤편에 도착한 호는 화단 앞에 쪼그려 앉아 개미집을 들여다봅니다. 흙에 뚫린 구멍 주위로 개미 떼가 오글거리고 있습니다. 호는 보온병 뚜껑을 열어 그 안에 든 물을 구멍에 붓습니다. 집이 허물어지고 개미들의 움직임이 요란해집니다. 김이 오르는 물웅덩이에 빠진 개미들의 몸은 동그랗게 오그라듭니다. 겨우 웅덩이 밖으로 빠져나온 개미들은 호의 엄지손가락에 짓눌립니다. 한 점 한 점, 꾹꾹, 호는 손가락을 부지런히 움직입니다. 호의 작고 부드러운 콧등에 땀방울이 맺힙니다. 개미는 몸통이 일그러진 상태에서도 먼지 같은 다리를 버둥거립니다. 그 모습을 보며 호는 개미도 숨을 쉬는지 궁금해합니다. 어른들이 외할머니를 두고 드디어 질긴 숨이 끊어졌다고 말했습니다.

"엄마, 할머니 이제 숨 안 쉬어?"

"응, 편안하실 거야."

"편안하다고?"

"그래, 살 만하실 거야."

엄마는 차고 단단한 돌멩이 같은 외할머니 얼굴을 손가락으로 더듬으며 대답했습니다. 숨을 쉬지 않는 외할머니는 모처럼 조용했고 깨끗했습니다. 칼에 베인 흉터 같은 주름도 꿈틀대지 않았고, 아프다고 소리를 지르지도, 노란 자취를 남기는 냄새를 풍기지도 않았습니다. 정말이지 편안해보였습니다. 호는 숨이 없어지는 건 여러 모로 좋은 거라고 이해합니다.

호는 쪼그린 채로 숨을 들이마신 뒤 두 손으로 입과 코를 틀어막습니다. 숨이 차오르면서 가슴이 뻐근해집니다. 몸은 힘껏 당긴 활시위처럼 팽팽해지고 숨은 화살처럼 튀어나가려고 안달입니다. 호는 자신의 입과 코를 더 세게 틀어막습니다. 활이 더 멀리 날아가기 위해선 더 세게 당겨야 합니다. 화살이 날아가 죽음에 꽂힐 수 있으려면 더 참아야 합니다. 아득히 멀리 있는 표적까지 날아가려면 아직 시위를 놓아서는 안 됩니다.

얼굴이 하얗게 질리고 눈알이 튀어나올 것 같습니다. 호는 조금만 더, 조금만 더, 속으로 중얼거리다가 그만 두 손을 놓쳐버립니다. 호의 코와 입에서 거센 숨이 휘몰아나갑니다. 자신을 가둬놓은 몸에 항의하려는 듯 숨은 구역질까지 동반하며 쏟아집니다. 화살은 결국 과녁에 도달하지 못하고 바닥으로 고꾸라졌습니다. 실패입니다. 호는 낙담하며 두 손을 털고 일어납니다. 하지만 괜찮다고, 연습하면 나아질 거라고, 생각합니다.

장례를 치르는 동안 엄마의 얼굴은 검푸른 색을 띱니다. 엄마는 아무것도 하지 않습니다. 울지도 기도하지도 먹지도 않고 구석에 잠자코 앉아만 있습니다. 호와 동생은 손님들 상 사이를 돌아다니며 떡이며 편육 같은 걸 집어먹습니다. 검은 옷을 입은 어른들은 옷자락을 펄럭이며 곡을 합니다. 그들이 풍기는 먼지로 호와 동생의 코에 새까만 코딱지가 낍니다. 코를 파면서 우는 어른들을 구경하던 호는 벽에 기대앉아 있는 엄마를 향해 묻습니다.

"엄마는 안 슬퍼?"

"슬프지 않아서 슬퍼."

엄마가 억양 없는 목소리로 대답합니다. 잠시 뒤 엄마의 눈 아래를 지나는 파란 핏줄이 꿈틀거립니다. 엄마의 시선을 좇아가니 빈소로 들어서는 아빠의 모습이 보입니다. 아빠는 어른들과 몇 마디 나눈 뒤 엄마에게 다가와 물컵을 건네며 뭐 좀 먹어야 하지 않겠느냐고 말합니다. 엄마는 아빠와 눈을 마주치지 않고 컵을 받습니다. 엄마의 검은 치맛자락이 물에 젖어 조금 짙어집니다.

호는 자꾸 재채기를 합니다. 가느다란 향에서 피어오르는 연기에 코가 간지럽습니다. 할머니의 영정사진을 둘러싸고 있는 국화꽃 향기도 공기에 섞여, 호의 머리는 이따금 아찔해집니다. 어린아이가 흡입하기에 좋지 못한 공기입니다. 동생은 자꾸 징징거립니다. 그것은 어른들의 신경을 곤두서게 합니다. 어른들의 날카로운 신경이 화나

욕설과 같은 형태로 동생의 몸에 담깁니다. 호는 동생을 데리고 쪽방으로 들어갑니다. 울다 잠든 동생의 얼굴은 눈물로 번들거립니다. 휴지로 동생의 얼굴을 닦아주다가 호도 까무룩 잠듭니다. 호는 얕은 잠 속에서 어느새 방으로 들어온 엄마가 자신의 어깨를 끌어안는 것을 느낍니다. 가늘게 떠는 엄마의 옷섶에서 맵고 아린 냄새가 납니다. 호는 깊게 들이마신 숨을 뱉지 못합니다. 숨을 멈추고 아무것도 들키지 않으려고 애씁니다. 무엇을 감춰야 할지 모르는데도 그렇습니다. 엄마가 호를 껴안은 팔을 풀고 몸을 돌리고 나서야 호는 참았던 숨을 내뱉습니다. 심장이 안에서 주먹을 쥐고 가슴팍을 세게 때리는 것 같습니다. 심장 소리가 엄마에게 들릴까봐 호는 두 손으로 자신의 가슴을 누릅니다.

장례 일정을 마치고 호의 가족은 집으로 돌아옵니다. 아빠는 삼 일 뒤에 다시 중국으로 돌아갈 예정입니다. 해외 출장이 잦은 호의 아빠는 집에 있는 날이 많지 않습니다. 아빠가 보고 싶은 날이 호에게도 있었습니다. 열 밤, 혹은 스무 밤, 아빠가 약속한 밤들의 횟수를 세며 아빠를 기다린 적도 있었습니다. 그러나 호가 셀 수 있는 날짜가 지나도 아빠는 돌아오지 않았고, 아빠가 없다는 것이 생각조차 나지 않을 때면 아빠는 돌아왔습니다. 아빠가 일곱 달 만에 돌아온 작년에 동생은 기저귀를 뗐고 호는 한글을 익혔습니다. 아빠는 많이 컸다며 호와 동생의 머리를 쓱쓱 문질렀습니다. 아빠의 손길에 동생은 울었고 호는 주춤주춤 뒤로 물러섰습니다. 아빠의 낯선 냄새와 묘하게 뒤틀린 것 같은 입매, 두툼하고 딱딱한 손이 저항감을 불러일으켰습니다. 이제 호의 마음은 아빠가 집에 없기를 바라는 쪽에 가깝습니다. 아빠가 있으면 집 안의 공기가 달라집니다. 호와 동생은 아빠와 엄마가 만드는 적의가 팽팽히 흐르는 공기를 마십니다. 그들이 만드는 소리도 듣습니다. 싸늘하게 웅얼거리는 소리와 낮은 신음, 둔중한 것이 바닥에 떨어지고 벽을 찧는 소리를 듣습니다. 호는 방안에서 동생의 귀를 막은 채 숨을 참습니다.

호가 학교에 가면 엄마와 동생은 집에 남아 있습니다. 동생은 어린이집에 다니다가 말았습니다. 두 곳 모두 같은 말이었습니다. 우리 원에선 안 되겠네요. 도저히 통제되지 않는 아이예요. 아이를 학대한다, 어쩐다, 말 나오는 것보다 낫지 않겠어요? 엄마는 지는 것에 익숙한 사람처럼 한번 대꾸해보지도 못하고 알았다고 했습니다. 엄마의 표현에 따르면 동생은 종일 엄마의 피를 말립니다. 동생은 입에 넣어준 약을 도로 뱉는 식으로, 불린 쌀이 담긴 바가지를 바닥에 엎는 방식으로 엄마의 얼굴을 창백하게 합니다.

아빠가 떠난 밤 동생이 몸을 부들부들 떱니다. 온몸이 뜨겁습니다. 동생이 끈적끈적한 연두색 점액을 울컥 토하자 엄마는 입고 있던 옷 그대로 동생을 들쳐업고 현관 밖으로 뛰어나갑니다. 집에 혼자 남겨진 호는 집 안의 모든 불을 다 켭니다. 그래도 가슴은 바짝바짝 조여듭니다. 어둑한 창문 너머로 뭔가가 자꾸만 지나가고 정체를 알 수 없는 소리가 이따금 들려옵니다. 호는 이불을 머리끝까지 끌어올립니다. 숨이 저절로 막힙니다. 숨이 막히는 건 너무 무서워 숨을 참아

보려 하지만 잘되지 않습니다. 호흡이 가빠지고 자꾸만 숨이 터져나옵니다. 연습에 자꾸만 실패하면서 호의 정신은 차츰 점성을 잃고 묽어집니다.

다음 날 아침 엄마가 깨우는 소리에 호는 눈을 뜹니다. 동생이 입원해서 짐을 챙겨 다시 병원으로 가야 한다고 너는 얼른 학교에 가라고 엄마는 말합니다. 매일 가는 학교지만 호는 학교로 내쫓겨지는 기분이 듭니다.

"싫어. 안 갈래. 나도 병원에 갈래. 같이 있을래."

간밤의 두려움이 가시지 않은 호는 떼를 씁니다. 엄마가 뭐라고 설명하고 달래는 말을 하는 것 같지만 호의 귀에는 아무것도 들리지 않습니다. 학교에 가지 않겠다고 악을 쓰는 호의 볼에 곧 불이 일어납니다. 엄마의 손바닥은 호의 울음을 단번에 싹둑 잘라냅니다.

"너까지 왜 이래!"

묽었던 호의 정신에 점성이 생깁니다. 그렇게 생긴 점성으로 호는 세수를 하고 옷을 입고 가방을 챙기는 일련의 동작을 연결시킵니다. 흐늘거리던 엄마의 몸에도 힘이 생겨납니다. 서랍을 세게 닫고 로션을 가방 속에 던져넣습니다. 오랜만에 기운차 보입니다. 화를 내지 않았다면 엄마는 벗어놓은 옷처럼 구겨져 울었을지도 모릅니다. 그러니 차라리 이게 나은 거라고 호는 생각합니다.

열이 내리고 며칠 이어지던 설사가 그칠 무렵 동생은 퇴원합니다. 앓고 나자 동생은 말이 늡니다. 내가 할 거야, 내버려둬, 싫다고 했잖아, 와 같은 말을 구사합니다. 엄마는 말이 더욱 줄어들어 동생의 말을 다 받아주지 못합니다. 엄마는 더 많은 약을 먹고 더 자주 누워 있습니다. 말을 할 때마다 몸 바깥에서 기운을 빚지는 사람처럼 머뭇거립니다. 엄마는 사지에 추를 매달아놓은 듯한 몸짓으로 빨래를 개고, 바닥에 흩어진 과자가루를 쓸어담고, 걸레를 빨고, 호의 부러진 손톱을 깎아주고, 동생에게 물을 먹이고, 무를 썰어서 국을 끓이고, 상해가는 반찬을 쓰레기봉지에 담고, 밥을 푸고, 아직 상하지 않은 반찬을 상에 내려놓습니다. 그러고나서야 입을 엽니다. 밥 먹자고.

동생은 상 위에 놓인 부엉이 포크를 보더니, 이거 말고 고양이 포크를 달라고 합니다. 자리에 앉은 엄마는 대답 없이 숟가락으로 뜨거운 국을 휘휘 젓습니다.

"고양이 포크 줘, 고양이 포크!"

동생이 소리칩니다.

"그건 설거지통에 있어. 그냥 이걸로 먹어."

엄마가 낮은 목소리로 말합니다.

"고양이 포크로 먹을 거라고!"

"이번엔 그냥 이걸로 먹어."

엄마의 목소리가 갈라집니다.

"싫어! 고양이 포크 줘. 고양이 포크!"

동생의 어린 성대는 아무렇지도 않게 높고 날카로운 소리를 뽑아냅니다. 호는 입에 문 밥을 삼키지 못하고 엄마를 바라봅니다. 엄마의 얼굴이 단단하게 굳습니다. 설거지통에 있는 고양이 포크를 씻어주는 일이 엄마에게 왜 그렇게 어려운 일인지 호는 알지는 못합니다.

하지만 바닥에 앉힌 몸을 다시 일으켜 부엉이 포크를 치우고 고양이 포크를 씻어서 건네주다가는, 엄마 안에 남아 있는 가느다란 선 같은 것이 부러질지도 모른다는 것만은 느낍니다. 부러지고 난 후의 엄마의 모습은 보고 싶지 않습니다. 아무것도 모르는 동생은 결국 부엉이 포크를 바닥으로 내던집니다.

포크가 바닥에 떨어지는 동시에 엄마의 손이 동생의 어깨를 붙듭니다. 엄마의 팔에 낯선 힘이 잔뜩 들어가 있습니다.

"그냥 먹어! 그냥 먹어!"

엄마가 두 팔을 흔듭니다. 동생의 얇은 몸이 펄럭입니다.

"그냥 준 대로 먹으라고. 좀!"

동생의 얼굴이 입을 벌린 채 새하얗게 질려갑니다. 엄마 팔에 들어간 낯선 힘은 엄마의 팔꿈치에 닿은 국그릇이 식탁 아래로 떨어지면서 빠지기 시작합니다. 국그릇은 여러 개의 날카로운 조각으로 부서지고 엄마의 발등은 빨갛게 부어오릅니다. 동생은 숨을 쉬지 못하는 것처럼 꺽꺽 소리를 내더니 곧 목에 걸린 것을 토해내듯 소리 높여 웁니다. 엄마는 다시 구겨진 옷 상태가 되고 맙니다. 누군가 함부로 벗어놓은 옷처럼, 구석에 구겨진 채로 오랫동안 움직이지 않습니다.

호의 반 아이들이 쉬는 시간에 이름으로 전생 테스트를 합니다. 한 아이의 책상에 여섯 개의 머리가 모여 있습니다. 이름의 초성이 ㅇㅁㅊ인 아이의 전생은 충동적이고 잘 빌붙는 음유시인입니다. ㄱㅅㄷ는 우아하고 유치한 무희였다는 테스트의 결과를 듣고 놀랍니다.

꿈에서 그랬다고 딱 맞췄다고 합니다. 호는 테스트 용지를 힐끗거리며 눈으로 자신의 전생을 찾아봅니다. 친절하고, 미심쩍은, 선원이었습니다. 뭔지 모르겠으나 혼란스러운 생이었다고 호는 생각합니다. 아이들은 두 개의 수식어와 하나의 신분으로 생이 간략해지는 마법에 홀립니다. 나도, 나도 하며 머릿수가 늘어납니다. 전이 있으면 후도 있을까 싶어, 호는 묻습니다.

"후생 테스트는 없어?"

모여 있던 아이들이 일제히 호의 얼굴을 쳐다봅니다.

"존나 어이없지 않냐?"

ㅎㅂㅈ가 말합니다.

"저 새끼, 원래 이상해."

ㅂㅈㅇ의 말에 호에게 펼쳐졌던 시선들이 다시 테스트 용지로 거두어집니다.

후생을 궁금해하는 호는 친구들 사이에서 이상하게 취급됩니다. 호는 입을 다뭅니다. 조용히 위축됩니다. 자그마한 어깨가 활처럼 굽습니다.

집으로 가는 길, 호는 바닥에 침을 뱉습니다. 입안이 마르면 혀를 꿈틀거려 침을 만들어내서 뱉습니다. 호가 지나간 길을 따라 이야기 속 헨젤의 빵부스러기처럼 침 자국이 남습니다. 그리고 쨍쨍한 햇볕이 부스러기를 쪼아먹는 새처럼 그것들을 서둘러 지워버립니다. 집에 도착한 호는 조심스럽게 문을 엽니다. 동생이 낮잠을 잘 수도 있으므로 조용히 해야 합니다. 집 안에 들어서자 주방 바닥에 등을 댄

채 눈을 감고 누워 있는 엄마가 보입니다. 엄마의 손에는 약봉지가 쥐여 있고 발등엔 하얀 거즈가 덮여 있습니다. 호는 엄마 곁으로 천천히 다가가 하얗게 말라붙은 엄마의 입술 앞에 손가락을 갖다댑니다. 가느다란 숨이 손끝에 느껴집니다. 호는 안도하며 엄마의 팔에 손을 얹습니다. 뜨겁고 물컹한 느낌에 놀라 곧바로 손을 뗍니다. 눈을 뜬 엄마가 묻습니다.

"몇 시니?"

"1시 20분."

"아직 그것밖에 안 됐니?"

"어?"

"도대체, 언제 끝나니? 언제쯤 끝나는 거니?"

"나도 몰라."

호는 종이 죽으로 탈을 만들어 오라는 숙제를 받아왔습니다. 그러려면 우선 신문지를 찢어서 물에 불려야 합니다. 신문지를 찾아보지만, 호의 집은 신문을 끊은 지 오래입니다. 엄마는 이런 번거로운 숙제가 다 있느냐며 몸을 일으켜 책장을 뒤집니다. 책장 속에서 대학신문이라고 써진 종이뭉치가 엄마의 손에 들려 나옵니다. 대학신문은 오래된 종이 냄새를 풍기며 결을 따라 찢어집니다. 그러다 호는 신문에서 익숙한 얼굴이 찍힌 사진을 발견합니다. 자그마한 턱과 진한 눈썹, 사진 속 인물은 다름아닌 엄마입니다. 머리 모양과 화장이 달라, 무엇보다 환하게 웃는 표정이 달라 바로 알아보지 못했지만, 엄마가 분명합니다.

"이거 엄마야?"

호는 신문을 들고 엄마에게 달려갑니다. 가스레인지 앞에 서서 밀가루풀을 끓이던 엄마가 고개를 숙여 신문을 들여다봅니다. 그리곤 무심하게 말합니다.

"… 그러네, 나네."

호는 엄마 사진 위쪽에 있는 굵은 글자를 읽습니다.

"시, 부, 문, 당, 선, 작. 이게 무슨 말이야?"

"엄마가 쓴 시가 상 받은 거야."

"엄마 그럼 시인이야?"

엄마는 대답하지 않습니다. 호는 엄마의 시를 읽어봅니다. 읽을 수 있는 글자이지만 무슨 말인지는 모르겠습니다.

"이건 찢으면 안 되지?"

잠시 말이 없던 엄마가 대답합니다.

"괜찮아. 찢어도."

잠에서 깬 동생이 거실로 나오더니 뭐야, 하고 소리치며 신문을 낚아챕니다. 시가 반으로 쭉 찢어집니다. 호는 화가 납니다. 엄마는 찢어도 된다고 했지만 호는 엄마의 시를 간직하고 싶었습니다. 호는 찢어진 곳을 테이프로 붙이고 가위로 테두리를 오려서 시를 냉장고에 붙여둡니다.

그러는 사이 신문지는 물에 충분히 불었고 밀가루풀은 어느 정도 식었습니다. 둘을 섞어 반죽을 만들 차례입니다. 엄마가 반죽을 손으로 이겨주면 호가 바가지에 붙입니다. 두 눈과 입이 위치할 자리를 남겨두고 반죽을 덮습니다. 코는 두툼하게 붙이고 고무줄을 끼울 구멍을 냅니다. 동생은 탈을 보고 도깨비다, 도깨비! 하며 흥분해 날뜁니다. 호는 완성된 탈을 들고 베란다로 나갑니다. 마르기를 기다려 바가지에서 떼어내면 됩니다. 바가지를 내려놓고 뒤를 돌아보니 동생이 어느새 남은 반죽을 두 손에 묻혀 바닥에 문지르고 있습니다. 호는 놀라 엄마의 눈치를 살핍니다. 엄마는 동생이 하는 짓을 알지 못하는지, 종이부스러기가 흩어진 자리를 치우다 말고 멍하니 앉아 있습니다. 왼손으로 가슴팍을 꾹 누른 채 꼼짝도 하지 않습니다. 엄마의 시선이 닿는 곳엔 하얀 먼지가 느리게 날고 있습니다. 호는 그 먼지가 가라앉을 때까지 거실로 들어오지 못합니다.

호는 한밤중에 소변이 마려워 눈을 뜹니다. 거실로 나가자 냉장고 앞에 서 있는 엄마가 보입니다. 호는 걸음을 멈추고 눈을 비빕니다. 엄마의 몸이 물에 잠긴 수초처럼 흔들리는 것처럼 보입니다. 부력에 의지해 겨우 서 있는 듯한 엄마의 몸을, 수면 위로 나오면 쓰러질 것 같은 엄마의 몸을 바라보는 호의 마음이 조마조마합니다. 불현듯 엄마가 고개를 돌려 호를 바라봅니다. 호는 보지 말아야 할 것을 본 사람처럼 뜨끔합니다. 엄마의 눈엔 초점이 없습니다. 엄마는 마치 호를 보지 못한 것처럼, 말없이 방으로 들어가더니 이부자리에 눕습니다.

호는 화장실로 가서 소변을 본 뒤 엄마가 서 있던 자리에 가봅니다. 냉장고에 붙여둔 엄마의 시가 보입니다. 사진이 볼펜으로 까맣게 칠해 있습니다. 마치 수챗구멍에 쌓인 머리카락이 엄마의 얼굴 위에 달라붙어 있는 것 같습니다. 한걸음 뒤로 물러나는 호의 발에 무언가 밟힙니다. 머리카락 한 움큼이 발 아래 깔려 있습니다. 그것들이 순식간에 넝쿨처럼 무성해지더니 호의 다리를 지지대 삼아 위로 올라옵니다. 검은 넝쿨은 허벅지를 지나 허리를 감쌉니다. 호는 무서우면서도 머리카락이 살에 닿는 감촉이 나긋하고 부드러워 떼어낼 생각을 하지 못합니다. 이제 그것은 가슴을 타고 올라와 목을 조이기 시작합니다. 매듭을 짓듯 단단히 조여올 때마다 몸 안의 숨이 빠져나갑니다. 호의 몸은 점차 쪼그라듭니다. 쪼그라들고 쪼그라들어 마지막 남은 한 줌의 숨마저 빠져나가려는 찰나, 호는 생각합니다. 이제 정말 편안해지겠다고.

칼을 쥔 엄마의 손이 움직이자 아이의 분홍색 살점 같은 과육이 하얀 접시 위에 놓입니다. 복숭아는 호가 가장 좋아하는 과일입니다. 호는 입안 가득 복숭아를 집어넣습니다. 외할머니가 살아계실 땐 복숭아를 실컷 먹었습니다. 달콤한 향기로 가득했던 외할머니의 과수원은 이제 없습니다. 복숭아를 키우던 외할머니가 죽고 난 뒤 복숭아나무는 뽑히고 창고가 세워졌습니다. 호는 복숭아 씨앗까지 입안에 넣고는 쪽쪽 빨아먹습니다. 그런 호를 보고 엄마가 웃습니다. 모처럼 보는 엄마의 미소에 호는 긴장이 풀리고 웃음이 납니다. 그러자 입안에 담긴 복숭아 씨앗의 뾰족한 부분이 호의 볼 안쪽을 찌릅니다. 호는 따가움을 느끼며 씨앗을 손바닥 위에 뱉습니다. 그리고 조금 놀랍니다. 마음을 뱉어낸 줄 압니다. 긴장과 이완을 오래 되풀이하다 보면, 그러니까 마음을 바짝 졸이고 푸는 일을 반복하다보면 표면에 이렇게 단단한 주름이 생겼으리라 생각했기 때문입니다. 호는 씨앗을 잘 닦아서 서랍에 넣어둡니다.

누군가 현관문을 두드립니다. 엄마가 현관으로 가서 문을 엽니다. 열린 문틈으로 팽팽하게 살찐 아래층 아줌마의 얼굴이 보입니다. 엄마가 인사도 하기 전에 아줌마는 용건을 현관문 안으로 밀어넣습니다.

"애기엄마, 너무 시끄러워. 응? 너무 시끄럽다고. 애들 단속 좀 하고 살아. 뛰어다니는 소리에 아주 골이 울린다고. 어?"

아줌마는 말끝마다 동의를 구하더니 대답을 듣지 않고 등을 돌려 돌아갑니다. 엄마는 문을 닫고 호와 동생을 불러모읍니다. 어깨를 구부리고 미간을 좁히며, 뛰면 안 된다고 살금살금 걸어야 한다고 얘기합니다. 까치발을 들어보이며 이렇게 걸으라고 시범을 보입니다. 호도 발꿈치를 높이 듭니다. 하지만 엄마의 말이 끝나기 무섭게 동생은 거실을 빙글빙글 돌기 시작합니다. 엄마가 표정을 무섭게 일그러뜨리며 동생의 허리를 거칠게 잡아챕니다. 그리곤 손바닥으로 동생의 등을 내리칩니다.

"내가, 뛰지, 말랬, 지이, 제발, 뛰지, 말라, 고오!"

두 음절에 한 대씩, 여덟 대. 호는 뒤꿈치를 들고 서서 그것을 셉니다. 동생은 팔다리를 휘저으며 소리를 지릅니다. 호의 마음이 다시 단단히 조여듭니다.

미술 시간에 호의 얼굴은 종이죽으로 만든 탈처럼 잿빛이 됩니다. 호를 제외한 아이들은 문방구에서 파는 매끈하고 하얀 종이탈을 사 왔습니다. 호에게 준비물을 알려준 반장이 호를 돌아보며 키득거립니다. 선생님이 호가 만들어 온 탈을 보며 아이고 고생했다고 말하자 아이들이 마음놓고 크게 웃어댑니다. 수업이 시작됩니다. 모두 자리에 앉아 물감으로 탈을 색칠합니다. 호는 대학신문에 실린 엄마의 사진을 떠올리며 정성들여 칠을 합니다. 표면이 고르지 않아 색이 잘 먹지 않지만, 볼은 분홍색으로 화사하게 칠하고, 입술은 립스틱을 바른 것처럼 빨갛게 칠합니다. 엄마의 긴 속눈썹도 그려넣습니다. 호는 칠판 앞에 서서 '엄마의 웃는 얼굴'이라고 탈을 발표합니다. 앞줄에 앉은 누군가가 말합니다. "야, 너희 엄마 괴물이냐?" 아이들이 또 웃기 시작합니다. 호는 소리칩니다. "아니거든, 우리 엄마 괴물 아니거든. 우리 엄마 시인이거든!"

그러나 아무도 호의 말에 대꾸하지 않습니다. 모두 호를 물끄러미 바라보기만 합니다. 호는 다시 위축됩니다. 잠시 뒤 선생님이 말합니다.

"다음 차례 누구니?"

호는 집에 돌아와 엄마에게 탈을 보여줍니다. 기대와 우려가 뒤섞인 표정으로 엄마의 반응을 살핍니다. 호로서는 의미를 짚어낼 수 없는 감정이 엄마의 얼굴에 일렁입니다.

"한번 써볼까?"

엄마가 묻습니다.

"응."

호는 힘주어 대답합니다. 엄마는 탈을 집어들고 고무줄을 귀에 겁니다. 엄마에게는 크지 않고 잘 맞습니다. 대학신문에서 봤던 그 사진만큼은 아니지만 그래도 예쁩니다. 호의 마음이 뿌듯해집니다.

그때 엄마의 휴대전화 벨이 울립니다. 엄마는 핸드폰을 집어들다가 통화 버튼을 누릅니다. 화면 속 영상에 떠오른 아빠는 시팔 깜짝이라고 소리칩니다.

"뭐야? 이제 미친 거야?"

엄마는 얼른 탈을 벗습니다. 아빠는 종종 영상통화를 걸어 엄마와 자식들의 얼굴을 확인하고 집 안 모습을 비춰보게 합니다. 그러고는 애들과 집 안 꼴에 대해 여러 말을 쏟아냅니다. 목이 늘어난 러닝셔츠 사이로 불그스름한 아빠의 가슴팍이 보입니다. 순간 아빠의 얼굴 옆으로 불쑥 여자의 상체가 나타나고 알아들을 수 없는 중국말이 들립니다. 아빠는 손으로 여자의 몸을 짜증스럽게 화면 밖으로 밀어내며 말합니다.

"일정이 당겨졌어. 나 다음 주에 한국 들어가."

장을 보고 돌아오는 길에 동생이 엄마에게 안아달라고 합니다. 엄마의 두 손에는 비닐봉지가 들려 있습니다. 엄마가 안 된다고 하자 동생은 길가에 앉아버립니다. 결국 엄마는 비닐봉지 하나를 호에게 건네고 동생을 안아올립니다. 동생의 엉덩이 밑에서 달랑거리는 비닐봉지가 엄마의 무릎을 탁탁 칩니다. 엄마의 팔이 차츰 떨립니다.

호도 팔이 아파서 처음 들었을 때처럼 봉지를 높이 들 수가 없습니다. 호가 든 봉지가 바닥에 끌리면서 구멍이 납니다. 구멍은 점점 커지며 횡단보도를 건널 때쯤엔 시금치, 비누, 카레 가루, 어묵을 뱉어냅니다. 갑자기 가벼워진 봉지의 무게에 놀라 뒤를 돌아본 호는 소리를 지릅니다. 앞서가던 엄마가 서둘러 호와 동생을 길 건너로 보내고 다시 도로 중간으로 뛰어와 바닥에 떨어진 물건들을 주워 담습니다. 호는 동생이 도로로 뛰어들지 못하도록 팔을 꽉 붙잡습니다. 그러는 사이 깜박거리던 푸른 신호가 붉게 바뀝니다. 서두르던 엄마는 집어 들었던 물건도 다시 바닥으로 떨어뜨립니다. 엄마의 작은 등을 향해 차들이 경적을 울리며 조금씩 접근합니다. 물건을 다 주워담은 엄마가 허리를 펴고 중앙선 쪽으로 발을 옮기자, 차들이 달리기 시작합니다. 엄마는 도로 가운데에서 서서 다음 보행 신호를 기다립니다.

엄마에게 안겨가면서 기운을 충전한 동생은 이번엔 놀이터에서 놀다가자고 조릅니다. 호도 집에 들어가고 싶지 않습니다. 아빠가 도착할 내일의 집 안 공기를 생각하자 벌써 가슴이 답답합니다. 엄마는 비닐봉지 안에 담긴 고등어와 녹아가는 냉동 동그랑땡을 바라보고 잠시 생각하더니 조금만 놀다가자고 합니다. 동생은 후다닥 미끄럼틀에 오릅니다. 호는 화단에서 개미굴을 찾아낸 다음 나뭇가지를 주워서 구멍에 넣고 쑤십니다. 개미들의 동선이 무너지면서 움직임이 혼란스러워집니다. 호는 개미 한 마리를 손가락으로 집어서 비벼봅니다. 가볍게 바스러집니다. 개미의 마지막 숨이 토해 나왔을지도 모르지만, 호의 손가락이 느끼기엔 너무 작은 숨입니다. 엄마는 비닐봉지를 벤치에 내려놓은 채 앉아서 어둑해지는 하늘을 바라보고 있습니다. 동생이 호가 있는 곳으로 오더니, 발로 개미를 밟습니다. 그리곤 곧 지루해졌는지 엄마에게 졸랑졸랑 뛰어갑니다.

"엄마, 개미 죽였어."

동생이 자랑스럽게 말합니다. 엄마는 고개를 살짝 끄덕일 뿐 대답이 없습니다.

"엄마, 엄청 많이 죽였어. 다아 죽였어."

동생이 두 손으로 크게 원을 그리며 대답을 재촉하자 엄마는 고개를 돌리지 않고 대답합니다.

"어…, 잘했어."

"개미는 이제 편안하겠지?"

호의 말에 엄마가 고개를 돌립니다.

"호야. 그게 무슨 말이야?"

"죽었으니까 이제 편안하겠지. 개미는."

엄마의 눈동자가 흔들립니다.

"맞아, 죽으면 하늘나라도 볼 수 있잖아."

동생은 손가락으로 높이 들며 말합니다. 동생의 손가락을 바라보고 있던 엄마가 머리를 떨굽니다. 엄마의 검은 머리칼이 얼굴 위로 쏟아집니다.

"엄마 나 과자 먹어도 돼?"

호가 묻자 엄마가 비닐봉지 속 과자를 꺼내줍니다. 달고 짭짤한 과자 맛이 무엇을 향해 있었는지 모를 싫증을 몰아냅니다. 호는 과자가

루가 묻은 손가락을 쪽쪽 빨다가 손톱 사이에 끼어 있던 흙을 씹습니다. 바닥에 침을 뱉는 사이 동생이 호가 들고 있던 과자봉지를 뺏어 갑니다.

"엄마, 재가 뺏어가. 내가 줄 건데 재가 뺏어가."

눈을 감고 있던 엄마가 눈을 뜹니다. 가장자리가 불에 그슬린 것 같은 엄마의 눈동자를 보자 호는 다시 긴장됩니다. 하지만 엄마가 내뱉은 말은 낮고 부드럽습니다.

"호야, 엄마가… 이따 올게."

엄마는 이렇게 말하고는 일어나 물살에 떠밀리듯 걷기 시작합니다. 엄마가 향하는 쪽은 집의 반대편입니다. 호는 엄마를 따라가려 했지만, 동생이 놀이터 안쪽으로 더 들어가는 바람에 걸음을 멈춥니다. 어정쩡하게 놀이터 끄트머리에 서서 작아지는 엄마의 등을 바라봅니다. 엄마는 골목 끝에서 잠시 멈춰섭니다. 엄마의 몸이 앞뒤로 흔들리는 것 같아 호는 눈을 비빕니다. 동생이 우는 소리에 뒤를 돌아보니 과자가 모두 바닥에 쏟아져 있습니다. 그 사이 엄마의 모습은 골목 너머로 사라져 보이지 않습니다. 호는 과자에서 모래를 털어내서 다시 봉지에 담습니다. 흙이 너무 많이 묻은 과자는 개미굴 입구에 떨어뜨려 놓습니다. 과자가 이내 개미 떼로 까맣게 뒤덮입니다. 호와 동생은 쪼그려 앉아 그걸 지켜보다가 미끄럼틀을 타고 구름사다리를 오르는 일에 집중합니다. 달리 할 수 있는 게 없어서 그 일을 반복합니다.

해가 완전히 떨어지고 뜨거웠던 정수리가 식자 동생이 집에 가자고 합니다. 호는 엄마가 두고 간 비닐봉지를 두 팔로 안아들고 동생과 집으로 향합니다. 냉동 동그랑땡은 물컹하게 녹았고 고등어는 비린내가 납니다. 문을 열고 들어간 집 안에는 아무도 없습니다. 호와 동생은 다시 밖으로 나와 엄마가 사라졌던 골목으로 갑니다. 사람은 보이지 않고 골목 끝에 검은 개 한 마리만 어슬렁거립니다. 눈으로 골목을 살피며 잠시 서성이다가 동생을 데리고 다시 집으로 돌아갑니다. 동생은 바닥에 엎드려서 울기 시작합니다. 호는 티브이를 켭니다. 오뚝이 모양의 파란 고양이가 주머니에서 끝도 없이 물건을 꺼내는 만화가 나오자 동생은 울음을 그칩니다. 호는 배가 고파 보온밥솥의 밥을 푸고 그 위에 케첩을 뿌립니다. 호는 불그스름하게 변한 밥을 숟가락으로 떠서 동생과 자신의 입에 번갈아 집어넣습니다. 배가 불러오자 문득 불안해집니다. 호는 창문을 열어 덥고 습한 공기를 들이쉽니다. 자기도 보여 달라고 창문 아래에서 동생이 칭얼거립니다. 호는 동생을 안아올립니다. 캄캄한 골목에 가로등 불빛이 동그랗게 번져 있습니다. 골목을 지나는 바람이 바닥의 먼지를 감아올립니다.

"엄마 언제 와?"

동생이 묻습니다.

"몰라, 나도."

동생은 또 울기 시작합니다. 팔에 힘이 빠지고 호는 지칩니다.

"그만 울어. 우리 때문에 엄마가 힘들어서 그러잖아."

호가 한 말에 호의 울음도 터지고 맙니다. 호는 동생을 바닥에 내려놓고 주저앉아 웁니다. 복받치는 울음은 쉽게 그치지 않습니다. 호의 동그란 얼굴 위로 때구정물이 흐릅니다. 손으로 눈을 비빌 때마다 얼굴에 얼룩이 집니다. 동생은 울음을 그치고 호의 얼굴을 말끄러미 올려다봅니다.

어슴푸레 밝아오는 창가 아래에서 호는 가까스로 눈을 뜹니다. 주변에 가득한 흰 연기를 바라보며 호는 자기가 하늘나라에서 온 것 같다는 생각을 합니다. 그런데 머리가 너무 아픕니다. 어디선가 이상한 소리도 들려옵니다. 아픈 짐승이 낼 법한 소리를 따라 시선을 돌리니 한쪽 구석에 어른거리는 불빛이 보입니다. 불빛 앞에 얼굴 하나가 있습니다. 진한 눈썹과 빨간 입술을 가진 얼굴이 불빛을 마주하고 있습니다. 말을 하고 싶지만 목소리가 나오지 않습니다. 맵고 독한 연기가 목구멍에 들어찰 뿐입니다. 있는 힘을 다해 상체를 일으키려던 호는 바닥으로 털썩 쓰러집니다. 그 소리에 얼굴의 시선이 호를 향합니다. 얼굴은 그대로 잠시 멈춰 있다가 호에게 다가오기 시작합니다. 천천히 기어서 다가오던 얼굴이 호를 내려다봅니다. 호는 꼼짝하지 못한 채 얼굴에 뚫린 구멍 너머의 눈을 바라봅니다. 붉고 축축하지만 언젠가 호에게 지어보였던 미소로 가득한 눈입니다. 그 눈을 보자 목소리가 나옵니다.

"… 엄마."

그 순간 엄마의 두 손바닥이 호의 목을 감싸쥡니다. 빨갛게 젖은 엄마의 손이 찐득하게 호의 목을 눌러옵니다. 그러나 바들바들 떠는 엄마의 손엔 힘이 들어가지 않습니다. 자꾸 미끄러지는 손이지만 그 손에서 벗어나기 위해 몸을 비틀던 호의 손끝에 무언가가 닿습니다. 차갑고 딱딱한 돌멩이 같은 것이. 손에 닿은 건 차게 식은 동생의 얼굴입니다. 더는 소리칠 수도 떼쓸 수도 없게 굳어버린 동생의 얼굴입니다. 순간 호의 숨이 멎는 것 같습니다. 엄마는 호의 목에서 손을 떼고 큭큭 소리를 내며 바닥으로 쓰러집니다. 엄마의 손은 호의 숨이 새어 나가는 것을 막지 못했습니다. 그래서 호가 하기로 합니다. 엄마를 대신하기로, 동생과 함께 가기로 합니다. 호는 동생의 손을 찾아쥔 다음 목에 힘을 줍니다. 한 줌의 숨도 밖으로 나가지 못하도록 목을 꽉 잠급니다. 가슴이 조여오면서 호의 작고 부드러운 콧등에 땀이 맺힙니다. 힘이 듭니다. 하지만 이번엔 실패하면 안 됩니다. 참을 수 없을 지경이 되어도 참아야 합니다. 차츰 호의 몸이 활시위처럼 팽팽해집니다. 끊어질 듯 팽팽해집니다. 더는 못할 것 같은 순간 어디선가 달래는 목소리가 들려옵니다. 괜찮아, 이제 편안해질 거야. 그 목소리에 호는 조금 더 힘을 냅니다. 조금만 더, 조금만 더. 화살이 과녁까지 날아가 꽂힐 수 있을 때까지.

마침내 활시위가 끊어지며 화살이 날아갑니다. 과녁에 꽂히기 직전 호는 상상해봅니다. 후생의 형태와 형편을. 두 개의 수식어와 하나의 신분으로 간략해질 다음 생을.

평사리문학 대상 소설집
카페인 랩소디

지은이_ 엄현주 외
펴낸이_ 조현석
펴낸곳_ 북인
디자인_ 푸른영토

1판 1쇄_ 2022년 11월 26일

출판등록번호_ 313 - 2004 - 000111
주소_ 121-838 서울 마포구 서교동 460-34, 501호
전화_ 02-323-7767
팩스_ 02-323-7845

ISBN 979-11-6512-065-8 03810